每個人心中都有一座島嶼，
藉文字呼息而靜謐，
Island，我們心靈的岸。

媲美貓的發情

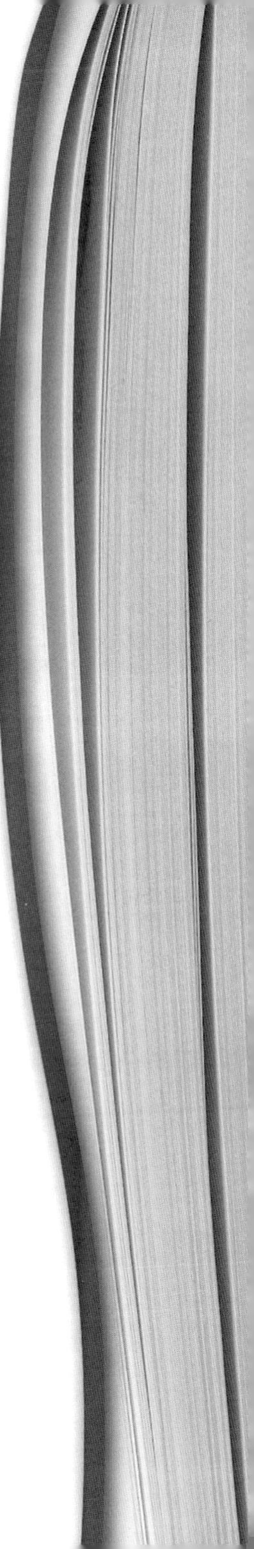

LP
小說選

黃錦樹、駱以軍 主編

代序（一）

在平庸的年代

黃錦樹

這本小說選（集）的編輯構思靈感來源於二〇〇四年九月杪台灣外交部長的那席驚人之語，據九月二十八日的東森新聞報（ETtoday.com）：「陳唐山昨天下午接見『台灣外館正名運動聯盟』時說，美國及日本對我國駐外機構更名『台灣』有意見，他並批評新加坡不過是『一個鼻屎大的國家』，竟『耀武揚威』在聯合國批評台灣，根本是『捧中國的ㄌㄢˇ ㄆㄚ』，隨後外交部新聞司二科整理陳唐山的發言記錄，當聽到『ㄌㄢˇ ㄆㄚ』時，卻不知該如何用文字表達，幾經推敲，決定用英文的ＬＰ。」這被其時的新聞局長（另一位窩囊的學運世代的痞子）盛讚「傳神」的比喻，如果出現在小說內，當然是天經地義無傷大雅。而這些年來，政治和社會上的離奇的現實普遍遠遠超越了大部分小說家拘謹的想像。法的廢黜，權力的傲慢，例外狀態（卡爾・施米特：「主權是決定何謂例外。」）凌越了常態，政治上升為生存的絕對視域（卡爾・施米特：「政治是劃分敵我。」），抽象價值煙消雲散，公共領域烏雲蔽日，而底層民眾因貧病自殺，更時有所聞。雖然還不是（準）戰爭狀態，但幾乎可以說是亂世了——太平亂世——一種平庸的惡在快速的滋生擴散。

是的，這是個平庸的年代。

以戲劇為喻。如果說五、六〇年代的台灣歷史是悲劇，那七、八〇年代則是史詩的年代，近二十年，主導型態則是鬧劇。平庸的鬧劇。

原初的構想是戲仿《原鄉人——族群的故事》編一本《捧卵葩——LP的故事》，但邀稿後狀況並不太理想，也許卵葩並不太能刺激靈感，或者溝通過程出了甚麼問題，或有人以為太過兒戲，總之一拖再拖，幾瀕放棄狀態。現存的篇目簡介如下：張錦忠〈LP流浪記〉、駱以軍〈西夏大鳥王〉、何宜玲〈也沒有所謂LP〉、黃錦樹〈目虱備嫁〉；張錦忠早年在大馬時是漫遊於吉隆坡茨廠街的現代主義者，出版有詩集和短篇小說集，但來台深造後幾乎完全放棄文學寫作。沉寂已久的王湘琦的〈沒卵頭家〉涉及我們構想的關鍵詞；朱天心〈秋日午后〉及吳繼文〈玫瑰是復活的過去式〉屬友情贊助，但都是相關的題材；前者非常含蓄婉轉，最終歸結於貓於一秋日午后的性事。後者節取於作者長篇《天河撩亂》，它們都屬原初構想。然而，形式上有它的困難（篇幅及份量不夠），實質上小說也必須超越它的時代——至少是一時一地偶發的平庸現實，回到它本身，不論是生存的哀慟還是暴虐的狂想。

於是，兩個有才華而沉寂於政治鬧劇年代裡的我們的同齡人當年的優秀小說，黃啟泰〈少年維特的煩惱導讀〉、林靖傑〈江邊〉〈流浪者之歌〉就在這樣的考量下被憶及；前者我認為是台灣最好的後設小說，而黃啟泰《防風林的外邊》裡若干佳作即使是新一代的超級賽亞人（借駱以軍的修辭）最好的作品也未必就能超過。〈流浪者之歌〉當年得的是散文獎，但它是篇不折不扣的小說，冷凝精準令人印象深刻。另外如早逝的黃國峻略具幽默感的遺作〈打個比方〉、被我收入多部選集的賀淑芳的〈別再提起〉（馬華糞寫實主義經典），以及我一位學生阮芸妍的修課作業〈乙下〉，都各見奇思怪想，或者對書寫形式的調弄，各具情趣。

二〇〇五年十月間，我們參與自由時報文學獎複審，遇見的兩篇怪異的佳作賀景濱〈去年在阿魯吧〉及郭光宇〈瑪麗亞〉——同樣令人吃驚的是，該文學獎通過複審的佳作只有〈去年在阿魯吧〉倖存，而且吊車尾——不可思議的是，兩篇都非常貼近我們最原初的構想（有大量的關鍵詞），尤其〈去年在阿魯吧〉幾乎接近量身訂做，五臟俱全，大肆玩弄哲學大觀念，極具齊傑克（Slovoj Zizek）風。我們和兩位作者素不相識，賀景濱十多年前的〈速度的故事〉也是令人印象深刻，希望他多寫一些稀奇古怪的東西，給這個平庸的年代帶來一點刺激。

也感謝陳大為的序詩。

如今的台灣文學生產場，發表園地嚴重萎縮；拜台灣文學相關科系的消費需求，選集產業卻一枝獨秀。但這本書卻不完全是選集，是半選集半合集，部分作品是初次發表。而所選的，既非教科書的準文學史順序，也不是〈通識課〉主題式的，在我們決定篇次時，沉寂的王湘琦和林靖傑也尚未「出土」。另一方面或許該略事聲明，我這篇短序無意拉人家的小說來吐槽時局，為我們的原初構想背書——猜想或許有的寫作者不愛和任何形式的政治沾上邊，或他們對政治或歷史有自己的看法——故而上文尤其與文學無關的部分，純屬個人觀點。

二〇〇五／十一／二十一

又一年半過去了，原先簽約的出版社因經營策略改變，以致本書只好另尋東家。感謝朱亞君小姐的包容接納。

我們另外納入賴香吟敏銳的少作〈蛙〉，共同紀念這個亂七八糟、小丑滿天飛、全球暖化的「悶鍋時代」。

二〇〇七／五／三　又記

代序（二）

媲美貓的發情

陳大為

我們慶幸擁有一個腫瘤
化膿後的盛世
車馬擁擠　烏煙瘴氣
亂歸亂　卻有它
井井的律法
媲美貓的發情
媲美魚午睡不眨的眼睛

夫子　認輸吧
您草擬無上道德的春秋
路長　燈短
盡是不夠成熟的廚房
衣冠　和犬馬

請別走遠
以免錯過一個難逢的盛世
比您的夢想　更工整
善惡的物件　更迷人

夫子　留步
請您見證一個
「不低賤
無以言」的新世界
百官不出穢言
便找不到
跟天下接軌的賤格字眼
他們以狗嘴長出ＬＰ
廉價　而有力
讓世界從褲襠裡望進來
把天下往褲襠外喊出去

夫子　別小看
ＬＰ是巷弄的古文化
ＬＰ是狗膽　以一敵萬
ＬＰ是土匪的根據地
ＬＰ是英雄的行為指南
ＬＰ一詞
從唐山部長到南洋島國
前前後後
裡裡外外　溝渠與茅房
皆可註解　廢話百萬

夫子　可千萬別走遠
我們還有一票
無恥
近乎勇的鄉紳
準備提出真善美的詮釋學
將ＬＰ註冊成

國徽　斗大一枚

一個腫瘤化膿後的盛世
所幸有官
以ＬＰ　獨尊於天地
周遊不見經傳的小邦
賤歸賤　卻有它
苟活的辦法

LP小說選

嬶美貓的發情

目錄

去年在阿魯吧

文／賀景濱

自從上個世紀發現神經細胞的傳遞機制後，如今各種有機電子迴路早已氾濫成災。會說話的酵母菌並不稀奇，最近的新聞是，一隻神經錯亂的沙克病毒，竟然向免疫細胞求愛呢。

一、GG該放哪裡好

我進去時，無頭人已經坐在角落裡了。

不，應該說，他把頭放在左手上，正用右手灌啤酒。

「嗨。」我跟他揮揮手。說真的，無頭人的豎領風衣挺帥的，可是脖子上空空的，看起來還是怪怪的。

「嗨。」他把頭放到吧檯上，轉向我。他一定是用VR 3.7版的數位虛擬程式，肢體五官都可以分離的。

我是虛擬城市巴比倫的虛擬公民，ＩＤ是AK47#%753$@~TU，綽號別管我，英文叫Leave Me Alone（ＬＭＡ）；至於password，跟大家一樣，都是＊＊＊＊＊。自從展開我的虛擬人生以來，每晚我都會到這裡晃晃。Happy Hours at Alu Bar，阿魯吧的快樂時光，晚上八點到十點，買一送一耶！為什麼快樂時光總是如此寥落？

時候還早，我想。吧檯內，開酒手傑克（Jack the Bartender，ＪＴＢ）兩手一攤，問我要什麼？我也兩手一攤，意思是隨便。我面前立刻出現一瓶虛擬的比利時啤酒，St. Feuilien；當然，還有原廠特製的開口杯。不用交代，傑克給的第一瓶，從來沒人抱怨過。祇要瞄一眼你進門時的酒測值，他就知道該給你什麼。

我瞄了一眼無頭人袖口上的冷光名牌，他叫頭殼空空，Out of Head（ＯＯＨ）。

「如果ＧＧ不長在ＧＧ的位置，你覺得好不好？」我聞了一下酒杯，最先逸出來的總是花香。
「要是ＧＧ長在手上，雖然可以自體口交，可是煎魚時會燙傷。」
「要是把ＧＧ藏在腋下呢？」
「那蛋蛋會被夾得哇哇叫。」
「要是ＧＧ長在背上呢？」
「拍謝，那就不能打手槍囉。」
「這麼說，ＧＧ是長在它最理想的位置囉？」我喝下今晚第一口酒，好爽。
頭殼空空沉吟半晌：「如果ＧＧ有意志的話，會甘心躲在暗無天日的地方嗎？」
我也想了一下：「如果ＧＧ能夠出頭天，那ＧＧ會朝愈來愈大的方向進化，這世界就找不到可愛的小ＧＧ了。」
「為什麼？」
我敲敲頭殼空空的腦袋，如果大家都看得到ＧＧ，誰還要找小ＧＧ繁衍後代啊？笨蛋。「除非……」
開酒手傑克湊過來說：「除非他很有錢，才可以確保後代的繁衍。」
「對。」
「所以……有錢人都是小ＧＧ？」
「對對對。」傑克立刻跑到鋼琴邊，彈了一首〈有錢人的小ＧＧ〉：

〈行板〉
雖然我的ＧＧ小，可是我的志氣高；
祇要我有錢，就有美眉可以抱。
〈間奏〉
雖然我的ＧＧ小，可是我的口袋飽；
祇要我想要，雙Ｂ三Ｐ都可以搞。
〈間奏，轉緩板〉
雖然我的口袋飽飽，可是我的ＧＧ小小；
祇要美眉看到，都說哎喲不妙不妙。

原來嘲笑有錢人是這麼快樂的事，大概我們都是無聊又無趣的無產階級吧。我轉向頭殼空空：

「你每天這樣帶著大頭到處跑，不累嗎？」

「大頭本來就應該採用分離式設計。」

「為什麼？」

「打架時可以先把它擱到一邊。」

「那要怎麼指揮ＧＧ？」

「用藍牙啊。」

「難怪你衹能喝數位的酒。」

老實說，數位的酒雖然可以虛擬得很像，味道就是差了那麼一點。儘管以數位為基礎的虛擬實境可以變出很多花招，我還是寧願用類比的虛擬程式進入巴比倫。比較像嘛。

以前他們老是說，衹要數位的取樣頻率再高一點，總有一天可以達到擬真的天堂。鬼才相信。我再聞了一下酒杯，果香已經出來了。看來我終究是個無可救藥的類比信徒。

「喝數位的酒才不會宿醉啊。」頭殼空空堅持道。他的臉已經紅得像豬肝。

就這樣，我們有一搭沒一搭地窮聊，等到諾諾教授（Prof. Know No，ＰＫＮ）進來時，頭殼空空已經有點頭殼壞去了；他的顏面神經好像一直在抽搐，右手的線條也變成斷斷續續。可能是新版的程式還不太穩定吧。

「嗨，別管我，好久不見。」教授臉上寫滿了五、六分的酒意。跟在他旁邊的是個口交娃，嘴唇嘟嘟、臉頰鼓鼓的，名叫吸吸殺必死（Suck off Service，ＳＯＳ），我猜她是教授最新的實驗性產品。

「哈囉，別管我，」我眼前的開口杯忽然開口說，「你已經三十分鐘沒碰我了。再不喝，這杯酒就要走味了。」

「MaDe，別管我。」我說。晶片，到處都是晶片。連酒杯也要附上感應對話的晶片。要是每個女人都植入這種晶片，「你已經三天沒碰我了，再不碰，我就要走人了。」哇哩咧，全世界的男人不瘋掉才怪。

「人家是好心提醒你嘛。」開口杯說。MaMaDe，你碰過會撒嬌的晶片嗎？我一仰頭，乾了。

二、會微笑的小ＢＢ

傑克開了一瓶Tripel Kamerliet，緩緩倒進鬱金香杯裡，泡沫剛好浮到杯口，給我的。諾諾教授則要了一杯St. Idesbald，聽說他從前是專攻高能物理的，難怪口味比較重。至於口交娃，好像對比利時啤酒沒什麼興趣，卻猛盯著我的腰間看，好像我拉鍊忘了拉似地。弄得我好想告訴她，我那裡有個東西硬硬的，不知道該怎麼辦。

不料這次先開口的不是鬱金香杯，而是杯裡的酵母菌：「喂，隔壁的，你們混哪裡的？」

「我們也是從比利時來的啊。」教授杯裡的酵母回道，然後兩個杯裡的酵母咯咯笑成一團。

「閉嘴。」我和教授幾乎同時大叫。大概是覺得這群聒噪的酵母，侵犯到我們「虛擬人」的主體性吧。

自從上個世紀發現神經細胞的傳遞機制後，如今各種有機電子迴路早已氾濫成災。會說話的酵母菌並不稀奇，最近的新聞是，一隻神經錯亂的沙克病毒，竟然向免疫細胞求愛呢。

不過我認為最可疑的，還是比利時修道院裡那些釀啤酒的老和尚。他們讓酵母菌在瓶內發酵也就算了，幹嘛還讓他們互通訊息呢？難道他們負有偵測的任務？St. Idesbald酒標上那個老和尚，愈看就愈像某個玫瑰騎士團的騎士潛伏在共濟兄弟會的後代。還有，Watou酒標上那個老和尚也很可疑。也許他們手上握有十字軍寶藏的祕密，如今這些祕密可能都分散藏在酵母菌裡，好確保能一代一代複製傳衍下去。要不然，比利時怎會有那麼多修道院釀的啤酒？至少，把祕密藏在無性生殖的單細胞裡，總比藏在人類身上穩定又安全。你總不會抓住一隻酵母菌來拷打吧。

「你知道嗎，」傑克神祕兮兮地說，「昨晚有三個細胞被幹掉了。」

巴比倫的虛擬警察叫細胞，其實他們全名叫掃毒戰警（AntiVirus Patrol，AVP）。他們會以各種形式出現在各種場合，你根本不知道，牆上的鐘是真的鐘，還是AVP裝扮的，何況它走得分秒都不差。

「怎麼回事？」我喝了一口Kamerliet，厚～真帶勁，這才叫啤酒嘛。

「應該又是跟什麼侵入物有關吧，」傑克照例聳聳肩，「反正沒人能逃過細胞搜尋的。」

當酒保就有這個好處，什麼都比別人多知道一點。

「我有個方法，可以逃過細胞的搜捕。」諾諾教授得意洋洋插嘴道。他左手摟著SOS的腰，一顆光頭就靠在她的右肩上，右手像滑鼠在她大腿上游移。我可以聞到空氣中瀰漫著女性費洛蒙的味道，就像初次發情的義大利種豬，在某個冬日的夜晚，迷失在洋溢著松露香氛的樹林裡。

傑克興味盎然地注視教授：「說來聽聽。」

就在這時，我瞥見吧檯角落，OOH的頭忽然晃了一下。他不是早就醉得稀巴爛了嗎？

教授的頭好不容易擺脫女性費洛蒙的吸引力，正襟危坐發表他的想法。他說根據超弦理論，這個世界並不祇是我們可見的四維時空，像許瓦茲─沙克的弦論，就是十維的。那其他六維呢？「因為蜷縮得太小，所以看不見。」

「你是說，它們都蜷成小球，藏在地毯下面？」我聽得霧煞煞。

「嗯，可以這麼說。你可以用一種緊緻化的數學技巧把它們消去。」教授邊說邊要SOS把裙子底下的小褲褲脫掉。看ㄣ～，她真的這麼做了。是一條紫紅蕾絲邊的丁字褲。大概是維多利亞公開的祕密，O孃系列的吧，我猜。

「你仔細觀察過陰唇的皺摺嗎？」教授才剛撥開，傑克已湊頭過去，「你看，這上面的起伏，這麼緊密的層次，這麼豐富的表情，」說到這裡，教授還用指尖推擠了一下，讓它露出微笑的表情，害SOS發出一聲輕吟，連我都忍不住想跟它打招呼。「其實，這種三維的皺摺，祇要退一步看，就變成一維的弦了。」

「所以呢？」

「所以祇要你變得夠小，就不會被細胞抓到。」

「要多小？」

教授偏頭沉吟了一下：「祇要小於10^{-13}公分，大概就不會被粒子加速器追蹤到軌跡。……不過，要是碰到超導對撞機還是會有麻煩，……算了，我想你祇要比電子小一點，就可以躲過那些細胞了。」

靠～這不是廢話嗎！我真的服了這些搞理論的。難道有人會對你說：「親愛的，我把你變成電子了！」什麼跟什麼嘛。

ＳＯＳ穿回丁字褲，繼續用她純真的眼睛盯著我，眼珠子骨溜溜地轉，一副好想知道我的ＧＧ到底是一維還是三維的表情。我也好想告訴她，如果從火星上看，我的ＧＧ一定小得像一根弦，一根會振動的弦，遠看像一維的，其實是四維八德統統有的咧。

教授說得興起，開始口沫橫飛起來。祇要一興奮，他右手的中指就會不自主地抖動。他從廣義相對論和量子論的衝突，說到重力和無限大的困惑，「無法重正規化的無限，nonrenormalizable infinities。」他說，聽起來好像最時髦的繞口令。等到他談到粒子的手癮、左旋、右旋、奇數維和偶數維孰是孰非時，我的頭也開始左旋右旋起來了。此刻的我祇有一個問題，我祇想衝到ＳＯＳ面前，求求她幫我解決很硬很硬的問題。

但是我沒有勇氣。

我是個懦弱膽小又無聊的無產階級。

我是廢物。

於是我站起來，喝下最後一口Kamerliet，埋單。

離去時，背後，ＪＴＢ正好換了一首曲子，〈愛進酒吧就別怕醉〉。

一首輕快中夾雜著感傷的男低音。

三、到指甲彩繪店找美眉

從阿魯吧出來左轉，穿過兩條街，右轉直走，就可抵達巴比倫大道。林蔭大道夾著運河往前行，來到跟巴別塔大道相交的圓環，就是整個巴比倫城的中心了。光是環繞這個圓環的內環大道就有將近十二公里。不用說，圓環中央矗立著高聳入雲的巴別塔。沒人到過塔的頂端，但據說，那裡儲放著世界最先進的處理器，是整個虛擬城市的入口和出口。我們所有人都是從那裡進來的。圓環東南角有一條哲學家小徑，走到底，右邊就是早期的市立圖書館。當然現在裡面已經沒有半本書了，因為所有知識在網路上都可以找得到。圖書館對面是市立的三溫暖，裡面有千姿百態的公娼。兩座建築間有地道相通，據說當初這樣設計的目的，是讓你可以跟老婆說：「你先到市場逛逛，我到圖書館看一下報紙。」

我穿過市場，照ＪＴＢ的指示，拐進迷宮般的巷弄裡，繞了兩、三圈，才找到孅孅指甲彩繪沙龍（Xian Xian eXotica，ＸＸＸ）。說是修指甲，其實是做黑的。門口扛棒上標榜著，她們用的是有機顏料，指甲上的花草會隨著你的服飾或心情而變化。也就是說，如果你穿迷你裙，指甲上絕不會出現貴氣逼人的牡丹；當你喜形於色時，指甲上也不會冒出淚的小花。

從外面望進去，祇見三三兩兩的女人倚著櫥窗坐在高腳椅上，正忙著在指尖塗塗抹抹。最妙的是，室內光線非常明亮，但你祇能看到她們的手和腳，其餘都被馬賽克了。

我一進門，三七仔（Son of 3-Seven，Ｓ３Ｓ）立刻趨前哈腰遞菸，「先生，做指甲嗎？做一手，還是做兩手？」做你媽的頭啦做，他的意思是做半套還是全套？

我環顧四周，立刻就明白了。不管偽裝成顧客或指甲西施，其實她們都是一夥的。這樣就算AVP整天在門口站崗，也抓不到半根鳥毛。

在虛擬的城市裡，你永遠看不到對方的真面目；所以你可能看到很有個性的男孩，卻很難找到醜陋的女人。這種情形，其實早就被新達爾文主義的學者預料到了。偏偏我注意到角落裡，坐著一個左頰有刀疤的女人。

我向三七仔呶呶嘴，他立刻說：「厚～你巷仔內耶喔。這個今天才來的，兼耶啦。一定乎你滿意耶。」

她帶我走向包廂時，我才注意到，她叫忘了我（Remember Me Not，RMN）。什麼樣的女人，會讓自己帶著刀疤進入巴比倫呢？

「你想怎麼做？」忘了我在黑暗中打破沉默。

「我有一個很硬很硬的問題。」

「硬問題一定要用軟方法解決。」

漂亮。我最喜歡這種無聊的對話了。聽起來就像熱插拔可以冷處理，熱膨脹就要軟著陸，硬問題一定有軟道理。

「你有兩個小時，」她按下床頭的計時器，「你想從什麼地方開始？」

「就從泰利斯吧。」所有的問題都是從泰利斯開始的，不是嗎？

「可是從泰利斯一定會談到柏拉圖和亞里士多德。」

「那又怎樣？」

她扭開小燈，翻了一下價目表。

「談柏拉圖的話要加五十巴布；亞里士多德貴一點，一百二。不過兩個人加起來可以打八折。」

巴布（Babylonia Boo，ＢＢ）就是巴比倫的通貨，不然你以為是什麼？雖然聽起來有點像冰淇淋的叫賣聲。

「那最貴的是誰？」看ㄣ～，來這套。她們總是先誘你進門，再慢慢地坑殺。

「最貴的當然是老子。」

「那孔子呢？」

「抱歉，我們這裡不賣倫理學。」

「為什麼？」

「倫理學，說穿了，祇是達爾文主義下的生存策略。」

MaDe，太正點了。我豁出去了，抓起電話，對著三七仔大吼：「給我拿兩手啤酒來。」

坦白講，她盤腿而坐的姿勢滿誘人的。我要她把小燈關掉。如果哲學是在黑暗的密室中尋找一隻不存在的黑貓，真希望她就是那隻貓。

「還是你對數學比較有興趣？如果你想談費馬定理的話，我可以幫你換個人來。」忘了我甩了一下長髮，語帶曖昧笑著說：「或者你想玩雙飛？」

空氣中都是髮香。我猜是ＶＯＳ（Vanity Odor Seduction）最新的互動洗髮精，氣味會隨著你體內的荷爾蒙變得性感起來。

我們從泰利斯的宇宙論說起，不久我就發現，她對蘇格拉底的定義了解滿透徹的。等我們幹掉一手啤酒時，才聊到柏拉圖的理型而已。

「等等，你知道柏拉圖的靈肉二元論是怎麼來的嗎？」

「一般人都以為跟畢達哥拉斯有關，不過我認為奧菲爾教派的影響更大。」

天啊，我感動得快哭出來了。現在要去哪裡才可以找到跟你談奧菲爾教派的女人？

忘了我大概有點不勝酒力，在我腳邊躺了下來。黑暗中，祇聽到我倆沉重的呼吸聲。我知道時間快到了，我必須加快速度，省掉冗長的前戲，直接跳過亞里士多德、奧古斯丁、康德那些狗屁。

「老實講，你讀過薛丁格的東西嗎？」

果然，她發出了輕微的呻吟：「你是指他的波函數？」

「不，我是指他想為心靈尋找物質的基礎所做的努力。」

她的呼吸愈來愈急促：「他說……基因……是非周期性的晶體。」

「他還用物理學證明了時間不能摧毀心靈。」

突然，她用義大利美聲唱法發出了高音Ｃ。

她達到了數位式的、階梯式的、斷斷續續的高潮。

她的指甲掐進了我的手心。

我彷彿看到她的指尖閃閃發光。

四、左腦跟右腦又吵架了

我顛顛倒倒回到巴比倫大道時，已經快天亮了。沿路的電火條還不時提醒我：「喂，別這樣晃來晃去啦。」「啊～求求你，別在我身上尿尿好不好？」尿尿時我還想到頭殼空空，厚，好家在，還好我的尿道裡沒有味覺細胞！要不然我每次尿尿都要嘗一下自己的尿味，那多噁爛啊。

我手上拎著一瓶沒喝完的啤酒，癱在運河旁的休憩椅上，四肢發軟，頭疼欲裂。看ㄣ～，都是TaMaDe酒精害的。我閉上眼，想好好休息一下，我的左腦卻跟右腦吵起來了。

我的左腦	我的右腦
你看吧，都是你幹的好事。不是早跟你講，祇要喝兩瓶就沒事了嗎？	早知道，早知道，要是能早知道，世界就不會這樣了。
你不覺得羞恥嗎？你竟然花了快兩百巴布，跟一位指甲西施神交。	還不都是你，一直巴著人家談柏拉圖。最後爽到的還不是你。

不談柏拉圖，難道你要我跟她談維多利亞的祕密？你這個色鬼。	哼，走著瞧，下次我一定要跟她好好聊聊維也納行動派。
下次？還有下次？難道你不知道，找一次的叫妓女，找兩次的叫愛人，找三次的叫老婆，找四次以上的都可以叫老媽了。	愛上她的恐怕是你吧。讓我念念不忘的，是SOS會微笑的陰唇。
你滿腦子都是精蟲是不是？至少RMN的胸部沒有SOS那麼恐怖。	你看吧，我就說你愛上她了吧。你這個連乳房都不敢說出口的孬蛋。
SOS的胸部，好像隨時在提醒你，人是哺乳類。	那照你這麼說，男人都是哺鳥類囉。
噓，別吵醒小GG，你沒看他已經軟趴趴了。	哈，今晚最鬱卒的就是他了。你要不要叫右手去安慰他一下？
算了吧，難道你不知道，喝醉酒打手槍會被吊銷執照，而且射出的精液會讓螞蟻昏迷三天三夜。	要不是你一直壓抑，我昨晚早把SOS給尬了。

要不是你，我也不會變成無神論者。	無神論也是一種信仰。
信仰？我看你祇信仰喝酒跟做愛。	說正經的，你看ＳＯＳ像不像ＰＫＮ那個老色鬼的打砲機器？
應該是第二代的改良品吧。	對喔，上次那個弄得好痛。
ＳＯＳ眼神比較迷離，看起來比較嫵媚。	奶子彈性也比較好。
說真的，文明發展到這個地步，是不是已經到盡頭了？	不會吧，我相信ＰＫＮ一定還會推出下一代的口交娃。
歐幾里德曾經證明過，質數是緜延不絕的。	那也不代表文明就沒有盡頭。

我受夠了，這兩個嘮嘮叨叨的傢伙，沒完沒了，永遠沒完沒了。我恨不得把頭扭下來，丟到運河裡去。

也許ＯＯＨ是對的，喝數位的酒比較不會宿醉，而且大頭跟身體本來就應該採用分離式設計。

我狠下心來，把剩下的餿啤酒全灌下肚。

我想吐。

但是吐不出來。

我絕望地癱在椅子上。
天就要亮了。

五、電腦也會寫情歌

晚上八點不到，我已出現在阿魯吧門口。
OOH比我還早。我懷疑他從昨晚一直坐到現在。不同的是，今晚他手上多了一根雪茄。
他把頭放在大腿上吞雲吐霧，眼瞇瞇的，一副好整以暇的樣子。
JTB遞上一瓶Grimbergen Double，好像用來醒酒還不錯。
「先拿兩千巴布來擋一下吧。」我開口就跟他借錢。
他皺了一下眉：「怎麼，懷孕了？」
「懷你媽的兒子啦。」
他遞給我一疊嶄新的巴布。室內正播放著〈愛我就別告訴他〉，滿悲傷的。

愛我就別告訴他，告訴他我好想他
雖然喝完這杯酒，我就要離開
但是請你，請你一定不要告訴他

其實我最愛最愛的是他

歌詞真是俗濫得可以，一聽就知道是電腦寫的。我敢打賭，電腦一定也不知道自己在寫什麼。但是流行歌就是這麼奇怪，祇要調子和旋律給對了，再爛的歌詞也可以活起來。

八點一刻，果然，忘了我依約出現在門口。

她把長髮裹在風衣領內，刻意遮住了左頰的刀疤；馬靴讓她顯得更修長，走起路來有風。她就這麼一路走到我面前，好像一陣風掃過，ＯＯＨ睜大了眼，ＪＴＢ更誇張，口水都快流到吧檯上了。

「嗨。」當她看到ＯＯＨ時，眼裡閃過一絲驚惶，大概被他的頭嚇了一跳，隨即用招呼來轉移焦點。

「嗨。」我幫她點了一瓶瘋狂潑婦，Dulle Teve，Mad Bitch。我知道她不可能喝水果味那種娘娘腔的，這麼硬的女人。

「為什麼約我來這裡？」

「因為我每晚都在這裡。」我聞了一下杯口，「你知道Alu Bar的Alu是什麼意思嗎？」

她搖搖頭。

我跟她說，史上最早的alu出現在北歐古碑文寫的魔咒裡。那很可能就是現在英文裡麥芽啤酒ale的字根，到現在芬蘭啤酒還叫做olut。住在芬蘭拉普蘭的聖誕老人，最愛喝的啤酒就叫

Jouluolut。

「你花了兩千巴布買全場，」她偏著頭，有點疑惑，「就為了約我來阿魯吧？」

「喝酒有什麼不好？」我喝下一口Grimbergen，挺清爽的，「反正不過是虛擬人生嘛。」

「你很悲觀？」

「要在一個反智的社會裡堅持理性，能樂觀起來嗎？」

「厚~來約會的喔。」瘋狂潑婦的杯子突然插嘴道。

「少嚕囌。」我用指尖狠狠彈了一下杯口，鏘~，布拉格的水晶聲。

「哎喲喂啊~好痛！」瘋狂潑婦尖叫。

忘了我笑了開來，像一陣清風吹過，花朵就綻開來那樣。好燦爛。

在虛擬的世界裡，我還沒見過這樣的笑容。

也許我的右腦真的說對了。

「今晚想聊點什麼？」她喝下一大口瘋狂潑婦。

「維也納行動派。」我的右腦脫口而出。

「那要從戴奧尼索斯說起。」

慢著，她可是我至今惟一見過，聽到維也納行動派不會立刻說噁心的女孩。

「從戴奧尼索斯就不得不談到尼采。但是他們兩個加起來可以打八折嗎？」我故意問。

她瞪了我一眼。

樂。

　JTB很識相，聽到我們要聊維也納行動派，立刻換了一首荀白格的〈月宮小丑〉當背景音

「先說尼曲吧。他把羊開膛剖肚，再強姦羊屍。」

「他還把羊血塗在畫布上，再把羊的內臟塗在自己的GG上。」腥紅的羊血，乳白的精液，他應該叫羊男才對。也許他知道，中文的羊尾跟陽萎是同音字。

「我覺得許瓦茲柯格勒才是狠角色。他把自己的蛋蛋割掉了。」

「他跳樓自殺跟沒蛋蛋有關係嗎？」

「這樣蛋蛋就不會摔得睪漿迸裂。」

「他們的音樂又吵又恐怖，可是配上他們的動作，為什麼那麼好笑？」

「這就是宣洩情緒的移情作用。」

「他們說羊象徵戴奧尼索斯或伊底帕斯。你認為呢？」

「全是狗屁。他們根本拒絕被定義。」

「唉，或許他們根本拒絕任何意義。」

　我歎了一口氣。算了，不說了。我知道再談下去，祇會讓自己陽萎。到時候，我就祇好把自己的內臟塗在羊的GG上。

「我們出去走走。」

「OK。」她調皮地彈了兩下杯口，鏘鏘～～。

「MaDe，哪個夭壽的，」瘋狂潑婦破口大罵，「痛死我了。」

OOH才剛抽完他的Patagas D4，一雙眼睛直直瞪著我倆離去。

六、在空中花園裡散步

巴比倫所有的官方設施，都在巴別塔圓環內。舉世聞名的空中花園，就落在這些建築的頂端，連成一氣。從空中鳥瞰，花園像一幅攤開的世界地圖；裡面的花草、樹木、假山、河流、湖泊，都依全球的地形施設。就連花開花謝、草長木凋，也依春夏秋冬與時遞嬗。惟一跟真實世界不同的是，你不必買票，隨時都能進入。

我們從地中海區的入口拾級而上，漫步到坎城海灘。從這裡往下看，可以收覽巴比倫五又二分之一的夜景。時近午夜，舉城依然燈火通明；但是從這個距離看，遠方的巴比倫好像變成了二維的城市，有點不真實起來。

我們默默看了好一會夜景。我抽完了兩根菸，直到快被沉默包圍到喘不過氣時，她才打破沉默。

「你喜歡我？」

「對。」

「可是你還不了解我。」

「對。」
「你想上我？」
「對啊，你怎麼知道？」我沒碰過這樣問的女人，但我說出了天下男人都會如此回答的話。
「你還沒問我臉上的刀疤怎麼來的。」
「那重要嗎？」
她的眼神轉向巴別塔的頂端，凝神了好久好久，最後才轉頭盯住我的眼睛，好像這樣就可以看穿我似的。
「我可以信任你嗎？」
「可以。」
「你會相信我講的話？」
「會。」我大概是被精蟲沖昏頭了。她現在不管說什麼我都會說對或會。
「其實我不是RMN，」她一個字一個字說，「我本名叫記得我，ROM，Remember Only Me。我不是用實體虛擬進來的，我是一個記憶體。」
這麼說，我是愛上一個記憶體囉。
「我們是巴比倫第一批的實驗公民，」她苦笑，「現在大概祇剩下我這一隻白老鼠了。」
她說那時候，就是人腦的記憶剛開始可以下載到記憶體的時候，大概有幾千個記憶體被挑選進來，好實驗虛擬城市的生存規則。天災和瘟疫使人們不敢出門，更加速了虛擬城市的需求。但倉促實驗的結果很慘，有一半的人在當中互相傷害；當局為了封鎖消息，決定召回所有的記憶體銷毀。她們幾個早有預感情勢不妙，於是設計了一套木馬程式逃出去。

「那你又回來幹嘛？」

「因為我祇能活在虛擬的世界裡。」

「為什麼？」

「實體的我，可能早就不存在了。」

「什麼意思？」

「我最後的記憶，是一場車禍。」

「你是說，他們搶在你生前，把你的記憶蕩落下來？」

「我想是。」

換句話說，我是愛上一個死者的記憶囉。

我瞪著她好一陣子，MaDe，她還真討人喜歡。看久了，連臉上那道小刀疤，都覺得好性感。

「你，就是前晚幹掉三個細胞那個……？」

「沒錯。」

在這個虛擬的城市裡，我們說幹掉，意思是把他給delete了。我們不說死亡，因為根本沒有死亡這回事。我們有虛擬的遊樂場、虛擬的酒店、虛擬的賭場，當然，也少不了虛擬的性愛。我們盡情享受虛擬的人生；但是，就是無法虛擬出死亡。因為，還沒有人能從那裡回來告訴我們，死亡究竟是什麼滋味。

「他們還在找你。」

「嗯。」

「你怎麼被發現的？」

「前晚在市場出事的。」她黯然苦笑，「我知道，不可能永遠躲過他們搜捕的。」

看ㄣ～，這下代誌大條囉。我深深吸了一口氣，空氣中有海水的味道，鹹鹹的。我伸出左手，一把將她摟了過來。這一定又是我右腦幹的好事。

就在這時，我聽到腦後傳來一聲喝斥：「不准動！」好熟悉的聲音，是ＯＯＨ？我回過頭去，祇見眼前的三株仙人掌，正幻化成三個風衣客。帶頭的那個沒有頭，除了ＯＯＨ還會是哪隻鬼。

記得我動作比我還快，早已衝上前去，順手從馬靴裡抽出一把不知是啥名堂，唰唰兩聲，就delete掉兩人。我一腳踹向ＯＯＨ的ＧＧ，他彎下腰來，卻連哼都不哼一聲，八成是神經沒跟頭腦連好線。記得我回手一下，也把他的身體解決了。

「頭呢？」她皺著眉頭四處搜尋。

我被眼前這一幕震懾住了。

等稍稍回過神來，我才想到：我愛上的是，一個TaMaDe～死去的～女殺手的～記憶體。

七、GG與BB的對話

我們一路落跑到附近的美人灘大飯店（Beauty & Beach，B&B），扛棒上的霓虹燈閃爍著：「休息250 BB住宿599起」我用跟JTB借來的巴布，要了一個超大的地中海景觀豪華套房。櫃台的阿伯還曖昧地說：「有按摩浴缸和全電動的情趣椅喔。」

我關上門，虛擬的落地窗外是一大片虛擬的摩納哥夜景，比剛才從空中花園看到的還動人。我把自己的身體丟到沙發裡，軟綿綿的，舒服死了。我把頭埋進抱枕裡，一股淡淡的七里香鑽入鼻孔，害我差點忘了還在逃亡中。我抬起頭，祇見記得我滿臉歉意坐在對頭。

我忽然大笑起來，大概是感覺到命運的嘲弄吧。我到冰箱開了兩瓶啤酒，要她也坐到軟軟的沙發裡。逃亡的惟一壞處，就是不能隨時喝到比利時啤酒。

「你，還不想……離開……這世界？」我生怕說錯了話。

「嗯。」

「為什麼？」

「因為我還能思考。」

靠～，難怪她當初聽到薛丁格說時間不能摧毀心靈時，會那麼激動了。也許我們該考慮另外建個「虛擬的虛擬城市」，讓這些實體已過世、但還能思考的記憶體有「生存」的空間。

「這麼說來，你是個心物二元論者囉？」

「怎麼說？」

「笛卡兒說我思故我在啊。」

她偏頭想了一下：「不對，我的問題比較複雜。我是因為『想』思考，才在找我的『存在』空間。」

真糟糕，每次一聊到哲學命題，我就會不由自主興奮起來。我們一路由笛卡兒談到胡塞爾對身體與想像的看法，但最後還是不可避免談到人本原理。

「宇宙會這個樣子，是因為我們人就是這個樣子啊。」

「那還不等於說，我們會這個樣子，因為世界就是這個樣子。」

「這樣就沒有因果律，也沒有時間這個維度了。」

「所以說，極端的人本原理，根本就是狗屁。」

「但粗淺的人本原理，又好像有那麼一點道理。」

「怎麼說？」

「比如說，因為有造氧的植物，自然就會有吸氧的動物。」

「那怎麼會有人，來殺死植物和動物？」

「人可以消耗大量的熵。」

「祇有人會站在這個宇宙中思考宇宙和人的問題。」

「如果能站在宇宙外頭思考，也許就可以避掉人本原理的干擾。」

「不管怎麼樣，人本原理還是太消極了，你從那裡面得不到什麼新東西的。」

說到這裡，我的手已經積極把她的衣服脫光了。我興奮到了極點，我真的需要解決那個很硬很硬的問題。我按下扶手上的開關，軟軟的沙發果然像櫃台阿伯說的，變成全電動的情趣椅。我啟動身上的虛擬性愛驅動程式，正準備進入她的身體時，我ＧＧ裡的感應晶片卻又跟對方竊竊私語起來。

別管我的ＧＧ	記得我的ＢＢ
嗨，很高興認識你。	別高興得太早。你應該先檢查一下我們的程式相不相容。
你碰過不相容的問題嗎？	對啊，痛死我了。
那怎麼辦？	那祇好加掛轉換程式囉。
加掛轉換程式？聽起來好像穿襪子洗腳。	對啊，就算最快的轉換程式也有七個nanoseconds的秒差。
你感覺得到那麼微小的時間差？	有時候，差了那麼幾個picoseconds的timing，即使高潮也不帶勁。

高潮有那麼重要嗎？沒有高潮還不是一樣可以生育。	高潮雖然是進化的副產品，卻是最美麗的錯誤。
所以雄性一定會射精，雌性不一定會高潮？	搞清楚，射精是進化的必然，高潮是進化的偶然。
他們說掐住脖子比較容易達到高潮。	算了，高潮遠比你這簡單的ＧＧ所能想像的複雜多了。
我也是身不由己啊，我上頭還有一個老大在控管哪。	我們可以暫時不理他。你要不要故意軟掉給他看？

我真的受夠了。

一根被ＢＢ煽動、想背叛我、故意給我難堪的小ＧＧ？

我好想把我的ＧＧ塗在羊的內臟上。

我不曉得他是不是讀了太多女性主義，竟然變成了高潮的狂熱分子。也許是我太久沒去update晶片裡的感應程式，害他變得有點不合時宜。有時候，我覺得這些做軟體的，跟做色情的沒什麼兩樣：他們總是先誘你上鉤，再慢慢坑殺，三不五時要你去update一些你永遠也搞不懂的東西。自從超感晶片公司（Superchips of Extreme eXperience，ＳＥＸ）推出新版的晶片後，我的ＧＧ就一直有點鬱鬱寡歡。我拿他一點辦法也沒有。

我尷尬地望著記得我。她還是那對純真的眼神，好像很能諒解似的。

「我們還是先來討論逃亡的路線吧。」她說。

八、利用混沌理論逃亡

「你說，你曾經用木馬程式逃出過巴比倫？」

「嗯。不過我想AVP最新的病毒定義檔，應該早就把那隻木馬鎖死了。」

「如果要再做另一隻木馬，最少也要好幾個月。」現在所有的程式檔都太大了，我想，「而且，還不能保證逃得出去。」

就算現在向諾諾教授求救，他也不可能馬上把我們變成電子那麼小。我站在落地窗前，點了一根菸，望著摩納哥的海灘發呆。她走到我身旁，輕輕勾著我的手，我們又跌入無盡的沉默裡。

「曼德布洛特！」不知道過了多久，我忽然脫口叫道。

記得我茫然看著我。

「曼德布洛特集合，」我興奮到一口乾掉眼前的啤酒，MaDe，這下給我逮到了。這下，恐怕連諾諾都不得不佩服我的詭計，「我們可以用曼德布洛特集合來設計逃亡路線。」

記得我還是茫然看著我。褪去了知性，這時候的她真是可愛到不行。

「你知道怎麼精確測量海岸線的長度嗎？」我指著窗外那一大片海灘，「沒辦法，對不對？」

「因為海岸線是碎形圖案。」她又恢復了慧黠的神情。她真是可愛又聰明到不行，一點就知道我在講混沌理論。

「處理碎形，不能用線性方程式。」我拉著她到書桌前的電腦，「但曼德布洛特用複數和簡單的C語言，就能創造出無止盡的碎形。」

她看著顯示幕上的圖形，由一而二，一直繁衍下去，像樹幹的枝椏愈來愈複雜，不由得目瞪口呆。就這麼簡單，才幾行程式而已。

我叫出巴比倫的地圖，把曼德布洛特集合覆蓋到上頭，再將圖形演化的起點，定在美人灘的位置，voila，「這就是我們的路線。」我指出兩條由原點分叉出來的主幹，「我們可以在任意的分叉點留下誘餌，讓AVP走入歧路迷宮。」

「你是說，我們要分頭走？」

「嗯。」我點點頭。忘了在哪裡看到的：分散，是逃亡的第一守則。

「照這樣走，我們不就永遠不會再碰頭了？」我看到她指甲上的花朵好像快枯萎了。

嘿嘿，我聽得出來這小鬼捨不得的口氣。於是我做了一面鏡像的曼德布洛特圖形，接在剛剛的路線圖後面，voila，迷宮般的枝椏又匯聚到遠方的一點。

「這就是我們會面的地點。」我說，「要是出了什麼差錯，你還可以到阿魯吧找我。」逃亡的第二守則是，隨時可以從口袋掏出B計畫。

「要是……我……就這麼不見了呢？」我聽得出她語氣裡的擔心和遲疑。

「那……」我頓了頓，「每年的這一天，我都會到這裡等你。」

她撲到我懷裡。

MaDe，雖然講這句話，讓我自己感覺好像七夕裡的牛郎，不過效果好像滿爽的。幸好我憂鬱的ＧＧ，沒在這麼動人的時候出來攪局。

「但是在離開前，我要先把你的記憶下載到安全一點的地方。」

逃亡的第三守則是：出發前，別忘了備份買保險。

我打了個電話給ＪＴＢ，要他把硬碟準備好，然後把ＲＯＭ遇見我之前的記憶傳送過去。至於她遇見我之後的記憶，我把它們全蕩落到我ＧＧ晶片僅存的空間裡。

分散，永遠是逃亡的第一守則。

現在，一切都準備好了。「我們走吧。」我喝下最後一口啤酒，跟她點點頭。

「好。」

我拉開門，迎接我們的是，看ㄣ～，兩副電子手銬。

帶頭的仍然是ＯＯＨ。這次，他把頭好端端放在脖子上，祇不過換了一副身軀。

「你怎麼找到的？」我問。

「你忘了你借來的巴布是嶄新連號的。」

對了，逃亡的最終守則是：你隨時要有被逮到的心理準備。

九、在數位的天堂會長出真實的玫瑰嗎？

我在虛擬監獄巴比龍待了一年，罪名是協助逃亡；外加踹了ＯＯＨ的ＧＧ那一腳，又多待了二十天，罪名是侮辱執法人員。

早加道，就多踹他兩腳。

這世界上要是有什麼我最不想回頭的地方，大概就是巴比龍了。說真的，巴比倫惟一最不擬真的就是巴比龍；虛擬監獄竟然比真實的監獄還恐怖，因為裡面全是獨居房。當初打造這座監獄的，要不是個沒被關過的白痴，要不就是太洞悉人性了。他知道人性裡最可怕的是無聊。所有在一般監獄裡的地下活動，像是買賣走私菸、打打屁之類的小花招，在這裡全派不上用場。我在裡面什麼都不能做，像一隻二十四小時被放大鏡觀察的白老鼠。發呆了三百八十五天，惟一的好處是，讓我對康德的實踐理性批判有了更深一層的領悟。

我出獄那一天，管理員看到我嚇了一跳。

「你還沒瘋掉！」他叫道。

祇有我知道，惟一讓我沒瘋掉的意志，是那張左頰有道小刀疤的臉龐。

那天晚上，我一直待在巴比倫大道的運河旁，呼吸自由的空氣。我不想太早去阿魯吧，省得人家在背後指指點點：「厚，就是他啊。」「他就是那個愛上記憶體的逃犯喔！」

直到凌晨兩點多，我才打了個電話給ＪＴＢ，要他準備一下。

果然，我進去時，她已經坐在吧檯的角落裡了。

她沒變，跟被捕前沒什麼兩樣，依然是風衣馬靴，長髮裹在衣領內，酷酷的，祇是眼神有點茫然。在虛擬的世界裡，有時候，時間好像並不是可以改變所有東西。但是沒有時間這個維度來維繫因果律，好像又不行。也許，不斷地複製並擴充記憶，是通往永恆的惟一道路。

「嗨。」我跟她揮揮手。

「我認識你嗎？」她指指ＪＴＢ，「他說你約我來這裡？」

「現在你還不認識我，但是你以前認識我，等下你就知道了。」這是什麼跟什麼嘛，我囁囁嚅嚅不敢說出口，「我知道……我知道你是個記憶體。」

我祇是生怕話一出口，她唰一下就把我給delete掉了。

好家在，沒有。

「你怎麼知道的？」她偏著頭，眼神充滿了迷惑，可愛死了。我瞥見她的指尖浮現出好多小問號，是雛菊吧。

「因為我身上還有你最後的部分記憶。」

我幫她倒了一杯金黃的ＰＤＰ，一瓶很像香檳的比利時啤酒。看著纖細的泡泡一直往上竄，顆顆珠圓玉潤，好像在尋找出口似的，不禁有點莫名其妙感傷起來。MaDe，真服了比利時那些老和尚搞的老把戲。

我給自己倒了一杯烏黑到發亮的Rochefort 10，一瓶很像波爾多的比利時啤酒。濃郁的香氣如內斂的玫瑰緩緩綻放，厚實的酒體在慢慢的咀嚼中釋放出陳年雪利的甜汁。我知道，這都是在瓶中發酵的酵母搞的鬼。啤酒可以做到這麼沉重的口感和這麼豐富的層次，大概很難再超越了吧。除非你能培養出不會被自己分解出的醣膩死的酵母菌。

我望著眼前的兩杯酒發呆了好久。一杯很輕，一杯好重。我是不是該交出屬於我倆的那份回憶？擺在眼前的誘惑是：如果把去年那一段delete掉，也許我倆會創造出截然不同的記憶；或者，依照極端的人本原理，我們的關係早就被決定了，我們祇是注定要在記憶的漩渦裡打轉而已。

我先聞了一下ＰＤＰ的杯口，一縷性感的清香幽幽鑽入鼻孔，好誘人。然後我一大口喝下Rochefort。我決定了。管他的，反正我的未來，不是我的右腦或左腦就可以決定的，不是嗎？

「等下我帶你去一個地方，你就會明白了。」我說。

「好。」

我們離去時，ＪＴＢ正在播放〈在數位的天堂尋找真實的玫瑰〉。

一首嘲諷中帶著感傷的爵士。聽起來有點像〈生化人會夢到電子羊嗎？〉。

外面的風開始轉涼了。她拉緊了風衣，很自然地勾住我的手，輕輕的。去年那種感覺又回來了，淡淡的。

但是在前往Ｂ＆Ｂ的路上，我忽然想到一件事。

MaDe，我竟然忘了先去update我身上那張憂鬱的晶片。

（第一屆林榮三文學獎小說三獎）
（原文收錄於《速度的故事》，木馬文化）

作者簡介

賀景濱，從事編輯工作二十多年，喜歡人世間一切美好的事物，例如抽菸、喝酒、音樂、賭博，還有那個。著有《速度的故事》。本篇是他最近正在寫的長篇小說的第一章。

也沒有所謂LP

文／何宜玲

我們不會讓你看到我們是如何光明地活著，也不會讓你看到我們是如何陰鬱地活著，但是充其量，我們是被告知被賦予地活著，然後我們活著，如同你知道而我們也都知道的那樣的方式。

我很枯竭，我很枯竭，有時候就會覺得自己很枯竭，是一種平靜地枯竭，就像一朵花靜靜地枯在瓶子裡，連同莖一起腐爛了，爛成黑色泥狀，幾乎和水是同一種狀態，然而又是一種固體，手一碰就黏到手指上，黑黑的，酸臭的，和水一樣依附在皮膚上，即使洗過手，你還是知道，它曾經在你的皮膚上短暫地停留過，那感覺是不會忘記的。枯竭融合了視覺效果停留在皮膚上，身體上，這感覺和我的第一次失戀狀態對上了，我就用它來形容它吧。那一次恰巧是她甩了我，她吃過別人，吃過我，然後又交了新女友的狀態，所以一共有兩個人被她甩，然後剩下一個人搖旗表示佔領新地，她是她的新，是我的舊。

我們是酷兒，我們不在乎你的性別，只要你願意分享你的身體，你就是我們的一員，只要你願意加入，我們就有機會彼此摸索與慰藉。不需要抗拒，也不需要接受，我們活在虛擬的國度，真實與我們無關，這世界的遊戲規則太過牽絆，若要遵守，人們只會變得不快樂與繁瑣。酷兒的國度屬於靈魂，那一個虛擬卻又與真實世界相關聯的國度，我看不見你的靈魂，但如果你是酷兒，我們的靈魂就可以溝通，真實世界窒礙難行，讓我們拿出彼此的靈魂來互駁吧，那不是屬於心的世界，所以不會受傷，但要記得拿出靈魂和軀體來啊。我們如此地召喚同類，小心翼翼，不踩入真實世界一腳，也不踏入心的世界一步，這只是一場靈魂的觀摩賽，這只是一場身體的競技賽，如此而已。

那一夜我是聽著別個女人的叫床聲，開始細想我們的關係，想想五年來的關係，不算短也不算長，恰恰是可以置一個人於死地，又讓她差點活不過來的年份，談一場戀愛需要多久的時間，五天也許還爽快些，五年砸下的心和力都過多過冗也過於無聊了，有時還想安慰自己其實也沒那麼恐怖就面對吧，但每一次想起來還是冷汗直冒驚沁人心的，令人渾身不舒服像是過小的屄遇到過大的屌，總是尖叫聲連連，雖然常人的戀愛都像是過大的屄遇到過小的屌，食之無味棄之可惜地使用著唯一的性愛。

心是誰的對我而言似乎不很重要，身體是誰的對我而言才重要，從前我是這樣信仰的……那時的心是所謂的荒原，如果有荒原，在當時很流行一種所謂荒原的描述，每個人口中傳誦著自己的荒原，那很重要嗎，我常常想問，那很重要嗎，所謂的荒原很重要嗎（似乎很重要）。心裡有個聲音隱隱地告訴自己，白天的那個我卻不敢承認，因為荒原就是荒原，都荒掉了就荒吧，只敢看不敢碰，只是知道卻不敢承認它的存在，它就是我的荒原，它就是我的荒原。

我們不會讓你看到我們是如何光明地活著，也不會讓你看到我們是如何陰鬱地活著，但是充其量，我們是被告知被賦予地活著，然後我們活著，如同你知道而我們也都知道的那樣的方式。我們活著互舔傷口，也互舔陰蒂和陰核，互相告知彼此存活的事實，看見彼此的能量，如同看見自己的能量一般感到欣慰。我們正以一種互為文本的方式觀賞著彼此，同時也欣賞著自己的傷口。

所以我們算是特別嗎？我一點也不這麼認為，雖然五年前我曾說過一見鍾情之類的蠢話，不過在小說的世界裡有誰相信我會說真話呢，是的，大一時我遇見她，就像一句很普通的廣告話在街上流行著，人人口中都吐得出的那種窮酸字眼，妳知道的，大一就有許許多多的浪漫情事像是同時被點燃似的，然後它們緩緩燃燒，在不同時間點再一一墜落，彷彿述說著不同的成長和人生點滴。大一的戀愛就像是在夜空中急著衝上天的煙火，忙著開出令自己滿意的花火，然後隨著時間流逝再讓它慢慢淡去，所以妳懂我的意思吧，我要說的是我們的戀愛一點都不特別。

嗯，在剛剛使用了花火意象以後，我想起了另一個人的名字也有著類似花火的意象，她勾引起我講她的慾望了，雖然她也不是那麼特別，就像每一段感情中，總是會出現那偶發的、提前來到或延後離開的第三個人吧，她或多或少也參與了我們五年之間的一大半吧，不管是以實體的形式或是靈魂的出遊之類，總之，那一年，我和妳相遇了，妳和她也不落人後地展開了。關於我和妳如何開始的敘述總也脫離不了她，因之我是如此地不想敘述我們的開始……

開始，在一段時間過程中，有時並不具有什麼意義，有一種糾纏之類的東西會讓「開始」變得毫無意義，而當一段感情已經找不到起點的時候，似乎也註定這一段感情將會落得不得善終，一段無始無終的感情，如何對人啟齒是一門無人能教的學問，因為我們擁有的只有過程，無始無終的過程，看似永無止盡，卻不是那種想起來令人浪漫的類型。

荒原，荒原之於很多人有很多意義，我曾經想像之於我這樣一個命題，我要如何描述，我將如何呈現，因為是荒原，因為荒原我想到的不是艾略特，而是達利，在那裡所有東西都是垂掉的，時間是垂掉的，臉是垂掉的，身體是垂掉的，它們都好需要支撐，支撐不是以防垮掉，即使有人惡作劇地拿走支撐身體的其中一根支架，身體的形狀依舊會是如此，沒有過垮，也沒有流掉，沒有變軟也沒有變硬，當然更沒有站起來，所以它只是剛好就是被支撐的那個形狀了，不多也不少，剛好是那個撐著的形狀，而那支架只是騙人的，給予心理安慰地杵在那裡，扮演好一個形狀的視覺效果的角色，如此而已，身體不需要它，時間也不需要它，臉不需要它，同時，它也像身體、時間和臉一樣，都是一個合適地色塊，安靜地待在畫紙上，它的功能不多不少就像畫裡的每一個物件一樣，沒有多餘的意義。你一定能瞭解的，有時就像自己一樣，沒有多餘的意義，那樣單純，那樣原生，在那個層次上，它就是如此了。

我們活在哪裡？我們活在蝙蝠倒掛的網路上，那裡是我們的新公園，那裡是我們以遊魂方式互打招呼的靈堂，掛在網上，有時呼喚彼此一句，多數時候是為了以迂迴的方式找尋合適的性伴侶，因為天光下和月光下的新公園已從真實世界消失，我們唯有藉由虛擬來召喚許久不見的真實，那對於我們這類人而言罕見而虛偽的真實呵，我們唯有藉由一幀一幀遺照式的美麗圖像，或是一幅一幅人世間的搔首幻影，來評判和挑選屬於那一位大家口中的「真命天女」。有時，性伴侶與妻妾之類的界限何其微小，以至於我們都分不清楚為何要計較著這些瑣碎，若是我們將眼睛睜得太開，不小心看到人世間的男女關係，我們卻又會在意起正室和偏房這回事來。但那僅是在我們不小心微睜開眼的時候，因為多數時間，我們都認真而順心地在房間裡頭摸索彼此熟燙的身體與靈魂。那對於我們而言，才是真正重要的時刻。

何時我們開始學會了使用關鍵字呢，發現了關鍵字的簡便，往往一句話說出來是為了代表背後有許多許多不想一一詳述地關鍵字的內涵，那些內涵或多或少含有傷人的、無法以言語形式表達的，某些只能以情緒或是感情流逝之類相關的方法來作抒發的東西吧，常常還是以帶有自殘或殘人等不被鼓勵也無法獲得認同的形式出現的，有時還會非常時髦地與現今極為流行的術語「消費」扯上關係，因之隨時隨地無法克制地在「消費仇恨」，失戀時無法克制的瘋狂購買行為，憎恨她人時無止盡地狂吃狂喝。仇恨著實促進了時尚的消費行為，仇恨促使我們消費，我們也消費仇恨，在瘋狂的行為中，我們以為仇恨會隨之消失或是轉化，因為我們相信如此，所以仇恨的心情必須配合沉到潛意識層面，否則我們的人生無法繼續，我們的社會無法繼續，社會將無法如常地建構我們，我們也無法繼續仇恨，因為已隨之滅亡……

容我敘述了過多的仇恨，我的戀情伴隨著仇恨而起，又伴隨著另一波仇恨而滅，這過多過冗的仇恨已鑄造了我過大而無當地屄，使我在單一的性行為過程中得到了永遠無法滿足的空虛，而持續增加的莫名複雜的仇恨也不斷不斷地撐大著我的陰道，蔓延周圍的滿溢的空虛不斷溢出，在我長達五年的戀愛裡……我是如此地寂寞而乖巧，像一隻僅僅擁有陰道的乖貓。

你看過舞台劇嗎，我不是故意問的，或者你看過小劇場吧，我知道了，其實那也不是很重要，你看過只是代表你也許是都市人，你沒看過也只是代表你可能或許是鄉下人罷了，那也不是很重要，在我而言，看過的人不見得比較能想像我所要描繪的心靈舞台，而沒看過的人也不見得無法感知我所想要描繪的那個心靈舞台，我的荒原，我的舞台。總而言之，我的舞台，初步地，不是你所想像的所看到的印象中直接跳出來的那個形象，那不是我的舞台，不是我即將描繪的空間，所以不是我的荒原，這是我想述說的第一件事情，你必須注意的第一個小說中的細節。關於我的小說，我的荒原不是你第一印象看到的那種舞台形式的空間，我不願意我的舞台被想像成一般談話會使用的那種舞台意義，我不要舞台劇的舞台意義，也不要小劇場的舞台意義，你懂嗎，我想先隔絕所有你可能想像到的有關舞台的那種意義，然後我才願意繼續敘述我所謂的舞台，荒原，和空間。

我們要求自己變成一具具的屍體，以承載莫名的哀傷與淫猥，就像《惡童日記》裡，互相傷害的兩兄弟一般。我們要求彼此成為彼此眼中的酷兒，因為那樣是唯一保護自我的方式，在這樣的情境下，我們互相要求堅強地活著。當我們看到彼此的界限，我們告知彼此，知道死亡，並且處理它。處理避免死亡的步驟，也處理跨越界限以後的殘餘下來的步驟。我們是「運屍人」嗎？不是，我們不是運屍人，也不是為屍體化妝的殯葬業者，我們充其量只是處理屍體的禿鷹，或是天葬業者罷。

妳還願意相信我嗎，如果我還是妳，我會這樣問，當然我還會冷笑。

浪漫愛的故事我們聽過很多，也曾經以為我們就是許多故事的化身，然後更曾有人說過就將我們的故事寫下吧，給世上平添一則令人動容的愛情故事吧，是的，曾經我們都這麼以為，我們就是浪漫愛的化身了，多麼多麼。

當我動筆時，所謂的我們已經遠颺，情愛的成分雖不是急速下降，但是變色的程度，則以仇恨為顯性了，仇恨包裹的情愛是甜的還是苦的，能算是一種愛嗎，如果是，也許有所謂真愛吧。呵呵。

大一的暑假許多人都打工了，有的開始第一次戀愛，有的恰巧結束第一次戀愛，那時我正在妳的懷裡學會如何嫩氣地嬌喘最能吸引妳的目光，因為妳的身邊總是幻幻地出現另一人，手裡握的恰巧也是另一人的手，然後在我和妳的性愛裡，我必須類似驚聲尖叫地發出令人側目地嬌巧笑聲來贏得妳的目光，也許妳只有耳朵對著我吧，嘴上是另一女人的香吻正進行著，有時抱著我的身子，同時還摟著一具猥褻的電話，此時連耳朵也不是我的了，我只能驚聲尖叫似地，驚聲尖叫。

妳怪我，妳怪我太任性弄壞妳的床單，打斷妳的電話，我只是妳的踏腳布，憑什麼驚聲尖叫，憑什麼扯住妳情愛的耳朵，憑什麼爭奪，憑什麼輸。呵呵。

妳怪我為何恨妳，妳怪我為何輸，妳怪我為何在意，妳怪我為何不喜歡，妳怪我為何仇恨，妳說：「第三個人，很好很好。」那妳當不當第三個人。

然後我開始描述我的荒原了，地是枯灰色的，漫成一片，所有物件不安分地待在地上，崎嶇不平，凹凹凸凸，物件的下方滿是碎石，碎石肆無忌憚地分布，密度不一，有的集中在物件下方，有的散佈方圓百里，物件和地的色澤一樣，又是枯灰色的，令人厭倦的枯灰色，若是沒有黑色的描邊描繪物件的形體，那麼地和物件又有什麼分別，它們各有什麼意義，一切都是枯灰色的，那麼安靜，也沒有所謂色澤，一切都安靜地躺著，一個空間就像一面觸摸不到的平面一樣可怕，沒有消失，也沒有靜止，當然不是喧鬧，看似平面卻不是透明，也穿透不了，伸出手慢慢地揮一揮，碰不到物件，眼前晃了一晃，也只是證明了空間不似平面那樣可怕，回到存在空間裡的恍惚感裡，是了，枯灰色，恍惚感，類似平面的空間，像是活在畫裡其實是在一段影片裡，荒原……

那我究竟是為了妳們所在意的消失中逝去的陰莖而臉頰泛紅如小少女，或是為了妳們勃起挺立亟欲衝入我陰核的碩大陰蒂以及垂掛兩旁紅腫碩大如陰囊的陽性陰唇來停留、撿拾並丟棄呢？

我究竟是為了妳們勃起修長且細心磨修指甲的手指所以溽濕，還是為了口腔的孤獨，亟欲舔舐那紅腫如兩個碩大陰囊袋的兩大片褐黑陰唇而口中唾液失控呢？

然後妳不疾不徐地介紹了下一個關鍵詞，叫做欺騙，這時候我的敘述變得緩慢了，因為這是一段冗長地陳述。妳想為我們的感情畫下一個美麗句點，以欺騙作為美麗燦爛的感情終點，在那時候我慢了，脫拍了，跟不上妳幻影的節奏，妳敲打著一聲聲鼓聲，彈奏著一曲曲琴譜，妳催促著我，要快要快，第三個人都追上我們了，妳快跑吧，快往前跑，去，去追求妳想要的，去高飛吧，我不想耽誤妳的美好前程啊，妳也千萬別為了我停留喔。（求求妳）

妳忘了赦免我自由，卻一味繁複地催促我：快，快去吧！快啊，妳的美好人生，心裡卻大聲吶喊（快讓出位置吧，已不是為妳而設的，還不快滾！），妳說：「快飛翔吧，我豈敢成了妳的阻礙。」（妳也行行好，快走吧，別壞了我的好事，這位置已有了另一位心儀的女主人呢。）

這一單元妳教得特別久，又特別仔細，好讓我每一個角落每一個細節都學得如此徹底，是希望我也能舉一反十嗎……妳為我燒一壺燙心的花茶，滿口喝下去，整顆心都被燒化了，我只剩下眼睛，張望著妳和她的開始。

荒原裡頭有哪些物件呢，約莫是箱子，大石塊，枝葉不甚茂密的樹（沒有根），一望無際尚未被開墾的路（很大一片），箱子石塊和樹散佈地遠，不親密，路更大更遠，整個畫面很空，全是枯灰色的，但是你知道有一些物件，所以你在一條路的不知是終點還是起點還是其中一點的一個奇怪邊緣邊界上，甚至也沒有邊緣邊界的概念，因為地是漫成一片的，你就孤零零地盡可能左右望一望，轉前又轉後地，最後希望自己停在一個平面上，四周只有你一人，很辛苦地看了一看，焦點回到自己身上，決定一個方向，抬起頭，枯灰色盡收眼底，看到物件，停留，漫開……荒原……

這一段感情於是像一段笑話般地，沒了結尾，轟然一笑，剩下多餘而冷卻的空氣，所謂分手以後的電話連一通都是奢望……妳的廣播調到另一個頻道，妳聽膩了舊ＤＪ，撥通下一個電話號碼，就由當紅ＤＪ為您服務吧……

作者簡介

何宜玲，現就讀中央大學外文所碩士班。

秋日午后

文／朱天心

慢鏡頭似的，只二層的樓梯間忽然被拉長被拉開，你只得加快腳步，身上隨之瞬間閃跳變幻著各種不思議的彩色編碼——那人體，會凌空躍下咬住你的後頸項嗎？

懂得欣賞人體時，你已經過了有費洛蒙、有體臭、體溫的年紀。

吸引你的，不再是諸如身高、體重、胖瘦、年齡、性別、族裔……等等。

你喜歡平直的肩，寬窄不拘，當然寬些更好，如此，再平凡的軀幹，相形之下先就有了腰線——待會兒再談腰。平直的肩，心肺就有了較為寬闊的空間，斜方肌也因此會有個較優的起始。

斜方肌非常重要，連接頭骨底部和脊柱，整個覆蓋過肩胛骨和鎖骨，這麼說好了，平滑有力的斜方肌，加上其上汗腺所泌凝著大顆大顆的汗珠，加上環抱扣抓其上的手（女人的手、男人的手），是唯一最打動你的人體交纏時的畫面。

所以背闊肌也同等重要，有多少人，無論肥瘦、無論運動與否，時間一到，背闊肌上緣沿脊柱兩側便形成上好的霜降里肌，你觀人年歲，從不被其真皮內的膠原和彈力蛋白纖維之厚薄所干擾，也不被古龍水香皂洗髮精試圖遮掩不去的隱隱禿鷲味之濃淡所誘導，只消參考——對，就是那兩條霜降里肌。

女人長了里肌的背，再好質材再合宜的內衣一上身便浮凸盡現；男人的，脊柱深深陷入賁起的里肌間，呈溝狀，彷彿股溝的向上延伸，因此你竟學會欣賞有里肌（自然也有年歲）的人體，例如你曾目睹那樣一名女人，她因不斷起起落落取用沙拉吧而行過你桌前，你得以仔仔細細看盡她，解剖她。

女人有矯健纖實的腿腱（滷透冷卻了切片必有逗人胃口的眼鏡狀腳筋），有靈活堅巧的膝關節，像木頭義肢刨光發亮的脛骨前肌，還有一對珍稀上品、肯定盈盈一握的阿奇里斯腳踝，總之足夠揣想其十年前的身姿，因為這會兒這女人除了腰腹的外斜肌有些鬆垮外，就是有個標準霜降的背，這並不教人意外，她要命好胃納的挖去甜食吧檯上的半罐提拉米蘇正憑窗享受著，這家提拉米蘇確實好吃，真材實料使用進口的Mascarpone起司和Marsala甜酒。

你喜歡有好胃納的女人，完全可以想像她在床上也一定同樣的好胃納，好活力、好認真，全身漾溢著動情激素和黃體激素，打賭她的遺傳基因全都是愛表現的顯性對偶基因，例如她一頭離子燙也制服不了的自然蓬鬆捲髮。特別發達的犬齒、清亮潤澤的嗓音（她向侍者要一杯續杯咖啡的音波在你的內耳迷路中迴盪著）……，以及她的好胃納。

不只女人，你也能欣賞長了霜降里肌、腹直肌漫漶成一片、外斜肌也霜降化了的男人的腰腹。某些男人，不知如何料理自己這款新而陌生的軀體——簡單說，不知該把褲腰提高至浮肋之下，或乾脆任其滑落至肚臍下方——索性將褲腰低低的束紮在腹直肌下，任上衣鬆垮垮的遮擋過腰環十丈的中圍，整體的呈一種日本男人穿和服或浴衣的樣態。

再沒有哪個民族的服飾比日本男人的色情，腰帶不能再低的指涉著方寸不遠的胯下，榻榻米，雄踞的跪姿，隨時不擇地皆可按倒辦事，每一個構成元素都飽含著性暗示。

但這一切並不表示你無法欣賞新鮮的軀體，比方說，低腰襠褲盛行的年代，敢秀的男體包覆著外斜肌的髖骨和腹直肌之間充滿扭力的腹股溝，女體的髖骨間靜靜弧出的一汪清淺小肚湖，令人十分艷羨其中一定有一套清潔有勁的腸，不隨意停擺，不亂脹氣，不連累腸主人做無謂紊亂的連床夜夢。

所以平坦的上腹便具有同樣意義，不泛酸、不打嗝、不垂墜無力、不奄奄罷工的胃，如此的主人當然不夢囈譫妄，不渾身泛溢胃乳制酸劑的糜味兒，聲音清健有勁，眼睛發亮似剛上岸的魚。

當然你可以欣賞的也非只有所謂的健康新鮮，你能感受肺臟想必黑灼掉了的人所散發獨有的溫暖迷人的菸草味兒；你可以面對一名與你滔滔不絕，因此散發著甜悶氣味的男人，想像他肝硬化前的輝煌飲讌生涯；你也誤上過一輛塞爆某明星男校的放學公車，彷彿置身在一間水汽蒸騰的大廚房：發酵中的麵糰、大量去殼待用的新鮮蛋液、剖殺好的魚體、浸泡著的貝介、大廚脖頸的汗珠、現磨妥的紅胡椒粒、酸起司、銀杏熟爛的果肉……，一種匯集所有被體熱薰烘乾了的褲襠精液的攻擊氣味，味主們無論胖瘦神情，個個皆兩頰遭刀削過的窄峭，原因無他，顴骨至下頷骨的嚼肌才開張用了十數年，不發達故耳，這也是判斷年歲的標準之一，有了年歲的人，不論較年輕時胖或瘦，臉頰皆因嚼肌之發達和地心引力故而比年少時面孔增闊多多，你看過的所謂美女，大多以玻尿酸、肉毒桿菌注射可混淆其歲月痕跡，唯獨嚼肌之發達無所遁逃。

尚有一種人，打完噴嚏，空氣中久久不去的死老鼠味兒，他（她）有嚴重的牙周病。

還有一種人，渾身籠罩著某種化學氣味（是醇類嗎？），他（她）正過分鉅細靡遺的敘述著一部電影的情節，他是個精神官能症者。

還有一種人，沒有任何氣味，好好穿衣、亂亂穿衣，皆不引差別注目，人群中，隱形人似的，如同你，不再釋放費洛蒙，不再被男體女體的性器性徵所吸引並以之決定妍醜，你觀人的胃納因此變得好廣，像一具精密的電腦斷層攝影機，像一種熱攝影術，以人體不同部位的表面溫度呈彩色編碼影像。

你看到的人體圖像，不再與他人同。

便有這個秋日午后，隔著好幾張色調鮮亮的壓克力桌椅的速食店二樓，你隱隱意識到不遠處有那麼一具人體，說意識，是他也和你一樣不再散發費洛蒙，儘管你們的年紀，該怎麼說，尚未達醫學定義的性激素轉淡至絕、生殖系統不再行使功能，你和他，週末下午，顯然各自被迫遭配偶發落來接送上美語班的小孩，因為隔壁有間好大的連鎖兒童美語班。

等待的時光，你們只得假裝認真翻閱店內報紙，技巧高超的絕不眼神相接。

那人，額、鎖骨下動脈、肱動脈處呈正常紅色，胸腔、下腹呈橘色，髂動脈併胯下是計程車黃，膝關節上下綁了護膝似的呈黑色，黑色的部位尚有兩乳其指尖好令人費解。

你以熱攝影術打量他，如何他的心臟和顏面呈失溫異常的色碼。

其實何需吃驚，你自己不也心臟給挖掉仍好好過了好些年。

此時的窗外，美語班擴佔防火巷的屋頂，一隻黃虎斑大公貓雄踞著，皮毛破爛骯髒，兩腮的嗉囊嘟垂著，是一隻未遭結紮的盛年流浪野貓，牠不時以頸項磨蹭著不知為何被棄置屋頂的廢車胎，同時也目不轉睛的注視著眼前腳下的另隻貓，美女貓，灰背白腹腳，綠眼白尖臉，此刻正仰面反覆扭著細腰磨蹭著背脊，彷彿陽光是一隻實體的手在搔弄愛撫她。

她察覺到你隔窗的目光了嗎？忽的翻身低伏在地，鼻子漫空警戒的嗅著，破爛大公貓無法再裝腔，箭步凌空罩住美女貓，啃咬著她後脖頸，兩隻前爪好健壯的挾持著頻頻回頭掙扎欲逃的美女貓，空氣中有某種樂音似的大公貓兩前腳有節奏的踩踏著。

前後不到幾分鐘，你屏著氣，目光無法離開，血脈重重的跳著，啊心臟又復存有。你的左胸、你的鼠蹊一定呈最異常溫度最奇麗的顏色，因為你聞聲——那人體也重重呼呼一口大氣，來不及的將目光自你臉上調開，瞳孔也同樣來不及的仍然大大滿滿的，看到了你看貓，看到了你異常變幻的奇麗色彩，肯定是這樣，因為他的顏面和心臟不再失溫，呈同樣詭異的色彩。

你慌忙起身離去，覺得大庭廣眾自己不只赤身裸體沒衣物掩護，更彷彿正被X光穿透、被斷層掃描的檢查著。

你步下樓梯，身後尾隨而來同樣急促的腳步聲。

慢鏡頭似的，只二層的樓梯間忽然被拉長被拉開，你只得加快腳步，身上隨之瞬間閃跳變幻著各種不思議的彩色編碼——那人體，會凌空躍下咬住你的後頸項嗎？

你好奇著，害怕著，逃竄著。

作者簡介

朱天心，小說家，台大歷史系畢業。曾主編《三三集刊》，並多次榮獲時報文學獎及聯合報小說獎，現專事寫作。著有《方舟上的日子》、《擊壤歌》、《我記得……》、《想我眷村的兄弟們》、《古都》等。

玫瑰是復活的過去式

文／吳繼文

防風林的風景，荒廢的海岸地帶，清澈而沉靜的河流，紺碧的水塘，薄霧輕籠的濕冷沼澤，無人的泥土道路，歪斜在田隴之間的電杆，雲層很低的天空，每一個畫面上都塗有一層鏽蝕而疲倦的顏色，彷彿是她整個青春的寫真。

在水族館那個晚上，姑姑一開始就提起生而為人的無奈，原來只是個引子。

時澄的祖父算是入贅給祖母家的，所以結婚次年生下的大兒子，必須祧祖母的家姓，因此祖父對下一個男孩充滿了期待感，誰知道接下來一胎懷到五、六月大時祖母突然大量出血，差點奪走祖母的性命，嬰兒流產。第三胎是個女孩，生產很順利，但小嬰兒體質較弱，不久就因感染而夭折了。連續兩次意外，教祖父母傷心了很久，才又鼓足勇氣懷第四胎，沒想到竟然是一對健康的雙胞胎，而且都是男的，教祖父母喜出望外。先落地的那個是成蹊「姑姑」，另一個取名成淵，就是時澄的二伯父。之後可就六畜興旺了，祖母又連生了六個孩子，四女二男，包括了時澄的父親。

成蹊從小就認為自己和他的兄弟不一樣，而把自己和幾個妹妹悄悄歸類在一起，雖然他從來沒說出來，也不知道怎麼說才好。他只把這個念頭當作心中最大的祕密，但舉手投足之間，以及在穿著上，他會不著痕跡地與妹妹或是母親認同。有趣的是，大人對此竟毫不以為意，或許下意識裡他們認為兩個總是同進同出的小孩，一文一武或一女一男不失為理想的搭配，有時候上街，還故意將成蹊打扮成女孩，不知道的人就一路上以羨慕的語氣說他們會生，一個男孩、一個女孩，而且健康又漂亮，真福氣；祖父母就非常虛榮地感謝人家，心裡非常得意，尤其在兩次失嬰的慘痛經驗之後。

上學之前，成蹊毫無壓力地在兩種性別之間游走，但上學以後，男女有別的客觀現實教他煩惱不已。他很自然地與女同學玩在一起，因而引起男孩子惡意的嘲弄；當然也有甜美的一面，常常有男孩子，高他幾年級的，主動充當他的保護者。但最引起他困擾的，是別的女孩子沒有而他卻有的那個東西。他一直覺得那個東西醜陋不堪，他厭惡它，可又拿它沒辦法。他記得最常做的夢是，他發現他本來就是一個女孩子，身上那個多出來的東西，其實是人家惡作劇給他裝上去的，只要他穿上裙子，或是大叫自己一聲「女孩」，它就會消失無蹤。

但它從來沒有消失。到台中上中學的時候情況更加嚴重，他讀的是師生全屬男性的教會學校，因為路途遙遠必須住校。那時周圍的人包括自己，身心都起著劇烈的變化，而且或多或少開始意識到另一個身體，也許是在擁擠的車上貼身而立的異性，也許是上體育課時游泳池中不小心擦撞的同學，總會在體內產生一種前所未有的微熱，甚而發展成難以遏制的好奇心和冒險的衝動。

一年級上學期還沒過去一半，已經有人未經預告，在宿舍熄燈後，掀開他的蚊帳，鑽進他的棉被中。成蹊首先是感到緊張，有些害怕，但又不敢出聲，以免舍監和同寢室的同學知道。在黑暗中他知道來人是誰，他們多半是班上的留級生或高年級的學長，身體已經發育得比大部分一年級學生成熟。成蹊對這種事發生在自己身上，並沒有任何犯罪的感覺，對闖入者他也不感到厭惡，但是他們通常是粗魯地壓著他，急切地將手伸入他的下腹部，或是抓他的手放到他們的兩腿之間。成蹊對他所觸摸到的那個與自己有很大差別的物件很是驚訝，但這整個過程並沒有帶給他愉快的感受。他唯一的享受是在對方謹慎的狂亂中，散發出來的溫度與氣味，毫無保留地獻給了他，他確信其中一定有極短暫而微妙的時刻，可以被解讀為愛，教他感到一陣朦朧的幸福。

那是一所由來自加拿大法語區的傳教士興辦、治理的學校，佔地堪稱廣袤而且設備先進，教學態度嚴謹卻又不失活潑，當大部分的台灣學生仍在老舊而陰暗的校舍中求學時，這個學校已經有自動過濾的游泳池、電影放映室，明亮而寬敞的圖書館中有全套《文星叢刊》、《大英百科全書》、《讀者文摘》和《國家地理雜誌》，校舍之間分布著大片的綠地、各式精巧花園和大量運動設施。

熄燈後沉睡的校園是另一個世界，許多人了無睡意，熟練地溜出寢室，在陰影與陰影之間移動，在廣闊的黑暗版圖中展開充滿好奇、暴力或是淫亂的夜遊，揮霍著一時也揮霍不完的青春。成蹊也加入了夜遊的行列。

當宿舍熄燈，舍監的腳步遠去，一些門開了又闔，有人成群結隊翻牆外出尋仇，主要是跟二中的；有人到不遠處一所教會女子學校獵豔、偷窺；只是為了解決快速成長期腸胃的騷動而出去吃消夜的人也不少。成蹊從未參與那些必須翻牆而去的刺激行動，他的領域是空曠的教室和走廊、反照著月色的青草地、在風中輕輕發出絮語的樹林。

來自鹿港的洪有一段時期成為他夜遊的伴侶，但洪真正的興趣是性的冒險，而他的大膽及時豐富了成蹊夜遊的內容。他會帶領成蹊攀爬鐵絲網，悄悄潛入映著些微天光、輕輕晃蕩的游泳池，慫恿成蹊裸身入水；水中能見度很低，他們像深海中視力盡失的魚，只以肌膚和毛髮觸及周遭的世界，判斷前進的路徑，感知埋伏著的危機。洪最喜歡玩的遊戲是背著成蹊浮潛，或是反過來貼在成蹊的背上。有一次他說服成蹊試著在水底接吻。他們吸足空氣後即一起沉落，等到觸了底，突然有一刻全然的靜默。洪雙手抱著成蹊的耳側，然後將他的唇輕輕放在成蹊的唇上。他們的嘴因為稍稍打開而有一股股氣泡冒出，好像是另外的一千只唇，無限溫柔地吻著對方的臉頰、鼻翼、睫毛和頭髮。也許氣泡使人發癢，不知道是誰先笑了起來，另一個也跟著笑，結果兩個人都喝了水，嗆個半死。

但是洪的冒險是沒有止境的，這使得游泳池的吻成為唯一一次美好的經驗。洪會帶他到滿是異味和蚊蟲的廁所，在微弱的燈光下看著一本色情小冊，然後要成蹊幫他達到高潮，讓成蹊覺得很無趣，只想趕快回去。他還曾經打開輔導室的窗子爬進去，讓成蹊在外面把風，然後從容地在他最討厭的一個教官辦公桌上撒滿精液。有一天黎明時分，成蹊突然驚醒，看到洪彎身跪在他的腳邊，正拿一條冰冷的毛巾在他的肚腹上擦拭。原來洪在成蹊熟睡中掀開成蹊的棉被，拉起他的內衣，褪下他的底褲，想必是一邊看著成蹊的身體，然後兀自把玩自己那不馴的小獸，最後傾洩在成蹊半裸的身上，才拿了成蹊掛在櫥櫃旁濕濡未乾的毛巾料理善後。那時天色已經大亮，是起床鈴聲即將響起的時刻，成蹊對洪那種盲目奔放的激情感到非常驚訝。那一陣子，他看到洪的臉都覺得好像看到性器。

那些在夜晚降臨成蹊床上的人，包括洪，白天在校園遇到並不會和他打招呼，有的只是難以確認的友善眼神。成蹊多次聽到他們興奮地與其他同學談女孩子，他也知道其中有的正和別的女校的學生通信，有的已經有要好的女友；他們當他是臨時代用品，視他為女性。這本來與他的性別認同一致，他似乎應該感到高興才對，然而他反而要接受更多煎熬。

二年級的時候，成蹊自己的身體也有了顯著的變化，而且開始會主動注意別人。那年聖誕假期，住校生多半都回到外縣市的家，成蹊因故留了下來；假期第一天，他看到素有好感的三年級學長楊一個人在打籃球，於是加入了他，兩個人打得挺愉快，還一起去洗冷水澡。那時天候已經很涼，兩個人在空曠的浴室中放聲大叫，覺得非常刺激。當晚寢室熄燈後，楊悄悄溜進成蹊的被子裡，也許是天冷的關係，成蹊第一次因為別人溫暖的擁抱而顫抖不已。楊有別人所沒有的溫柔，而且很少採取主動，對成蹊而言都是嶄新的經驗。他們一起度過一次快樂的假期。

假期結束後，學校一切恢復正常，但成蹊並未恢復，他無時無刻不想到楊，一下課就到楊的教室附近，看能不能見到他，和他打聲招呼。要是碰到，成蹊就興奮地走上去與楊攀談，他那時的心境，他所表現出來的語氣和神態，想必是完全的女性，然而楊每次看到他，表情立刻顯得很不自然，和成蹊說話也是心不在焉。成蹊有些困惑，但他又試了無數次，結果總是差不多。

學期結束前，楊約他放學後到聖堂後面的教會墓園講話。那裡種了幾排羊蹄甲，草坪整理得非常美觀，但很少人在那邊走動。楊用不太準確的語句，吞吞吐吐地向成蹊表白，他們之間的關係不應該再繼續下去，而成蹊在同學面前所表現的對他的好感，教他非常困擾。楊說他一直很欣賞成蹊，但聖誕節期間的親密，只是一時衝動，他把成蹊當作想像的女友，然而成蹊畢竟不是一個女孩。

「如果我是呢？」成蹊問楊。

楊雙手抓著成蹊的肩膀，激動地說：「清醒一下，你是男的！」

楊又說，不管是他愛上成蹊這樣一個男孩，或是成蹊堅認自己是一個女孩，「都是不正常的」，而且會成為同學的笑柄，被人當作怪物。他一再勸成蹊，非常溫婉、憂心忡忡地要他「改變過來」。

暮色籠罩的墓園中，兩個人的影子被拖得長長的，通過草坪，映在聖堂潔白的後牆之上。成蹊大部分時候都是無表情地沉默著，只偶爾浮出一朵慘澹的笑；想必也就是日後她在向時澄述說這段陳年往事時那種平靜而無奈的容顏。之後，兩個人在校園中謹慎地保持距離，不久楊就畢業了，聽人說考上一中。不知道是否這件事的影響，成蹊在高中時代把自己的心完全閉鎖起來，變成一個不太與同學交往的孤僻者，但他愈來愈確定他體內那個女性才是真正的自己，卻也長期為背負一個偽裝的軀殼活著而痛苦不已；沒有可以講話的人使得他的痛苦又加強好幾倍。他仍會被男性吸引，但並沒有太多性方面的衝動，他渴望的只是一種帶著安全感的親密，以及有人可以善意地理解他、體貼他並分享他的祕密。這個渴望在那三年從未成真。

到台北上大學以後，他開始積極地到每一個具規模的圖書館查閱所有可能解開他身心之謎的書籍。他很快得到初步的答案，也知道一些想要改變現狀必須走的正確步驟。他鼓起勇氣到台大醫院接受診斷，才知道與他有著同樣困擾的人不少，他們並非嚴格意義下的病人，只能說是上帝惡作劇——也可能是失手——的產物。經過幾次會診後，醫師告訴他，他的性別認同非常明確，他體內那個女性才是真正的他，如果他願意，可以先服用女性荷爾蒙，讓外表一切屬於男性的，像鬍鬚、手腳上的體毛、較粗糙的皮膚和頭髮等特徵大致消失，等到體型都趨向一個完全的女性時，譬如皮下脂肪增厚、胸圍和臀圍加大、聲音變細等等，就可以考慮做變性手術，回歸真正的自己，「雖然，」醫師說，「這是一條漫長而艱辛的路，而且不會有奇蹟。」成蹊必須接受一個事實，即使手術再高明，他也不可能和一個天生的女性一模一樣，因為他畢竟不能生育，而且一旦停止服藥，那些男性的特徵仍然會恢復。

成蹊聽到這一切以後，對未來充滿了期待，卻沒有信心，因為他不知道要怎樣面對所有認識他的人，尤其是家人。

家人或多或少早已知道他的異樣，只是想不透怎麼回事，而且期望他當過兵回來一切都可以恢復正常。他曾經鼓起勇氣和母親談了他真正的狀況和想法，母親聽了只是哭，因為害怕，她以為這是一種怪病，也擔心兒子未來必將多歧而苦難不斷的人生之路。

母親的哀戚使得事情在家中變成公開的祕密，成蹊明顯感覺到其他家人的不安，以及對他有意無意的疏遠。沒有人來跟他談這件事，雖然他私下熱切地等待，甚至不切實際地，渴望他們的安慰、諒解與支持。當然沒有，完全沒有，除了疑忌的表情，除了逃避的眼神。

他決定暫不開始服藥療程，只是為了他的家人。這是他還做得到的一件事。他無法估計服藥之後發生的種種變化，將會對家人造成多大程度的打擊。他知道他的耐心將助他打贏這場戰役，時機仍未成熟，他仍可以等。儘管如此，大學四年過得比高中好太多了，心中少了怨懟和掙扎；他從商學系轉到生物系，也談了幾次不可能太刻骨銘心的戀愛。

今早出發時，迎面是冰冷的東風，我們必須在六到九英尺高的峭岸蔭蔽之下前進。一路上只看到孤零零幾棵憔悴的白楊。

我們有幾隻船上，又是咯咯的雞鴨，又是咩咩的綿羊，整個船隊彷彿是個農莊飄到水上來了。在船夫輪流接唱的歌聲中，我們可以清楚望見庫魯克塔格山淡淡的輪廓。

近五點鐘我們到達了德門堡，這是孔雀河右岸一個很有意味的地方。沿著岸邊是一片十二英尺高的段丘（terrace），呈現奇特的樣貌，因為向外開了四條平行的出路，像好幾個敞開的大門。過了這一片段丘有一道攔河壩，是四年前縣長下令修的，因為一九二一年孔雀河正是在這個地點離開了原來的河床，流入庫穆河的乾河床。

妄想的觀念以為人力可以抵制自然的變化，強迫孔雀河不要重回舊道，並像以前一樣灌溉鐵干里克四周的農田。縣長從若羌、鐵干里克、陽吉庫勒、尉犁和烏魯格庫勒徵調了四百名工人，乘夏天河水最低的時候，把五百根粗大的白楊木樁釘進河床，截流做成兩道防線。每一道木樁都排得很密，但兩道木樁之間還有一段空隙，於是工人們又用泥土、蘆葦、樹根、樹枝、石塊等盡可能填塞缺口。按照他們的想法，這項工程如果完成，河水就要被強固的障礙所阻，不能不轉向右方，以段丘上開好的四個口子為出路，簡單地說，就是很服從地回到千百年來的水道上去，而不要流入已經乾涸了近兩千年的舊河床。

但這一切都是徒然的，水還是由木樁隙縫中流過，帶走了填塞的那一堆東西；等到秋天滿潮的時候，整個攔河壩也被沖走了，大木樁滾在一邊，也不過像一堆火柴棒。

這裡就是我們在孔雀河畔最後的宿營地，也是我們看見最後幾叢活的白楊樹的地方，第二天我們就要循著庫穆河，就是「沙河」，也就是那個人力難以挽回的新河，一起在荒涼的沙漠中穿行。

S

大學畢業後，成蹊在野戰部隊楊梅師底下一個旅部當少尉文書官。當兵期間，他為了公事常常坐著顛簸的客運車往來於楊梅、湖口、富岡、新豐、紅毛港一帶，或是參加演習，連續幾天露宿緊臨沙灘的木麻黃樹海裡面，在風濤和浪聲中睡睡醒醒，早上起來全身都鋪著一層細沙、露水和針葉。她說，一直到退伍後許多年，即使是她說話的現在，她仍然不時夢見有著防風林的風景，荒廢的海岸地帶，清澈而沉靜的河流，紺碧的水塘，薄霧輕籠的濕冷沼澤，無人的泥土道路，歪斜在田隴之間的電杆，雲層很低的天空，每一個畫面上都塗有一層鏽蝕而疲倦的顏色，彷彿是她整個青春的寫真。

在軍隊那個以男性為主而且沒有個人隱私的社群，由於軍官身分，總算讓成蹊保有小小的私密空間，他自己有一個小房間，寢室兼辦公室；他可以挑人少的時候去沒有隔間的浴室洗澡，他不太敢走進一群裸裎的身體中間。旅部許多中年的職業軍人都對他很好，他當然嗅聞得出其中濃厚的曖昧情愫，幾乎每個禮拜都有人送他禮物，請他看電影，或是開著吉普車載他到處兜風。他不太拒絕這一切，但也沒有明白答應過什麼。他知道晚上常常有人在他房間窗邊門外徘徊，也有些人喝了酒，會來找他聊天，盡說些不著邊際的話，在他的房中坐到很晚，才廢然離去。還有一次，成蹊在軍中過的唯一一次除夕夜，一個常幫成蹊理髮、來自河南的補給官當眾抱著他號哭了很久，周圍的人無不神色慘然。

服完兵役，因為老師的介紹，成蹊前往位於台南的水產試驗所當研究助理；第二年，他得到一個前往沖繩研修的機會，第一次離開台灣，不過也沒有第二次了。在沖繩研修期間，他申請到京都大學的入學許可，研修計畫一結束，即北上日本內地就讀。他在京都大學的課業並不順利，他發覺自己並不適合成為一個學者；經濟的困窘也是原因之一，那個年代一般人從台灣要匯款到國外幾乎不可能，失去家人的接濟，成蹊必須獨力應付生活所需，但那時也不流行工讀，最後只有中途輟學，開始就業，幾經流轉，但是再也沒有履踐過故鄉的土地。

當太陽落在一片燦然的金色和深紅中，餘照的輝煌鋪滿了這古老的荒原時，我們將船停靠在一處燃料豐富的岸邊，紮搭帳篷，燃起營火。

用過簡單的晚餐，滅熄了營火，在帳篷中躺下後，有一刻完全的寂靜，好像要讓夜晚重新安排它的舞台：風的走向，雲的排列，潮水的高度，星宿的坐席。

事實上並沒有真正的寂靜，就像我們從沒喝過一口沒有味道的水，寂靜自有它的聲音，只是不易察覺而已。我們凝神傾聽寂靜之聲。

我彷彿聽見外面夜深的人語，不知道那些墳墓間絮絮說的是些什麼事情。我聽見了那些古水道中木槳撥水的聲音，而那些水聲慰藉乾燥荒涼沙漠中往來的行者。駝隊的鈴聲由遠而近，駱駝行列發出嗅到湖畔青草地的興奮喘息聲。清脆的蹄聲來自驛丁的快馬（我在三十年前第二次到樓蘭時曾經發現許多他們所傳遞的書簡與覆函），沉重的車輪聲響自遲疑走向戰場的隊伍，中間夾雜鐵器交互觸擊、羽箭離弦以及禽鳥驚嚇的撲翅聲。還有遠處湖畔那座蜃氣樓般存在的大城每個季節多變化的慶典中狂歡的鼓聲。

然而有一天，那生命所依的河流更改了它既定的行程，把它所運載的水傾注到沙漠的南部低窪地帶，造就另一座湖泊，好完成它以千年為單位的又一次遊戲，帶著惡作劇氣味的，充滿頑童的天真和殘忍的遊戲。

在古墓上空永恆星光的注視下，樹木、青草、道路、溝渠、整齊的田疇、結實纍纍的園林瞬即乾枯凋零，青春、愛戀、繁華光影隨著背景色彩的幻滅而被逐一遺忘，慶典的歡聲被沉重的靜寂之聲覆蓋，死亡再度死亡。

成蹊在找工作準備就業時，被報紙人事欄中徵求Sister-Boy或Mr. Lady的內容所吸引，毫不遲疑地踏上他人生的全新旅程。

他第一個工作是大阪浪速區一家酒吧的侍應生。那時他尚未開始注射或服用女性荷爾蒙的療程，雖然試著改穿女裝，但感覺完全不對，皮膚沒有天然的光澤，鬍鬚再努力也刮不乾淨，必須用濃妝來掩飾一切，令他感到很不舒服；在那樣的店裡面，他顯得太男性化了。他的女性裝扮只有在上班時，離開酒吧，他仍然是一身中性但偏男性的打扮。

正好那時有一個法國的表演團體Blue Boys前來日本巡迴演出，讓已經溫飽無虞開始知道追求刺激的民眾第一次見識到男扮女裝的drag-queen詭異的魅力，在各大城市造成不小的震撼與騷動，媒體大肆追蹤報導，成蹊當然也注意到了，不但去看了表演，而且跑到他們住宿的飯店，透過Blue Boys的日本經紀人和其中一個團員談了話。

這個團員是Blue Boys中唯一的完全變性者，在那次談話中，成蹊拿到一張非常特殊的名片，不是因為名片上的法文和阿拉伯文，而是因為他手上拿的是摩洛哥卡薩布蘭加一位有著像魔術師或煉金術士般神祕名聲的醫生所印製的名片。

這張印上燙金的奇異字體、微微發皺的名片，對成蹊而言，有如開啟天國之門的鎖鑰。然而卡薩布蘭加也跟天國一樣路途遙遠。據給他名片的那個叫卡洛的團員說，這個醫生刀法俐落，但收費也毫不遲疑；在摩洛哥，不像歐美或日本，他可以無視任何醫藥衛生當局有關變性手術的嚴格規定，只要將高額的手術費繳清了，他立刻替上帝的瑕疵品進行偷天換日的大工程，而且以極高的成功率聞名。

成蹊在大阪和神戶的夜間俱樂部辛勤工作了將近四年，並沒有積蓄多少錢，他不夠女人味的樣子在那邊不太吃香，他的存在，好像只是用來襯托別的紅牌同事有多迷人、多不可思議，所以底薪一直很低，而小費也少得可憐。然而他已經快三十歲了，他不知道如果必須等到四十歲甚或五十歲才能接受夢中的手術，到底還有沒有意義。

因為一位同事的引介，讓他得以從打不開局面的關西轉移到他所能想像得到的最後陣地——人氣鼎盛、擁有東京和橫濱兩大國際城市的關東地方；他前往東京歌舞伎町二丁目一家高級的異質俱樂部「雪姬」實習。「雪姬」的主人慷慨地預支他一筆錢，讓他可以開始藥物療程。他所找的醫院雖說是私立的，但主治醫師仍然非常謹慎，非得叫他先接受一連串的心理諮詢和會診，確定他非突發奇想，或是有其他非自然的因素，比方為了販賣這個與眾不同的身體，或是為了滿足他所深愛的男人變態的願望。他一一通過各種測試，而且正式向衛生機關和戶政機關報備。

他開始接受女性荷爾蒙注射，並輔以口服的藥劑；他耐心地等待，雖然時間從來沒有站在他這一邊，但只要行動開始了，他知道他的命運事實上已然逆轉，不管最終的結果如何，他都會對自己、對這個世界報以滿足而感激的一笑。

他身體的變化不是用感覺的，而是看得出來的。他的鬍鬚像貧瘠土地上的作物一樣減緩了生長速度，最後退化成稀疏的絨毛，但頭髮卻更為茂密；他的皮膚好像被裡外都技巧而均勻地塗抹了一層上好油脂似的，比過去明顯地更富有彈性、更加細嫩。體型的變化也讓他覺得有些誇張，全身宛如被重新捏塑過一般，整體的線條柔和起來，胸部有些微隆起，乳暈更加明顯；尤其是臀圍的擴張，每一次照鏡子都要搖頭大笑，雖然這並不是什麼滑稽的事。

他讓生活進入完全女裝的狀態，開始認真學習化妝技巧，對髮型、服飾搭配都細心地處理，並逐漸釋放原本還有些被無意識地壓抑的女性本質，於是走路的姿勢、舉手投足都呈現迥異於以往的味道，甚至還慢慢發展出獨自的風格來。

他讓自己習慣女用內衣和女廁，在公共場所被更多眼神注視、挑逗，進出電梯被男性禮讓先行，搭乘公車、地下鐵被一些穿著體面的中年上班族有意無意地磨磨蹭蹭，三天兩頭胸部、臀部、大腿內側就要被毛手毛腳一次。

常常，不管他在哪裡，在做什麼，路上走著，坐在車上，看到路旁某種顏色，或是夢中醒來，突然就會有一陣難以形容的波紋自身體的深處湧現，如漣漪般傳遍全身，一次又一次，有時他會覺得這就像遠古的一尾魚，終於被波浪簇擁上火山活動已經趨於沉靜的海岸，目睹新世界的黎明一樣，他蠢蠢欲動的身體也正在迎接另一次生命之晨。

在「雪姬」的工作，他從實習階段過渡到正式可以周旋於客人之間，而他微帶生澀稚嫩的應對和非日本人因而具有的異國情調，迅速為他招徠了各色各樣的仰慕者。他的收入暴增，但他除了基本開銷之外悉數存入銀行帳戶。通往卡薩布蘭加之路的每一吋都是要用鈔票鋪起來的。學習法文也成為他的日課，老師是一位從里昂來到日本，在千葉左倉的勝胤寺習禪的少女。

這時他認識了室生演吉，當時最年輕的眾議員，二十八歲，由高松縣選出的。演吉的祖父丑之助是明治維新時期的著名教育家，尤其致力於女性接受普及教育的事業；與演吉父親同父異母的伯父戰前擔任過眾議院副議長。演吉的父親則一直在金融界工作，三〇年代還曾任職於台灣銀行，演吉就是在彼時出生於帝國國境南方邊陲的首府台北，一直住到八歲才隨家人回到內地。

演吉第一次是由眾議院的同僚帶他來「雪姬」的，作陪的還有一些外貿商社的幹部。那一次成蹊和演吉並沒有交談，只有在互相介紹時留下一點淡薄的印象，成蹊很快就忘了。大約一個半月後，演吉獨自來到「雪姬」，而且指名要找成蹊——當時已經叫「米娜」。

原來演吉因為知道成蹊來自台灣而對他特別注意，他們年紀相當，演吉彷彿遇見童年玩伴一樣，和成蹊熱切地交談，話語中還刻意夾雜記憶中僅存的少許閩南話。成蹊看到的演吉卻是一個有著年輕臉龐的老人，在家世、輿論和公職生涯的多重壓力下，他必須快速地成熟，他的說話和笑容都透露一種衰老的氣味。

成蹊心疼地為他精心描繪一幅連他自己都陌生的童年圖像，讓演吉激動地沉浸在虛構的鄉愁中，彷彿可以藉此排解作為公眾人物難以承受的壓力，以及一種莫名的倦怠。成蹊身體的神祕演吉並不真的理解，但神祕而稀有使得演吉看待成蹊如神，何況這尊神並不像其他的神那樣難以親近，成蹊給他足夠的母親般的憐愛，演吉則愛戀著這母親般的神祇。

我們遵循著一條幾乎是直指樓蘭的狹窄水道，可能是人工開鑿的。沿岸生長著成簇的紅柳，這些沙漠灌木令人不由得想像是古代為了蔭蔽行駛獨木船的人而栽種的。然而水道不久就告中止，變成一片非常寬廣的水域，中間點綴著紅柳樹林和蘆葦蔓生、大小不一的島嶼。

陽光熱得灼人，還好有一陣很清新的東北風微微吹來，使我們在湖上得以順風而行。隨著船隊的前進，兩旁的水漸漸變得渾濁起來了；湖中大部分水域都很淺，陳宗器用測錘量得最大深度是五呎十吋。

我們沿著蘆葦沼澤走，時時擦著蘆葦的長葉和桿莖，而紅柳有時也把紫色的花枝垂到我們頭上。鷗鳥驚呼著掠過眼前，牠們在樓蘭的曲折水道上是未曾見過獨木船的。

我們在十二點半就抵達了這湖的南岸，卻找不到一個小出口可以通往樓蘭。我們於是上陸，派遣巴貝丁往南、薩狄克往西南方向去探路。上陸的地點就成了第八十六號營地，作為探訪樓蘭旅途的最後一站，至少對我而言是這樣。

雖然我也希望再度踏上三十四年前，也就是一九〇〇年三月二十八日深蒙天幸得以發現的古樓蘭廢墟，但在暑熱的砂礫大地上長征如今於我是不甚能勝任的，而且畢竟這次行動的目標是羅布淖爾。陳則是急切於繼續前進，我也私下祈願能夠藉著他青春的精力，把他與赫內爾在一九三一年作的地圖，和我自己在一九〇〇及〇一年的旅程聯繫起來。他在黃昏出發。

天黑之後，新月的光清清朗朗地照在荒漠上。賈貴和阿里睡了之後，我在爽適的夜涼中坐著寫了很久。一種詭異的寂靜籠罩了一切，只有一隻夜鳥的鳴叫聲不時傳來。

現在我們考察團的成員分散在七個地方：尤、龔和艾飛正在赴敦煌途中；朱姆察、依拉辛和兩個少年留在七十號宿地；郝默爾博士在庫穆河上游工作；貝格曼在七十號宿地南方沿河的湖沼附近工作；嘎嘎林和三個船夫在八十號宿地；陳徒步前往樓蘭，薩狄克、羅濟和巴貝丁自願陪著陳前去，而我在八十六號宿地。

幾個移動中的工作組合都必須依靠自身的力量歸隊，在堅硬的沉積黏土地面上留下的足跡並不分明，而荒漠中的景物放眼望去都是一個樣子，如果他們迷失了道路，將沒有人能找到他們，及時給他們送去食糧和飲水，營救他們脫險。如果有一天我終於不得不棄他們於不顧而逕自動身啟程……這個想法使我不禁戰慄起來。

我不知道什麼時候所有人能夠再度聚齊，而且都平安無事。

我向自己，也向恆常俯視著我們的天神和正好路過的地祇拋出這個問題。

在「雪姬」的第三年，再眼尖的人也不會錯認他的性別了，對周邊識與不識的人而言，他已經是個完全的女性，他自己也只有偶爾才會意識到身上殘餘的那個遺憾，但他期待去除這個遺憾的心情並沒有緩解，反而更加迫切。那年秋天，演吉應法國方面邀請，前往考察造船業和汽車製造業的現況，成蹊決定同行。他的主治醫師同意他可以接受手術，但對於前往摩洛哥一事則頗為保留，認為那跟接受一個非洲巫師的野蠻割禮一樣危險。但對成蹊而言，摩洛哥雖然不是唯一的選擇，卻是一條最快的路。這時他的積蓄也夠了。

行前，演吉幫他辦了兩本護照，一本是男性成蹊的護照，另一本護照上面，照片和性別一欄都已改成女性。

在法國期間，成蹊並不參與演吉的公式行程，但演吉拜會活動的空檔，他們還是一起度過許多愉快時光，在巴黎和馬賽逛街、看表演，到普羅凡斯地方的葡萄酒作坊喝新釀的酒，吃美味的乳酪、燻腸和鄉村料理，又曾接受演吉父親一位好友的招待，到維琪附近的一座古堡住了兩天，他們在那裡模仿熟知的影片情節，認真地念著台詞，和男女主角一樣歷經愛的狂喜和死的哀慟，虛無的滄桑。這一切，成蹊想，或將成為他們自己的馬倫巴。

然後成蹊單獨踏上前往摩洛哥的未知旅程。這一條路沒有人能夠作陪。

&

早上醒來，放在枕畔的一杯茶有一種清新的涼意，但難堪的酷熱不久又降臨了。我叫賈貴把帳篷四邊都吊高，好讓風吹進來。湖邊的天氣又不同河上，河上是不患酷熱的。

一整天我畫著四周奇異的風物以縮短等待的時間。下午七點半，賈貴和阿里在一個雅爾當頂上燒起一大把煙火，並且向南方和西南方向凝神瞭望。他們又大聲喊叫，但得不到任何回應。八點之後落日的餘照完全消失，只有那把煙火繼續燃燒，橙色的光暈染著周圍的土地，雅爾當的脊稜在黑暗中浮現黃色的輪廓。

阿里請求我讓他在黎明前出發去找尋四個未歸之人，我不置可否。第二天我在夜一般的寂靜中醒轉，阿里已經不在。

S

成蹊在一片涼意中抵達卡薩布蘭加，但白色的街道、喧鬧的市集、穿長衫的蒙面婦女、高塔傳來的提醒人定時祈禱的廣播聲，和偶爾從沙漠吹過來燥熱的風，夾雜著疑似駱駝糞便的味道，提醒他這是一塊叫非洲的大陸。

那家醫院在新城區，並不難找，是一棟潔淨明亮的現代建築，而不是想像中有著塗白灰的厚牆、雕花窗櫺、陰暗曲折走道的房子。醫師是典型的阿拉伯人，看不出真正的年紀；他留著絡腮鬍子，說話聲很輕柔，但不善言詞，講話有些結巴，好像該緊張的人是他，這樣反而使成蹊能夠保持冷靜。他只大略瀏覽了成蹊的病歷表，並口頭和成蹊確認一些事項，包括最近的身體狀況，並沒有問一大堆「你確定要嗎」、「你不怕後悔嗎」、「你知道你在做什麼嗎」，或說要他「再慎重考慮」之類的話。最後他叮嚀一些手術前飲食方面該注意的事項，同時和成蹊敲定手術時間，第三天上午九點半。

接著成蹊到隔壁房間辦理住院手續並繳費，接待他的人一看就知道是醫師的妻子；她可不是戴著頭巾蒙著臉、不太敢和陌生人說話的阿拉伯婦女，她講話清楚俐落，處理事情透露著一種精明的冷漠。她有一頭剪短的紅髮，白皙的膚色，稍稍發福的身上穿著歐洲時興的名牌套裝。她將手術費點清之後，笑著對成蹊說，第二天晚上最好能先住進醫院。成蹊臨走，她握著成蹊的手說了一句祝福的話，意思大概是「美夢成真」，成蹊笑了。

次日成蹊醒得很早，離天亮還有一段時間，他發現他是因為興奮而睡不著的，因為這是他男性——雖然只能說是百分之一的男性——的最後一天。他打開通往陽台的落地窗，發現外頭正下著小雨，路上幾乎看不到往來的車輛；疏疏落落的街燈好像倦於一整晚的照明而顯得特別昏黃。

天亮之後雨就停了，空氣中濕氣放盡，眼前的景物在陽光中輪廓鮮明，顏色飽滿而富於立體感，不像昨日之前所見那樣，好像整個城市都被染上一層褐黃，缺乏景深。

他在外頭幾乎逛了一整天，他實在等不及第二天的到來。離開旅館前，他請外頭一個顯然想當導遊的老實而伶俐的少年幫他把行李送到醫院，然後開始在早年阿拉伯人所建的城寨「梅地那」舊社區起伏而沒有章法的巷弄中穿行，甚至因為迷路而一再走回同一個地點但走不出去，他也只覺有趣而不慌張。他和許多好奇的眼光擦身而過，那些眼光無一不是深邃而美麗；耳朵裡面滿滿是陌生的聲音，尤其有些婦女發出的高亢奇異腔調，他聽了盡是感到快樂；各種味道在空氣中飄蕩，炭爐中烤著的餅，櫥櫃中不知名的香料和草藥，窗台上的花，羊圈的堆肥，薄荷香的濃茶，燒焦的咖啡，摩爾澡堂的蒸汽，呼嚕呼嚕響的水煙，剛洗好晾曬的衣物，他都禁不住貪婪地嗅吸著；只有經過皮革加工廠和染色廠時，必須像當地人一樣將搓揉過的薄荷塞在鼻孔裡面，以免被難以形容的惡臭嗆倒。

他又順著兩旁植了椰棗和橄欖的小路走到郊外的高地，躺在一棵大無花果樹下午寐，醒來後坐在面海多風的墓園凝視不遠處深藍的大西洋，哼著不成調的歌。他整天都沒有進食，也不特別想吃什麼，下午三、四點太陽的方向飄來一些厚厚的層雲，氣溫陡降，才覺得肚子有些不適；正好有兩個牧羊人趕著一大群羊路過，成蹊向他們要點吃的，其中一個少年從兜囊中倒了一杯含有微量酒精的酸奶給他喝，不久全身遍覺暖意，他才向燈火逐漸點燃的城市走去。在抵達醫院之前，他特地繞道，在貧民區的一座清真寺前廣場稍作布施。

第二天，他在約定的時間準時被推進開刀房。施行全身麻醉時醫師的妻子在旁邊握著他的手，臉上帶著祝福的笑意，再次睜開眼睛，好像只是一瞬，但人已在病房。房中的黑人年輕看護告訴她，手術用了將近九個小時，她離開開刀房的時間是下午六點多，而現在是晚上八點過了。

也許下半身的麻藥未退，她並不感覺疼痛，但無法動彈，好像身體有一部分凝固成為岩塊，僵硬而沉重。然而她的心情卻是輕快的，雖然已經疲憊得連微笑都不能。那一夜，她睡睡醒醒，做了好些夢。

在一個夢境中，她仰面漂浮在一座被雪山圍繞的湖上，身旁有各種巨大但不知名的水獸游來游去，對她絲毫不以為意，她也清楚知道牠們不會加害於她，但她總覺得水下有什麼東西一直以利爪或尖牙用力拉扯她的下半身。

她還夢到一個女人一直在哭，四周都是好奇的路人，一開始她並不知道這個女人為什麼哭得這麼傷心，後來終於聽清楚了，原來這個女人身上突然長了男性的性器官，她還掀開裙子展示給大家看。成蹊很想走向前去告訴那個哭泣的婦女，只要去警察局登記就不會有事，但她不敢，因為她怕大家認出她自己就是上一次在路上大哭的人。

半夜，她的下腹部開始有劇痛間歇襲來，而且微有尿意，看護過來幫她處理，她才知道那裡裝了一支臨時導管。原來的輕快心情突然轉為狂喜。

成蹊在手術後第五天開始起床走動，待三個星期後出院時，她已經能夠自由走動，只是時間不許太長。她在鄰近卡薩布蘭加港埠的青年旅館又住了一個禮拜，那個禮拜多雨，她好像一個新生的嬰兒般，好奇地看著這個位於乾燥邊緣的潮濕世界，好像她從來沒有到過這個城市。

有一天天色剛暗下來不久，她在梅地那又迷了路，彎彎繞繞，不知怎的竟繞進了人家的院子，也許是後院，那裡有一口水井，從屋裡透出的昏黃燈光，照射在一個正在嘩啦啦的水聲中沖澡的男性裸體上。黝黑的膚色上都是光滑的水衣，使得他的身體閃閃發亮看起來好像剛鑄成的青銅雕像。他雖然瘦而高眺，手臂、雙腿細長，卻有著勞動者賁起的肌肉，使得他的背脊、腰部和臀部的曲線充滿強烈的魅惑。成蹊在暗處驚心地看著，突然下腹部有腫脹的感覺，第一個念頭仍然以為那是勃起，很快她就笑起自己來。她這才瞭解這個醫師之所以名聞遐邇的原因，而且確定自己體內那個改頭換面的部分仍然具足應有的敏銳，只要她願意，也可以繼續為她帶來快感。

回到日本，她幾經遲疑，還是將「喜訊」告知了家鄉的親人，並附上一張近照。不用說，這對家人簡直晴天霹靂，很有默契地，這件事馬上變成家族最大的祕密和禁忌。

上午十一點，我再上一個很高的雅爾當去，想要用望遠鏡做一次搜索，還沒走到頂上，就看見一個疲乏的身影正走向營地。我起先以為是阿里，但接著又出現了三個踉踉蹌蹌的人影，才知道是陳宗器和他三個侶伴。看見他們安全地回來，我彷彿噩夢初醒一樣。

我讓這些疲倦而狼狽得說不出話來的人好好吃了頓飯，然後要他們休息。陳非要先跟我談所見到材料，等談話告一段落後，我叫他趕緊躺下。他很快就像一個小孩一樣睡熟了。

往樓蘭的路途比我們預計的要遠，不是七英里半，而是十一英里。他們到出發後次日的下午兩點十五分才抵達樓蘭，在那裡停留了兩個小時。陳爬上烽壘，從前赫內爾和他在那頂端上豎的一根旗竿還在，旗竿腳下放著一個錫罐，裡面是三年前他們留下的兩張紙，一張寫著挪林博士在一九二八至三〇年直趨此一地區的探險，以及他們自己在一九三〇至三一年冬間的考察，另一張用英文寫著一些獎飾我的文字，稱我為樓蘭的發現者。陳於是又加入兩張新的，一張記載我們赴羅布淖爾的旅程，一張則是一首詠樓蘭的詩。

幾個倦極的征人幾乎整日沉睡著，天色漸黑，而阿里還是一無消息。我們燃起一大把煙火，隨後我命薩狄克、羅濟和巴貝丁第二天前往搜尋阿里的蹤影，剛才說完，只聽見一聲「阿里開爾迪（阿里來了）」，一點不錯，他已經搖搖晃晃地來到我的帳內，像個半死的人，神智都不清了。

於是這一番焦急也過去了，第二天清晨我們就可以離開這危險的湖岸，且讓樓蘭恢復它莊嚴的孤寂吧。

（原文收錄於《天河撩亂》〈玫瑰是復活的過去式〉，時報出版）

作者簡介

吳繼文，台灣南投人。東吳大學中文系畢業，日本國立廣島大學哲學碩士。曾任聯合報副刊編輯、時報文化出版公司文學主編、叢書部總編輯、台灣商務印書館副總編輯。著有長篇小說《世紀末少年愛讀本》（一九九六聯合報「讀書人」年度文學類最佳書獎）、《天河撩亂》（一九九八中國時報「開卷」年度十大好書），譯有吉本芭娜娜《廚房》、《蜥蜴》、《蜜月旅行》、《白河夜船》、《哀愁的預感》、《N・P》、《鶇TUGUMI》和河口慧海《西藏旅行記》等。現居台北，專事寫作。

打個比方

文／黃國峻

對我來說，人生是個無法界定的名詞，就像魔術胸罩，我一開始還以為那和魔術師的魔術帽一樣，裡面會蹦出兔子和鴿子之類的東西。

我要先說一個笑話，有一個異手症患者（異手症就是手的活動不聽大腦控制的疾病），有一天晚上她手淫後打電話報警，說她被自己的右手強暴了。說這個笑話的用意是，我認為「命運」就是看準了人會不屈服，所以才會讓壞事不斷得寸進尺。就像毫無疑問，神是存在的，但問題是祂袖手旁觀，無能為力，有跟沒有一樣。對我來說，人生是個無法界定的名詞，就像魔術胸罩，我一開始還以為那和魔術師的魔術帽一樣，裡面會蹦出兔子和鴿子之類的東西。

想想看，女人在減肥時會得到憂鬱症，但是不減肥的話會嫁不出去，那到底該要憂鬱症還是嫁不出去？很簡單，當然是前者，因為如果嫁不出去的話，還是會得到憂鬱症。所以說，選擇有意義嗎？莎莉，一個很迷人的女人，我一直很想追求她，但是她不准，或者她不需要。也正因為如此，她有一點同情我，偶爾會勉強破例和我去吃頓飯，有點像在告慰亡靈的樣子。之所以不准許也是為了我好，因為莎莉一眼就看得出來，我是那種一追求起人家就會不顧一切的瘋子，於是我就利用了她的同情。當然，不准的最主要原因只是因為她不喜歡我，她喜歡那個叫村上什麼樹的。我認為如果人生有選擇的話，那一定是被迫要做選擇。

前天我們約在一家法國餐廳吃飯，算算距離上次碰面吃飯也快一年了，我照例差不多梳了三個小時的頭髮，做了三天的伏地挺身。到了餐廳，臨時接到電話。

「很抱歉，我差不多晚半個鐘頭到，你餓的話就先吃，他們的海鮮不錯。」

「沒關係，如果妳走不開的話，改天也行，不用趕，只是吃飯而已。」

「不，我上計程車了，阻擋不了的，餐廳對我來說是有引力的恆星。」

「是啊，我有準備東西要給妳，妳可以在路上猜猜看，給個提示：固體。」

我打算送她一塊自己做的肥皂，其實我是特地為了送東西取悅她，才會專程去學做肥皂的。一想到我親手做的肥皂會在她的皮膚上滑來滑去，就覺得很煽情。每次講電話時就覺得彷彿她是在耳邊輕聲細語，老天，我真是沒出息的小人。老實說，追求她不管有沒有希望，都讓我很痛苦，因為我是個自我防禦很強的人，幾乎就像是個共產國家，不准記者深入採訪，只可以拍攝踢正步的畫面。我一直想表現出最好的一面，給她比較好的印象，明明很緊張卻要裝作鎮定。緊張除了是因為我利用了她的同情外（這是不得已的，否則我怎麼有辦法見到她），還有就是各方面程度差太多，多到我不知道差在哪裡。另外則是：我必須和其他男人競爭，少說也有六個，要是只有另一個追求者的話，那決鬥就行了。問題一口氣有六個，就算要決鬥也得要先辦場說明會、做個籤筒、評估一下賽程表等等，一點也不瀟灑。再說，要一直維持最好的狀態也不是件容易的事，那就像精神上踩著高跟鞋一樣，我無法連續偽裝紳士超過三個半小時，我算過，否則我會得到精神上的靜脈曲張，開始忍不住猛說教宗的閒話，說波蘭人如何如何。

不管那些，再等十五分鐘就可以見到她向我走來，坐在我面前，像是在探監一樣，我的腳在桌下甚至可能被她的腳不小心碰到，有比這更美妙的事嗎？老天，我的血壓可能撐不過這十幾分鐘。她的存在把我的孤獨變得更加無法忍受，我如果不追求她就等於是自殺，用比喻說就是：我的衣服被她的車門夾到，我沒有跑，而是被拖走的。也許比喻不當，但是意象很傳神。孤獨最糟的地方是：沒人提醒我褲子拉鍊沒拉。有一次我在星巴克拿著一杯咖啡等位子，結果一個男人看不下去，走過來好意提醒我忘了關拉鍊，我一時難堪便狡辯說：「我是故意沒拉的，這是一種『內褲外露』的新潮流，就像丁字褲外露，對，不信你去米蘭問卡爾拉格菲。」接著我便故作鎮靜，走到地下道哭泣去了。

見到她會讓我覺得好像長久以來所受的寂寞掙扎都是值得的，這麼說好了，我覺得坐在這裡等她不只半個小時了，彷彿幾年以來就一直坐在這裡等著要見到她；為了減少等待的煩悶，我會故意欺騙自己不是在等待她。這能說什麼，人生就像一條切好的葡萄乾麵包，其中一定有某一片剛好上面一顆葡萄乾也沒有，而另外有一片上面則可能有十六顆葡萄乾。還有一個問題是：和她在一起時我並不快樂，因為我一直煩惱無法吸引她，更怕她為了避免傷害到我的自尊心，而不得不降低自己的程度，很像是和一隻狗在玩，也許很開心，但是絕不可能約會。那到底我希望怎麼樣，忘掉她嗎？那我恐怕得切除大腦的四分之一，因為我的記憶力比一般人強。照理說我的學校功課應該很好，但是過目不忘的能力害我被政府抓去綁在高速公路旁，被當成是取締違規的照相機，因此我腦子裡有一、兩萬組車牌號碼。我是因為想弄清楚，到底她是哪裡吸引我，所以才會一直想去找人家，當然，我到現在還是沒有答案。為了達到目的，最後我甚至謊稱自己是貧窮的猶太人，這樣一來，如果她不肯和我約會，那就表示她反猶太兼歧視窮人。

我凝望著餐廳門口，一想到她隨時會從這道門出現，就覺得那道門無比高貴。我的思緒已經一團亂，我的舌頭像五號砂紙般又乾又粗又硬又麻，還有我的鼻子，不，搞錯了，應該是耳朵才對，一直聽見類似珍妮摩露唱歌的聲音，那是我年少時最喜歡的一張法文歌的唱片，「相識卻不相見，相逢卻又分開……」等等？這是在播那張唱片沒錯！我在幹嘛，這裡本來就是法國餐廳。這時候電話響了。

「妳到哪了，有塞車嗎？」我焦急地問。

「抱歉，我沒辦法到你那裡了，車上臨時有點意外。」她說。

「怎麼了，妳不要緊吧，不是已經搭上計程車了嗎？」我的口吃突然發作。

「對，但是問題就在這裡，聽著，我想我遇到了喜歡的人了。」

「誰？難不成是計程車司機？」我開玩笑說，接著眼皮跳了一下。

「沒錯，我知道聽起來很不可思議，但是誰曉得，世事難料。」

「等一下！怎麼可能，才三十分鐘不到，小心上當了，他可能在汽車芳香劑裡偷摻了催情藥。還是他綁架妳對吧，是的話妳說暗號，我去報警。」

「放心，他人很好，他也是柏克萊分校的，我下次再告訴你細節。」我一聽，當場就說不出話來，我記得最後我好像說「旅途愉快」的樣子。

我再說個故事：有一天柏拉圖在思考哲學的問題，他思考得愁眉苦臉，廢寢忘食，他太太勸他說：「你不要想太多了，你這個人就是想太多了。」結果他回答：「沒辦法，我是柏拉圖，我本來就會想太多。」這就是我要說的，大腦無益，不懂愛情，甚至不會消化食物。

（原文收錄於《是或一點也不》，聯合文學）

作者簡介

黃國峻，生於一九七一年十月十六日，卒於二〇〇三年六月二十日，台北市人，家中排行老么。身高一七五公分，體重五十五公斤。高中畢業，服役於桃園。曾獲第十一屆聯合文學小說新人獎短篇小說推薦獎。著有小說集《度外》、《盲目地注視》、《是或一點也不》，散文集《麥克風試音》。

蛙

文／賴香吟

她想起那蛙剛來時帶給她的驚奇，牠先以奇妙的聲音引她進入充滿幻想與異色的多變世界，然後，日復一日，深沉空洞的叫聲，聽起來，愈來愈像一種虛渺的嘲弄，讓人又氣忿又難以報復。

水管裡來了一隻青蛙。

沒有人知道牠什麼時候來到這近城的郊區，也沒有人知道牠什麼時候看上這樣一根不起眼的破舊水管。每當黃昏的燈光亮起，這蛙便從表層漂著黏稠油汙的水溝裡跳上來，站在那兒望著死沉沉的溝水因人們開始準備晚餐而復活，沉重緩慢地蠕動起來。這水管的主人總在溝水又漸趨昏迷時才在源頭活動，冰涼的水嘩啦啦流過牠的背，像一場向晚的沐浴，間或流下一些菜屑飯粒，只要牠一張口就會自動滑入腹中，成為一頓豐盛的晚餐。流水平靜下來的時候，牠甚至可以聽到上頭瓷碗竹筷鏗鏘碰撞的聲音。事情的運作是如此規律，幾乎可以用牠的叫聲來計算節拍。對於城市生活這樣熟悉，這蛙感到非常驕傲；牠之所以日日定時回到這根水管中來過夜，也無非是誇耀牠對時間區分算得非常準確。這蛙是如此愉快地過著這種打卡上下班的水管生活，甚至忍不住要對著管梢那點亮光歡樂地歌唱起來。

水管的擁有者是一對年輕夫婦，鄰近的人早記不得他們什麼時候搬來的。先生給人的感覺好似一只早已設定好的鬧鐘：上班、下班、微笑；太太總在黃昏五點多鐘回來，扭亮屋中的燈，先站到鏡前，拂拂被風吹亂的頭髮，拍拍沾些細毛紗的裙子。偶爾自戀起來，走了兩步又轉回身來朝鏡子抿抿嘴，抬起下巴左右賞視自己的神采。「她們哪比得上我呵！」她常常這樣想，「要不領班為什麼老愛在我的毛紗機旁逗留？」美麗的姿色使她忘記所有疲倦，忍不住在鏡前用力轉圓圈，讓裙子蓬蓬地掀起來，再故作嬌羞地用雙手去遮掩，就像電視裡拍絲襪廣告的女郎一樣。把戲玩過以後，她才懨懨地走到廚房去料理晚餐。抽油煙機轟轟響著，她覺得先生未免太不解風情。

先生通常固定加班，不到八點不回家。她嫁過來之前，並不覺得他家怎麼窮，每次去作客，人聲笑語夾雜在電視的吵鬧聲裡，悶熱中總還有些安樂的感覺。沒想到自己生活起來卻不是那麼容易了；她吵著要先生搬出來，心想兩個人的經濟算計起來或許簡單一點。夫婦二人像遊牧般地到處遷徙，不是租金太高便是受氣太多。狠下心來買了房子，貸款又變成一個大包袱讓他們累呼呼地拖著。先生開始拚命加班，每天回來渾身油氣和著汗臭便一屁股坐下來扒飯，她坐在一旁埋怨：「犯不著這樣天天加班。」先生從不搭腔，只是挾滿一筷子又一筷子的菜去吃。她氣起來一雙筷子如豹爪般向前撲去，將他到口的菜全部打落；先生若無其事扶正筷子，把桌子的菜慢慢撥到一旁，自言自語地說：「貯錢又不是壞事，交貸款、備急用，何況以後小孩也要——」

「——不說小孩你不甘心是不是？跟你媽一樣不死心！我看你是不加班睡不著，神經病！」她把筷子重重一摔，坐在那裡生悶氣。先生斜眼看了看她，嘆口氣道：「幹嘛？吃飯啦！」

其實這種掂著荷包買菜的日子，她也知道加班是必要的，只是覺得氣悶，必須時常使使性子才能消氣。先生總是吃完飯倒頭就睡，任她一個人守著九點半的連續劇，羨慕那些打扮光鮮、舉止高貴的劇中人。有時候她也會在廣告時偷偷將在隔室打鼾的先生幻想成男主角，並為自己塑造一種富裕浪漫的生活來滿足一下。但是通常不及廣告結束，她就會有點害臊地笑起來了。

「哎！」她嘆了口氣，扭開水龍頭繼續洗米。近來她常後悔自己為什麼國中時就不愛唸書，否則，以她這麼好看的長相，就不信嫁不到有錢的老公，或者大學畢業的還可以帶她出國呢——

「呱！」水聲中蹦出一聲蛙鳴，她怔了一下。

前陣子她就聽過這蛙鳴；突如其來的叫聲，彷彿來自室內某個陰暗角落，初聽時吃了一驚，忙將廚房清掃一番，但是除了一些死蟑螂，她並沒見到什麼青蛙之類的東西。那蛙鳴在這近城的郊區聽來已夠奇妙，在這小小的廚房聽來更是詭異。她常常在聽到一、兩聲鳴叫之後，放下手邊的工作，聆聽搜索那蛙聲的來處。壁鐘指針移動的聲響在寂靜中更顯沙啞，蛙鳴在那秒與秒的空隙突然響起，嘹亮而短促。她的聽覺總在這短暫間被抽離，等到回神過來聽到的還是那時間的移動。廚房的燈寂寞地照著，她繼續站在那裡守候，昏黃燈光在牆上映放她失形的影像，好似暗藏什麼難以臆測的危機。

曾經有一個燥熱難安的晚上，這蛙一聲接一聲地不停鳴叫，使得夫婦二人之間的沉默更顯尷尬。她先生終於忍耐不住，摔開報紙，像狗嗅著肉味，在廚房四處翻找起來。

幾分鐘後，他使勁往洗碗槽一踢，罵道：「再叫！再叫！非想辦法把你弄出去不可！」

她抓著抹布呆在那裡，那蛙在先生離去之後再度鳴叫，或遠或近果真就在身邊。

「在那水槽附近，要不就在地下水管裡！」先生仰頭喝掉一杯冰開水，忿忿地下了結論。

「可是怎麼會在這裡？」

「你他媽的我怎麼知道?!」他憤怒地往浴室走去。

那蛙兀自在下面叫著，或短或長，或微或亮，好似已經體會這廚房中的寂寞，而主動與她對話。「牠始終待在裡面沒離開過。」她是這樣感覺的。昏暗的廚房裡，水流聲、刀尖在砧上剁物的聲音，摻著那奇異的蛙鳴，使她疲倦的心緒想起自己的美麗虛擲、先生的冷情無趣、廠裡學來的品頭論足，也想起那個有著大肚皮卻愛穿絲質透明襯衫的領班。

領班無事總愛在廠裡到處亂逛，或者故意跑來打斷她們一夥人興高采烈的話題，然後挺腰拍著自己渾圓的肚皮說：「多做事就可以多買幾件漂亮衣服啊！我可是為你們好。」又伸手拍拍她的肩接著說：「你說是不是啊？」這時他會故作開心地咧嘴笑起來，喀喀——喀——，大家都可以看見他那個如硬幣大又如古井深的肚臍在襯衫裡上下抖動個不停。笑聲中那毛茸茸的手還順勢在她肩上捏了一把，微妙而挑逗的痛楚雖然令她害怕領班是不是有著什麼壞念頭，可是她又不願當眾甩掉他的手，「她們只有對我服氣了！老公和小孩又有什麼稀奇呢？」對領班這種輕薄，她有時會感到厭煩，但想想自己並沒什麼損失也就罷了。

領班還買過衣服送她，她沒敢跟先生說也不敢穿。可是後來，有個星期天她穿著去買菜，先生為她關門竟然沒有察覺任何異樣。在一陣子小小的慶幸之後，她不禁有點悲哀地想，反正她先生是不在乎她了，只要每天煮飯給他吃，甚至，甚至幫他生小孩就得了。

「這蛙晚上怎麼這麼吵？」先生今晚幫她盛了飯，吃飯間也幾次抬起頭和她聊天，心情似乎愉快得很。

她望望水槽。呱，呱，呱。蛙確實叫得很勤。

「加班費要調了！」先生道破他今天反常的原因，她聽了跟著笑起來，那蛙鳴的節奏好像也亂了拍子。

「你怎麼還不把牠弄出去？」先生又說。

「在水管裡，我怎麼弄？」

「牠是怎麼進去的？」

「天知道，前幾天問過王太太，說是裡頭亮，不過她說，也許是蟾蜍。」

「好吧！等牠自己出去算了！叫歸叫，不惹事就沒關係。」加了薪的先生凡事變得寬容起來，他低頭繼續喝了幾口湯，突然揚起湯匙問：「吃過青蛙沒？」「啊？」她剛挾上一塊肉，一時間詫異地停在那兒。

「從前的青蛙真肥啊！從田裡抓來煮成鮮湯，嘖，真肥啊！」先生讚嘆地晃了晃頭，還不自禁地舔舔口水。

她想起小時候一群人到田裡去釣青蛙，一隻隻上鉤肥溜滑軟的蛙在手裡掙扎，厚實的蛙腿則在半空中使勁踢擺。男孩們愛將一隻隻直立的蛙舉到空中，互學著布袋戲裡的台詞；那些掙扎的蛙剎那間變成了有趣的玩偶，奮力演著不同的角色。一到晚上，這些蛙都變成了佳餚，她到現在還能想起那白底帶著黑色蛇紋的渾圓蛙腿在水面漂盪的景象，甚至還可以由口腔中感覺出那種辛辣滑軟的味道，可是此刻這種味道讓她非常不安。

「改天問媽看看這蛙怎麼辦？哦！阿志前天來說要帶媽來玩玩，我叫他來家裡住，可能就這最近吧！」先生剔著牙說。

隔天快下班的時候，她的小叔便到工廠來找她了：「先走吧！媽在外頭等呢！」

丈夫也提早下班回來，母子二人坐在餐桌上聊天。談家事、談加班、談房子，談二伯剛出生的小孩，也在被蛙鳴干擾後談那隻青蛙。油煙聲中，她聽見婆婆說：「鄉下也是有，不過應該是蟾蜍啦！」先生急急回道：「對對對！隔壁也這麼說。」

「說這蟾蜍啊，呃？蟾蜍——」婆婆猛然轉過頭來對著她提高了嗓門，「聽人講這加個什麼可以治吔！要不要試試？」

「吃蟾蜍？」她當下反胃至極，眼前不但呈現出蟾蜍那醜陋的外貌，連婆婆以前逼她喝那些怪東西的異味都一併翻湧上來。

她狠狠翻了一下菜鏟，冷聲道：「跟你說沒有用就是沒用！吃一大堆，吐都吐不完。」

「試試啊，西醫說的不準啦。」婆婆還以一種思索的表情在考慮著。

「出去買包鹽。」她打斷婆婆的話題，懊惱地出了廚房，在前廳看電視的小叔抬眼看她說：「我幫你去買吧？」

「不用了！」她匆匆帶上門，抽油煙機又忘了關，整個房子鬧哄哄的像要膨脹升空而去。

她在巷口慢下腳步，才發現自己真的得去買包鹽充數。街燈漸亮暮色漸紫，她盯著人來人往的街景想：「幹嘛一定要生小孩？嫁你們又不是專門用來煮飯生小孩的，那死蛙不叫就沒事！」她想起那蛙剛來時帶給她的驚奇，牠先以奇妙的聲音引她進入充滿幻想與異色的多變世界，然後，日復一日，深沉空洞的叫聲，聽起來，愈來愈像一種虛渺的嘲弄，讓人又氣忿又難以報復。牠看準她的束手無策，以悠閒的手法在四周慢慢砌起牆來禁錮她的自由，最後整個塔裡剩下的只是單調而永遠神祕的嗚聲，甚或是狂肆的笑聲永不停止，現在牠竟然還聯合了婆婆來威脅嘲笑她，企圖讓她成為一個不要幻想只要煮飯生小孩，在塔中蜷伏一如牠在管裡蜷伏的原始動物——

「在想什麼啊！」一輛小發財緩緩貼近身旁，她嚇了一跳回過神來。領班正笑瞇瞇地看著她。她搖搖頭。沒人會了解這種事的。

領班跳下車，揑著她的肩膀諂媚地說：「載你去兜風好不好啊？」

「我要買東西。」她挪開領班的手，以僵直的步調往前走。

領班膩膩地跟上來，搭上腰說要陪她去。小發財的引擎在後頭吵鬧，領班的手順勢滑到她的臀部，使勁扭了一下：「兜風去吧！」

「不必啦！走開。」她用力打掉領班的手，狠狠地瞪了一眼。

領班知趣收手，走兩步還不忘回頭問：「你今天到底怎麼了？」

婆婆住了幾天就回去了，臨走前還討人情地說她要回去問清楚加什麼藥好。她悶著氣點點頭，轉身進了廚房便扭開水龍頭，壓緊了水往管裡沖去，恨恨地罵道：「鬼才吃你這種鬼東西！」

可是她到廠裡才發現自己竟然還沒有忘掉這碼事。聊天的空檔，她無意識地問：「誰吃過蟾蜍？」有人做了個吐舌皺眉的表情，更有人鬼靈精問：「幹嘛？」她驚醒過來發現事態嚴重，婆婆這事當然不能洩露，水管裡那蛙便成了眾矢之的。

大家首先想的就是怎麼樣才能把蛙弄出來。「用手電筒照，不然倒一桶熱水進去，看牠不逃命才怪！」其間還有個更尖銳的聲音傳出來：「要我就像那些心理變態的，硫酸一潑，什麼事都解決了。」眾人作勢吐成一團，說話者還被捏了一把：「好噁心啊你！想想看，那肉就這樣唰一聲沒有了。」她在混亂聲中猜想硫酸氣體所散發出來的惡臭，軟滑黏膩的肉體快速腐蝕，化成煙霧在空中飄蕩起來，那蛙從此便不會再叫了──「真殘忍啊！」她擺擺手叫道，「換話題換話題。」

當夜那蛙一如平常在夜晚鳴叫，不知是夜太深靜抑是蛙鳴高亢；她在床下翻來覆去，用指頭在腹上敲打計算蛙鳴的區間。整個空氣安靜下來的時候，所有她曾在蛙鳴中想過的事如快速播放的影片閃過：身旁熟睡的先生到底疼不疼她？領班那樣討好是不是愛她？是不是沒有錢就永遠不快樂？是不是不生小孩婆婆就不罷休？還有那蛙為什麼要來這裡？牠到底存著怎樣的心機？她還想起那種硫酸黃煙瀰漫的景象，中午的噁心此刻卻彷彿變成一種快感：那以叫聲窺探她心事的蛙將會受到如煙蒸散的苦刑；那自以為藏匿得極神祕的蛙就將在那陰暗中無所遁逃。

黑暗中棉被自腹上滑落，先生翻過身來，一隻手在半空中畫了個圓弧跌落到她胸上。她挪了挪身子，先生睜開眼含糊問：「還沒睡？」

那手臂在她身上蠕動，溫熱的身軀在她腹部擦揉，一聲重似一聲的喘息似漸去漸遠或嗚咽著的蛙鳴；廚房傳來一聲聲區間早已錯亂卻仍然尖銳的鳴叫。淌著汗的身體一如蛙背，汗液黏膩地滑落下來，從交疊的頸部流到她的後頸，在背部凹下的地方凝結起來，空氣中似乎已經散發出那種屬於動物的腥味。那蛙化成煙霧會有這樣的喘息嗎？會有這樣沉甸甸的重量嗎？牠是這樣在水管裡蠕動嗎？貼緊她的背部有凹凸不平的皺摺，侵蝕她的雙腿有黑色扭曲的蛇紋，在她耳邊有永不停止的鳴叫與嘲弄。

「夠了。」她閉著眼說。

天曉破白之際，她在蛙鳴聲中吃完早飯，然後拖著疲憊的身軀去上班。

聽完一天單調的機器節奏，她坐在那裡慢慢收拾著，廚房那隻青蛙微微帶著旋律在她腦中呱呱鳴叫起來，詭異的氣氛與慾動再度悄悄聚攏，她很仔細地在想要如何去處理那隻蛙，甚至只要消除牠的叫聲就可以了。她解下工作服，慢慢地摺，慢慢地想。

「怎麼還不回家？」領班走了過來。

她打瞌睡般地點點頭。

「還在生那天的氣啊？」領班站在身旁，伸手摸著她的臉。她抬頭一看，才發現這部門只剩她了。

「我是好意的，」領班手心那種悶熱混濁的感覺漫了她滿臉，她收拾好要站起來卻一把被拉住了，那手繼續伸進她襯衫內搜索起來，「我是真的對你好。」

「我要回家了。」她站起來，以有點悲哀而虛渺的眼神看了看領班，腳步軟綿綿的像要往前走。領班鬆了手也站直了，但只是片刻，旋即後悔地由身後攬住她的腰，雙手一使勁她便摔在地上。他沉重地彎下腰去掏她的裙子，透明的襯衫內懸著那渾圓的肚子，她推開領班，叫道：「不可以！」

他跪在地上，看她一眼，然後邪惡地笑起來：「有什麼不可以？反正你又不會有小孩。」他揪住她的頭髮，笨拙地要躺下來。她在掙扎中踢了他一腳，他額頭上的汗珠就這樣滴落到她的鼻頭、嘴唇及頸部。領班喃喃哀求：「只一次，一次就好。」柔軟的肚皮搓在襯衫上搓出聲響，圓溼溼的唇逼近來像口陰暗的井，像條神祕無盡的水管。她把頭迅速一偏，緊緊抓住領班的手臂，用力咬了下去。

領班慘叫一聲，她便站起來匆匆跑了。領班驚醒過來，看見自己滲血的傷口，忍不住用舌頭去舔了舔。

她喘著氣跑回家，蛙在開燈的剎那鳴叫了一聲。她衝進浴室拿出一瓶稀鹽酸，散髮如潑婦般大吼：「再叫！再叫！」可是那蛙卻彷彿在幾秒之間迅速分裂繁殖，一聲鳴叫強似一群，空氣中充滿了震盪的回音。她感覺那千萬隻青蛙就要這樣重疊在她身上蠕動，一口一口蝕去她的肉，讓她化成煙霧一般。她著魔似地找來刀子鉗子，死命撬開水槽蓋，看沒什麼動靜，又瘋狂敲打地上的排水蓋。最後，她還拿了手電筒照開這彷彿陰遠無盡的水管，踉蹌之中好似踢到什麼溫熱柔軟的東西，她睜眼一看——那蛙，一隻青蛙，正在空中伸腿一躍，以極大的圓弧軌跡騰空而去，黑色蛇紋的結實雙腿慢慢地向腹部蜷縮，弧線慢慢地凝聚成一點，落到地面發出砰然巨響——。

她在巨響之中驚恐掙扎，整個人跌坐在地上。摔落在地上的稀鹽酸從地板緩緩流過，她竟然沒有感覺到一種腐蝕成煙的痛楚，或者快感。

那蛙再度奮身一跳，在黑夜中跳得無影無蹤。

這世界好像明亮起來了。

蛙再度從黑暗中跳出來，來到了另一個奇異的新世界；乾燥明朗不同於溝中陰暗潮溼的空氣，聲音混雜而不似以往只有單調水聲的日子。牠沿著一種美好的氣味往前跳去，落至一處傾倒食物殘渣及汙水堆積的草叢。牠在這裡填飽了肚子，還讓草叢摩擦著牠的肚皮，更奇妙的是牠發現這裡的生活居然也有一定的節奏：每天黃昏鄰近的紗門會吵鬧起來，由天而降的餿水給草叢帶來新的生機，然後一切再歸於平靜。這種飽食無虞的日子，牠看見許多以往牠未曾看過的藍天白雲，還有溫柔侍候牠的草叢，如此寬廣美麗而又簡單的生活環境，不禁讓牠留戀，就像打卡上班的人在度假時絕不想歸去。

（原文收錄於《島》，聯合文學）

作者簡介

賴香吟，台南市人。台灣大學經濟系畢業，日本東京大學總合文化研究科碩士。曾任職誠品書店、國家台灣文學館。獲聯合文學小說新人獎、台灣文學獎、吳濁流文藝獎。出版有《散步到他方》、《霧中風景》、《島》、《史前生活》等書。

乙下

文／阮芸妍

老婆開始趁老公上班的時候，用自己的虎口練習吻功，同時計畫在老公一進門時就吻住他。

老公開始趁老婆上班的時候，用同事的嘴練習吻功，同時計畫回家時，怎樣保持舌頭笨拙的狀態。

閱讀 期末作業

乙下

92101032 中文二 阮芸姸

公民與道德課程作業——本週時事剪貼

92101032 中文二 阮芸妍

詐騙新品種 警方破獲全台首一精神詐騙集團

【台北報導】今日凌晨警方在台北市中山區中山南路附近，破獲一間以圖書館為掩護，進行詐騙組織運作的詐騙集團總部。這個詐騙集團犯案手法多變，其中以藉教育機構之名，舉辦免費說明會的方式最為常見。此外，他們也利用傳道的方式推銷，據集團首腦表示，以傳道方式更能輕易達到重建價值體系的詐騙目的。據警方保守估計，目前受害民眾高達數百萬人，其中以高知識分子及上班族為大宗。台大心理系教授表示，這種新興的詐騙集團雖未騙取民眾錢財，但其對顛覆價值判斷的影響極大，恐將造成台灣社會未來二十年內的混亂，詳情請鎖定本報後續之深入報導。

94.06.31 《日免晚報》 第1版

詐騙進化史新例　精神詐騙手法獨家揭密

【綜合報導】根據記者深入了解，今晨警方破獲的詐騙集團，是目前台灣破獲的案件中，組織最為龐大的一件，各方對於此案的評價不一。此集團數年前就已開始在檯面下活動，直至今日才被查獲，民眾除恐慌外，亦質疑政府整頓治安的績效。為抗議而抗議，目前已有激進團體率團，出發到掌握全國最高操控權的教育部及新聞局前遊行抗議（詳第12版）。然而，今年年底將出版《台灣詐騙史綱與腿部保養一百招》的名模，對於此詐騙集團的手法深表讚許，並於接獲此消息後，即發表聲明表示，她將聯絡出版社，對已近付梓的書進行增添此案件，作為台灣詐騙史上的一個里程碑。

這個詐騙集團手法相當高明，他們以免費參加說明會或佈道會為由，誘使消費者參加他們的課程，選擇原為「公民與道德」課程的時間舉辦，取得民眾信任後，即與該課程教師合作，將課程改為「認識體系重建學」，於課堂中顛覆參加民眾的價值觀及認知體系，以達其詐騙之目的。

除了進行這些有系統的課堂詐騙活動外，該集團還透過異業結盟，整合了新聞媒體、娛樂節目、學店、出版業、雜誌社、網路通路、便利商店等，進行零星的詐騙，將其行騙之內容深入日常生活中，並且接受台灣詐騙之父建議，以「戒急用忍」、漸進的方法進行，故有絕大多數的民眾，雖價值觀及認知體系早已被詐騙、顛覆一空，卻仍渾然未覺。集團人士利用各種機會發表詐騙的言論，諸如：利用現場節目call in的濫罵、立院質詢發言中的髒話、廣播調頻間的雜訊、各級學校下課鐘聲背景、A片中女優的叫聲和喘息聲間的空頻等。這些方法大多是經由受過訓練的人員，用一種特殊的頻率將訊息輸入民眾潛意識裡，透過長時間及重複的重播，達到詐騙的目的。不過，警方強調最需要提防的，仍屬由知名人士在正式的媒體、節目中，對民眾進行的詐騙。

台大醫院精神科主任提醒民眾，若發現自己有反社會傾向人格或精神官能症前期徵候，請就近到健保不給付的醫院就醫，檢查費用雖昂貴且不合理，但主任強調，切勿因一時大意而延誤就醫時間。該院另一精神科醫師亦表示，若民眾無法判知自己是否已遭詐騙，可依其提供之測驗檢視（詳見第17版）。若民眾符合以下測驗中之比例逾百分之三十，即表示已有輕微徵狀，若指數高達百分之五十，請盡速就醫。

本測驗由受害民眾根據受騙經驗提供，他們對執行詐騙行為之知名人士提出嚴正的控訴，要求這些知名人士出面說明並舉行記者會道歉，否則將採取激烈的手段抗爭，並不排除在立院大秀場入口處，雙手舉牌抗議。相關消息，請詳閱本報影視娛樂版。

94.06.31《日免晚報》第3版

94.06.31《日免晚報》第17版

相關系列報導—

詐騙自我檢測法

【醫藥新聞】此詐騙集團的手段高明但不複雜，集團人士先提出一般人都知道的事物、意象，先取得民眾信任，再把事物背後僅少數人知道的真相揭發出來，藉此顛覆民眾的價值觀及認識體系，達到詐騙的目的。

以下提供幾個嫌犯慣常使用的項目，及受詐騙後各種民眾的反應，供社會大眾參考。（應民眾要求，列出主要被控人，依真實姓氏筆劃排列）

［第一測］

被控者：週六綜藝節目主持人。

事　由：在廣告中提醒大家：「做愛要戴保險套」，然後卻在接下來預錄、分不出有沒有水準的節目裡，大開黃腔的說那簡直是隔靴搔癢！

［自我評鑑］

1. 小女孩開始學會分辨愛心形和圓柱型氣球吹起後的差異，在於尖端有兩點或一點；而相同點在於，似乎都和愛與性有關。
2. 小男孩開始學會畫出橡膠成分和潤滑劑相互作用之下的曲線圖表，發現舒適感和快感似乎得不到交集。
3. 女孩逛屈臣氏時，又多了一個研究的部門；逛情趣用品店時，又多了一個挑選的櫃子；當然也多了幻想，對於愛。
4. 男孩進7–11時，又多了一個花錢的藉口；說服女友上床時，又多了一個堂皇的理由；當然也多了幻想，關於性。
5. 從來不曾做愛的情侶，同時想到利用「研究與實作」，當成嘗禁果的擋箭牌。
6. 從來不曾戴套的夫妻，一起體驗新鮮的刺激經驗，達到失落已久的高潮。
7. 總是帶著保險套在身上的男生，跑到走廊上，從口袋裡拿出各種廠牌的保險套，證明自己的真知灼見。然後當場兜售販賣。
8. 總是帶著保險套在身上的女生，走進教室裡，從化妝包裡拿出各種花樣的保險套，宣告自己的特立時尚。然後當場口交示範。
9. 若民眾除了學到保險套的複數型是condoms以外，沒別的收穫，則表示並未受騙。

［第二測］

被控者：娛樂新聞的主持人。

事　由：在娛樂新聞中告訴民眾：「月經來就像流鼻血，你不知道它什麼時候會流，也不知道它什麼時候想停。至於床單弄髒，男人洗的是透明的精液，女人洗的是血染。而經痛有多痛？如果男人的下體被高跟鞋連踹七天，能不唉不縮，那女人也能平靜度過經期。」

［自我評鑑］

1. 小女孩開始注意穿深色裙子、遮遮掩掩的大姐姐，設想自己以後萬一經血外漏時，該要穿什麼？遮哪裡？以及，如何避孕！
2. 小男孩開始注意大姐姐的神祕三角，計算每天會遇見多少個穿著衛生棉的生理期女生，以及，哪個將成為今晚他夢裡的主角？
3. 女孩開始盤算著當有一天，男孩忍不住衝動時，該怎樣一邊說抱歉、一邊說服他提起勇氣，進入充滿不只血的液體的密道？以及，如何呻吟？
4. 男孩開始盤算要是有一天，褪下女孩衣服的時候，發現她正用著衛生棉，該如何說抱歉？然後幫她穿上沾到血的內褲？以及，如何分手！
5. 從來不知道老婆會因為經痛而情緒失控的老公，終於恍然大悟上禮拜的巴掌及分房。
6. 從來不明說自己會經痛的老婆，終於名正言順的發脾氣。並且暗自慶幸，為厭倦老公一成不變的體位，而拒絕行房找到更體貼的藉口。
7. 從來不會經痛的婆娘，學到如何撒嬌依偎、微微皺眉，當個小女人。
8. 總是經痛昏厥的小女人，因為發現自己不是唯一的受難者，而從此挺起了腰桿胸膛。
9. 從來只知道月經簡稱MC的醫學院男生，於是去了實習醫院的醫療用品部，買下了各種規格的衛生棉，秉持實驗的精神，每隔兩個小時，把自己鼻子上當做對照組用的衛生棉，換成下一個排程中的護墊。
10. 若民眾除了再度確定自己的性別以外，沒別的收穫，則表示並未受騙。

[第三測]

受控者：小說家。

事　由：在週刊上大刺刺的揭露坐公車時的一同搖晃，是集體性愛的溫床。

[自我評鑑]

1. 小男孩小女孩開始由爸爸媽媽接送上下課，忽然多了莫名其妙的關心，少了早已普遍的鑰匙兒童。
2. 男孩女孩更珍惜搭公車的時間，能站著就不坐著，能趕搭尖峰時間的班次，就絕不等下一班。
3. 只知道用炒飯當暗號的老婆，開始在想暗示晚上的約會時，約老公坐一站公車，然後挽著他的手回家。
4. 好久都是單一性伴侶的老公，開始想嘗試特殊的興奮，會開著車到離家一站遠的站牌，然後盡情幻想。
5. 公車司機終於發現自己每天開車時，都會輕微勃起的原因，對著照後鏡大聲尖叫。
6. 若民眾除了決定開始準備考取機車駕照外，沒別的收穫，則表示並未受騙。

[第四測]

受控者：已出櫃的男同志作家。

事　由：在圖文書中教了怎麼用左手虎口練習接吻。

[自我評鑑]

1. 小女孩開始害怕男生的虎口，會分泌濕臭的唾液，而拒絕牽手。
2. 小男孩開始懷疑女生的舌頭，是古代鴨嘴獸掌上蹼的一部分，而拒絕接吻。
3. 女孩在該十指交扣的時候，想的是兩片舌頭的交纏。
4. 男孩在該專心挑逗的時候，想的是舌頭和虎口的舔舐。
5. 老婆開始趁老公上班的時候，用自己的虎口練習吻功，同時計畫在老公一進門時就吻住他。
6. 老公開始趁老婆上班的時候，用同事的嘴練習吻功，同時計畫回家時，怎樣保持舌頭笨拙的狀態。
7. 鴨嘴獸開始在夜裡，又重回小說家的客廳。小說家只好安撫牠：這次把牠召喚出來的男人姓蔡不姓駱。然後接了一句簡短的髒話。
8. 若民眾除了認識虎口上有個穴道叫河谷以外，沒別的收穫，則表示並未受騙。

［第五測］

受控者：已出櫃的男同志作家（在他出櫃前）。

事　由：寫出了藏在十字架和婚禮上的戒指背後，那個被小天使千交代萬拜託不能說出的祕密活塞運動。

［自我檢測］

1. 小女孩的芭比首飾盒裡，不再擺放整整齊齊的各色塑膠寶石戒指。
2. 小男孩跟著父母上教堂時，不敢盯著耶穌身後的白色十字架。
3. 女孩、男孩，到他們從來不信的教堂外，執行神聖又淫穢的儀式。
4. 婚姻已經走到盡頭的夫妻，根本不記得當初，誰說了海誓？誰回了山盟？
5. 異教徒證明：耶穌貼在電線杆上的「神愛世人」，的確是性暗示的例證。
6. 若民眾除了參加婚禮、經過教堂時，必須盡力克制笑意以外，沒別的收穫，則表示並未受騙。

被控行騙

相關人士今晚召開聯合記者會

【影視消息】警方破獲台灣首宗精神詐騙集團，受害民眾數量之多震驚社會。絕大多數民眾雖未參加其假公民與道德之名，行精神詐騙之實的課程，卻仍因透過各種媒體通路，而遭到詐騙。這些透過媒體發布消息的知名人士，一時之間成為眾矢之的、千夫所指。被點名的幾位知名人士於今日晚間7時，召開聯合記者會，聲淚俱下的替自己澄清，以下是本報的報導。

94.06.31 《日免晚報》 第31版

戲子無情 照本宣科是職業道德？

【連線報導】兩位天王天后級的知名節目主持人，今日在為時四個鐘頭的記者說明會上表示：「一切都是照劇本演出，他們說是模擬劇，我們也是受害者！」將責任推得一乾二淨，對於民眾的指責，並不承認亦不做回應，但仍希望民眾繼續支持他們新開的老套節目。

根據宣傳人員表示，他們只想敬業的做好欺騙大眾的角色，把詐騙演得自然是一種職業道德，希望民眾不要以歧視的眼光看待他們。演藝人員公會則擬再度把小事弄大，以突顯演藝人員的弱勢。

目前轉任節目主持人的男同志作家，因軋太多活動及正在籌備和男友的婚禮，並沒有出席此次記者會。

創作無罪 小說家傳真發表聲明

【連線報導】小說家以簡短的傳真發表聲明：「關我屁事！」來表達自己強烈的不滿及捍衛創作尊嚴的立場，記者透過傳真稿上略顯散亂的字跡研判，小說家應是在今日晨間趕稿時，順手拿起桌上的便當菜單，撕下尚未用過的一頁，將它寫在紙背後即傳真出去，未做任何修改。小說家雖擅長說故事，但在此聲明中仍可見其精煉文字的功力。不過更受外界關注的是，傳真的角落畫了一個怪異的圖案（如附圖），半圓的頭顱中間，有兩個「^」「^」的符號，符號下方還有「凵」形的線條，這究竟是何種語言暗碼呢？目前這份傳真原稿已送至美國人類語言及符號學研究中心進行分析，本報將有後續追蹤報導。

(<-附圖)

【社論】

從早期簡單的電話、簡訊詐騙，假綁架詐騙，到現在結合跨產業領域的行銷合作，台灣詐騙手法日新月異，顯示台灣在行銷教育訓練卓然有成。其欲詐取的項目，亦隨時代翻新，從單純的金錢、股票詐騙，到政治理念詐騙皆有之，而這次破獲的「價值觀、認識體系」的詐騙，可說是集其大成。

這實為一值得欣慰之事，證明台灣早非保守社會，新的聲音、力量生猛地展現在這塊已經遭受殘酷蹂躪的島上，縱使社會民眾對這樣的詐騙無法絕跡，而感到恐慌不安，但仍應以更坦然的態度接受詐騙氾濫的現象。對於正在腐爛的台灣來說，有新的東西出現未嘗不是好事，或許政府可從這種獨特的詐騙文化中，找到台灣的發展方向。

94.06.31 《日免晚報》 第24版 P.S.：老師，我不小心剪壞了，抱歉！

94.06.31 《日免晚報》 第45版

顛覆還是揭露？

文/咩咩鏘 圖/AZA

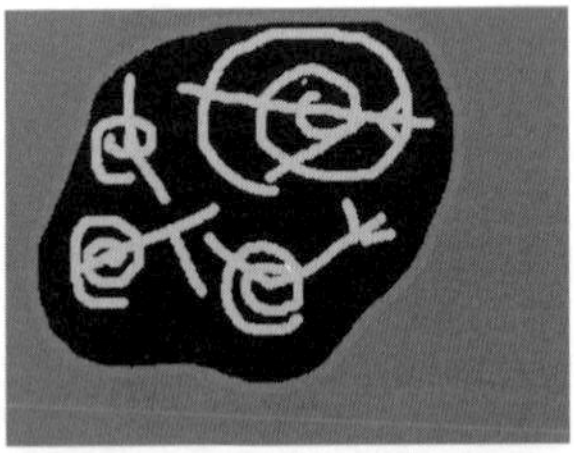

「精神詐騙」，無失爲一種揭發真相的方法！台灣已經封閉在看似開放實則保守單一的價值體系中太久，所以認爲此詐騙集團萬惡不赦。事實上，這個所謂的詐騙集團，其實是揭露現實的集團，他們稱不上好，卻也不惡。他們所提出的事項，皆爲一般人未注意、聯想，但卻真實存在的事情。各家報導，有些從反諷的方式來寫，有些則是帶著一點同情，同情這些揭開現實背後意涵的人，被當成詐騙集團看待的悲哀。也說明了很多人對於所謂的真相，根本不能判斷是非曲直，不是盲目的接受，就是盲目的拒絕！因爲不知道自己該往哪裡去，所以總是朝著人多的地方靠攏。以爲然乎？小子戒之，慎之！

評語：

1. 下次作業不要遲交！都拖到要放秋假了！且作業要求是「一週」，所以請蒐集這一週9天內的新聞作剪貼，不要只剪一天的！
2. 班級座號姓名請寫真實資料：「國三戊 49號 阮瑋琳」，下次再亂寫一律退件，並罰掃廁所！
3. 請節約紙張用量，盡量貼在同一頁！不珍惜紙資源，下輩子會變成樹！
4. 圖很可愛！此外，駱以軍畫的就是鴨嘴獸！

閱.6/25

乙下

作者簡介

阮芸妍，一九八五年生，台灣苗栗人。國立暨南國際大學中文系畢業，現就讀於國立交通大學社會與文化研究所。

瑪麗亞

文／郭光宇

這是她的最怕。有時候她一個人鎖在浴室裡，久久沒聲音，我就知道她又在那裡刮毛。她只要一個禮拜不刮，一定變得像人妖。

瑪麗亞是一顆痣。

這家公司叫狄也哥人力仲介，Google排名排到了不知道第十幾頁，不過名字一聽就像多年不見的老朋友：信譽經營，銀貨兩訖。點開目錄一看，一張張大頭照骨牌咚咚跳出來，一對對雙眼皮的大眼睛立刻長出小手，拎著碎花手帕：「我在這裡！在這裡！」

我點來點去，遲遲下不了決定。看起來每個各有所長，即使第一眼看不上的，來來回回掃過幾次，也不是不可以有自己獨到的賢良。更何況我大概也只想單純聽她們多叫幾下。閉關以來，除了偶爾上上聊天室，跟那些無厘頭的化名打情罵俏^^二下，不然哪來這等強強滾的人氣！難得當回皇上，淫威要緊，當然得讓她們多叫幾下。

直到我撞見那顆痣。

那是一顆不怎麼大的紫砂痣，腫得有點皮薄，通光通光的，很擔心它吹彈可破。不過那真是一顆好3D的痣！生在左眼下側，比鼻翼稍稍高一點的地方。我偏個角度，它就換套色譜，蠢蠢欲動的。愈看愈想幫它擠出來。立刻就把照片zoom大，中指忍不住在痣上來回摸一下。喲，還會噼啵擠！又試著摳一摳，可惜液晶螢幕太平了，等一下摳破了費氣，只好作罷。改用拇指擠壓法。那真的很像在擠那種打包用的塑膠泡泡墊ね！只不過它比較不塑膠，比較橡膠，那天生就很欠擠。

要是有Wii的擠痣器就好了！這樣吊著膀子擠來擠去，肩還真的有點痠。跑到廚房拿瓶礦泉水回到電腦前，海灌了幾口，我才開始注意到她的全盤長相。兩道不鏽鋼波紋髮夾把劉海往兩側高高撩起，并住了，揭開底下一張骨感的，完全男覡的臉。左眼有點拓窗，離離的，好像看到我腦後去了。兩顆瞳仁又黑不見底，嵌在周遭鑿出來的皺紋中，讓人想到喀斯特地表上的兩眼水塘。小指尖擋不住就往瞳孔裡戳一下，ＬＣＤ上就漣起一圈圈原始叢林的荒荒荒荒……

荒來荒去暈暈的，大概有點被摸魂了，眼光怎麼也移不開，又閉不上，又不知在看啥，直到手指突然牽著滑鼠在link上點一下。

於是來了瑪麗亞。

門鈴叮咚了一下。

一開，卻沒有人。兩邊瞄一瞄，一條通的公寓走廊，空得像星期一早上的美術館。才覺得莫名其妙想闔上，一道尖細的聲音急急竄出來：「不要關不要關，我是瑪麗亞！」

那幾個字一律發平聲，聽起來格外流暢，又有椰林搖曳白沙灘的呢喃效果，的確該是她。

「有人嗎？」我故意問得很大聲，有點毛毛的。大白天的，又是沒人的公寓走廊。又怕是幻聽，閉關之後就常犯的，就又加強了一下：「啊你在哪裡哈？」

「我在這裡！在你面前哪，這裡！」

她使勁震動了好幾下，鼻尖就撲來一陣涼涼的嗡嗡響。仔細一看，眼前是真有那麼一小顆豆豉大的盲點，紫中帶紅的。原來她背後那張男覡的臉並沒有跟過來。我只好先請她進來，特意兩邊張探了一下，確定公寓走道上沒人，才安心把門帶上。

她其實比親眼看到的要來得大，坐在那裡泡泡的，發育得像國三女生，很難找到合適的尺寸。我瞄了瞄早已經看過了的履歷就問她，唸了心理學在那邊還找不到事做？她比手畫腳十足表情說：「不是的不是的，有很多事做哪，但是沒有錢。」說完了自己大概也覺得有點爆料，很不好意思，就淺淺低一下，笑笑把眼光移到牆上。非常流線感。

既然扯到錢，我也就直截了當：「那你知道我這病，工作不輕鬆喔，而且錢也不多……」想想又補了一句：「我現在也沒有固定收入。」我想這樣她該懂的。

她笑著點一點，又很流線地不好意思。

看來誠實又善解人意，於是就是她。

瑪麗亞每天來幫我打點，時常遲疑著，不知道該不該問，有些戇頭戇腦的。幾次逼不得已勉強問了，馬上又覺得很不好意思，包著嘴，笑得窘窘的。但她也真的滿會窘的，常逼得我不懂，「哈？」好讓她再問一下。於是她就笑得更包更窘，還用手遮住根本沒張開的嘴巴，好像牙齒長在嘴唇上。她大概有什麼難言之隱，做完了看她也不急著回去，寧可在那邊擦牆壁。我也覺得不好過問，雖然出錢請人，也還是要懂得明哲保身，卡靜卡無蚊。

幾個星期下來，我看情形還可以，也不知道發什麼神經就慫恿她：「沒關係喔，要的話，客房也可以給你用喔。」

她像果凍裡的蒟蒻那樣靦腆了一下，不知道該說些什麼，很平常地把工作做了，早早走了。第二天也沒看她帶什麼行李，居然就真的搬過來了。

人情大概不一樣。

獨居久了，突然多了一個人，整個房間就都是她。不過既然想當爛好人自找的，也只能吞下去，不行了再找個藉口趕人。偏偏她又什麼都好，只是有點，呵搖。沒事頭上綁著奇形怪狀的花布巾，東撣撣，西擦擦，哼不完的曲子，扭不爛的腰，儼然一台任我行卡拉ＯＫ。這本來也很無可厚非，我也不是那麼不近人情，只是有時候曲目唱窮了，連國歌也拿來唱，這就有點怎麼講！

一開始很不習慣邊看書邊聽音樂，要她自己轉小聲一點。她也有夠能配合的，說一次就轉小聲一點，但再怎麼轉就是不會完全關機。到後來只剩下一縷旋律，游游的跟蛇信一樣，動不動就被她竄一下。要不了多久，整個房間又都是蛇游的立體旋律了。看樣子好像也不能再說什麼，再唸下去反倒是我刁，只好趕快耳膜長繭。

不過後來我發現，其實也不是沒有治她的辦法。情況好像是她也克制不了自己，只要一開頭，她就只能被自己的聲帶扯著唱。那種哼法有點像公開的隱私，明明在那裡，但就是見不得人，大家也都要裝著沒看到。所以只要我盯著她看，她就會開始唱得有點礙玉，顫顫的，抖音抖得不大穩，很像割喉放血的雞。我愈盯她，聲音就出來得愈顫愈小，但又非唱不可，為了維持原來的音量，只得唱得更吃奶，更割喉，發出那種很宛轉蛾眉馬前死的聲音，看來聲嘶力竭要出人命了，我才只好速速把眼光移開。幾次下來，也不忍心再治她。結果就被她制約去了。

儘管我已經N久不需要音樂，聽多了，難免也有幾首順的。有次大概忘了吃藥，就幫她唉呀呀呀好幾下。她一聽就驚為天籟！當然她也別無選擇，再複雜的切分音，只要從我嘴裡蹦出來，就跟咳玉一樣，一粒一粒的。之後她就百般糾纏，一定要我當合音天使，還提議組團一定要叫You & Me，尤蜜二重唱。後來自己也感覺盡無聊，根本不會紅，又吵著要改名叫Hating Mother，恨娘合唱團。

我就問哪：“But why should the mother be hating?”

“No no, but they will hate their mothers when they hear us singing.”

“And should we hate ours too while hearing ourselves singing?”

“Oh,”毛毛蟲一樣的睫毛搧了好幾下，“we cannot help, can we? But what do you want to hear exactly?”一臉幼稚園老師的表情。

「吔，那你媽是不是也是一顆mole哈？」

「不是不是，我媽是一個hole。」

三八阿花！

她手勤腳快，洗衣打掃弄吃的，半天綽綽有餘。過沒幾天，居然熟頭熟臉，跑到樓下去教小朋友英語會話。我就說「哇你很厲害哄，很會搶錢喏。」

「不搶不行哪，東西好貴好貴，不搶就會被人搶。」

什麼意思?!想想也沒虧待她啊，大概還不至於指桑罵槐。不過倒是應該po到網上去給掌管外勞生殺大權的袞袞諸公參考一下。

她的菜路很南洋，味主清辛甘鮮，香蕉捲，菠菜南瓜湯，椰汁海鮮，蒜香飯，一盤盤金碧輝煌的，擺起來像浮在桌上的香料群島。可惜我食量愈來愈少，又常犯噁心，吃了幾口，好吃，又勉力夾了幾口，實在無能為力了，只好取笑她都做給自己吃，真是惡傭。她也很餓鬼形，顧不得不好意思，腮幫子鼓鼓的還沒哺完，馬上又去添一碗。我看她吃飯時最爽，默默感唸著謝主賜她今日的食糧，整個人從裡面打了光，像廣告多效面膜的模特兒，柔情萬種看著自己變出來的菜，一張張像家裡寄來的明信片。難怪有時候可以撐得下好幾碗，一下子變得跟保齡球一樣大，呆呆癱在沙發上。推她一下，沉沉的，滾不大動。

她看來很享受在我這裡做，我也實在精神很多。天氣一好，就一定要拉我出去走走。可是不行哪，我膝蓋會受不了，吹風會感冒，曬太陽又會皮膚過敏，不好啦!第二天，她馬上不知道從哪裡搞來一台輪椅，上面還插了一把碎花小陽傘，死也要推我出去。哪會安ㄋ哄?拗不過她，只好由她在我脖子上綑了一圈蟒蛇般的圍巾，推了出去。

其實也沒有想像中那麼可怕啦！電梯一路下來也沒遇到什麼人，好像整棟大樓只住了我一個。當初住到這裡來也就是相中這一點。樓下的管理員倒是一團和氣，對我猛點頭：「哇，氣色不錯喔！今天天氣很好，這個禮拜都不會下雨喔……」

我的臉是衛星雲圖嘛？簡直在哄失智中風的老頭子，實在不大想理他，就也草草點了個頭，對空氣笑了一下。大概太久沒跟人家這樣應對進退了，只覺得腮肉打了肉毒桿菌，割鶯割鶯的。看他那樣子好像認識我很久了，儘管我根本沒什麼印象，大概是新來的，不過盡忠職守的大抵如此，也算難為他。

在標有「開放空間」的綠地上繞了幾圈，花崗噴泉，脩竹造景，看來還有花心思在整理。石燈籠上停了隻在啄癢的麻雀，看牠那樣的抖法就覺得天下太平。小徑上零零星星幾個人，明明似曾相識，看到我也只像看到輪椅一樣。我也只好裝輪椅，很滾說。也許閉關是太誇張了，是該多出來走一走的。

我大概有點被推上癮了，就央她不要再繞著大樓兜圈子，不妨繞遠一點。她嗯了一口，換了個方向，可是怎麼繞就是不繞出去，也不知道她在想什麼。

我被曬得有點昏，要她推我到樹下休息。她把我推到定點，就放我一個，自己跑去7–11買冰棒。有個小鬼跑過來，還是原來就在那裡站著的，呆呆盯著我看。我揚了揚眉頭逗他一下，他完全沒有反應，害我只能若無其事。又覺得不甘心，怪怪的，就滾著輪子稍稍探了一下他的側面。果然是立體的，不是招牌！就又滾回他面前，擠眉弄眼作了個放大的鬼臉，再給他一次機會！但他還是跟立體招牌一樣。

那真是一個很沒人緣的小鬼，長得豬頭豬腦的，又少了豬的慈眉善目，吻部半開，用舌頭堵住了，弄得下巴糊糊的。小鬼唯一可取的地方就是可愛，要連這麼一點都沒了，看了就很想自殺。雖然很不想承認，可是他實在讓我想起小時候幾張照壞了的照片。一下子心生同情就問他：「媽媽有沒有說你長得很豬公？」他倒也默認了，慢慢抬起頭來，用肥蠶狀的手指作掐脖子狀。我看到兩顆深深陷進去的，青紫的，不可能是草莓印，那就只能是拇指印！這也太狠了！立刻問他家住哪裡，準備打手機給受虐兒基金會。他二話不講衝過來，一陣風把我曳到地上，亂陣中好像還踹了我一腳，豬夭夭跑掉了。我還沒搞懂怎麼回事，就看到瑪麗亞急急跑過來……

不過我還是很不爽，不想理她，都怪她沒事找事幹，硬要推我出去！她也很花痴，在那邊十全欠兩味，一點沒有抱歉的心，裝得跟沒事人一樣，繼續哼她的。有時喉嚨被她撩得癢癢的，很想湊上去合一下，還是咬牙切齒吞忍了下來。想再使出撒手鐧盯她，讓她割喉唱不下去，但這樣就不是賭氣了。不夠解恨！

她最好全身長毛！

這是她的最怕。有時候她一個人鎖在浴室裡，久久沒聲音，我就知道她又在那裡刮毛。她只要一個禮拜不刮，一定變得像人妖。可是當她清理乾淨，從浴室跨出來，嘩！整個亮得跟發光的紫色水母一樣，蓬蓽生輝，還抹上一種沒聞過的肉桂香水，很阿拉伯的，很後宮，馬上可以成天逶在地毯上，蛇一樣爬來爬去的。有次我就說你膚色紫得很漂亮咧，她居然回說她喜歡穿紫的。其實根本就是她的皮膚還不承認！有時候故意在我眼前晃來晃去的，弄得我也很想知道她到底會不會破，逮到機會就彈她一下！彈得她嘰嘰亂叫，著在壁上。等我彈得手瘦指甲痛，她又在我眼前呵搖來呵搖去的，心術非常不正。

她午后固定是要siesta的，大多躺在客廳那張白色的IKEA藤椅上休息。一打起盹來，發出很輕很輕的鼾聲，渾身就開始變得很剔透，像一顆會呼吸的器官，一掀一翕的。我大概真的有點虛，窺久了很累，端了茶，趕快跑進去休息。

門鈴響了，大概是她忘了帶鑰匙。經過客廳，卻看到她蹲在那裡擦地板。兩個惶惑對看了一眼，門口出現一個戴口罩的。但那雙男覡的眼睛，我一看就知道了。

Maria II劈頭就問：「瑪麗亞在你這裡哄？」

除了嗓子嘎得像兩張砂紙互磨之外，完全聽不出口音。來多久啦？瑪麗亞突然啊一聲，咻一下不知道鑽到哪裡去了。

「對不起，您是？」

「我要她回來。」非常斬釘截鐵的陳述句。

瑪麗亞在沙發底下顫聲唱道：「我不要回去！我不要回去！」這個肖菜，歌仔戲也不是這種演法！

Maria II狠狠叫道：“Shut up you slut! You will pay for it!”

哪裡來的！我悍然止住她：「欸，你聽到的，她不想回去，ＯＫ？」

Maria II探頭探腦的，試著循聲找出瑪麗亞的藏身地點，但被我一挺，熊熊堵住了。瑪麗亞居然還在那底下胡抖亂唱，分明就是欠人拖！我順勢把門闔上了點，只露出一條窄窄的我，擋住她賊賊的目光，第一次見面，不想把門直接甩到她的口罩上：「還有其他事嗎？」

她凶凶瞪了我一眼，我就把牙齦芙蓉出水露給她。但她只是鐵鐵盯住我，一副想耗下去的樣子，殺氣騰騰的目光裡都是威脅，簡直在說：「小心我告你擄人強姦！」我心想你報紙看太多了，跟這種人沒什麼好講的，就把門闔上。突然卻有點半身不遂，使不上力，好像被點穴點住了。她盯多久，我牙齦就露在那裡多久，一下子就乾掉了，瘆瘆的又闔不上，好像被牙醫專用的那種牙弓架住了，齒寒得很。

這時她卻軟下來，哀哀道：「你不要收留她嘛，讓我帶她走！」突然快狠猛準扯掉口罩，也沒看到她動手，口罩變魔術就不見了。隔著門縫，哭喪著臉湊過來：「你看我這樣子，怎麼見人嘛！」

那片都是顴骨的左臉上，開著一個洞。

那洞裡頭，似乎不是教科書上那種緋紅的條紋肉。裡面好像什麼也沒有，也不是黑的，也看透不過去，只讓人想到茫茫兩個字。不知道摸起來是什麼感覺？

她倏地從門縫裡攫住我的手，我駭退了一步：「你幹嘛？」赫然發現牙齦還是被架開的，講得有點漏風，不清不楚，不知道她聽懂了沒？

她不知道哪來的蠻力，箝得我緊緊的：「你摸摸看，摸摸看嘛！」邊說邊抓著我被攥成一綑的五根指頭，直接往她臉上的洞塞過去。

我的手卒一下就滑進去了，完全不用潤滑劑，而且深得不可思議，一下子就吃到了腕關節。只是那洞看起來還是跟水果形的小橡皮擦一般大小，倒像是我手整隻好好的，一到了那裡突然萎縮掉了。我怎麼抽都抽不出來，猛起來，也只抽得她整個人跟著一晃一晃的。我突然有點不好意思，邊抽邊問：「你會不會痛啊？」但她只是直直看著我直直插在她臉上，無動於衷，倔倔抿著有點外翻的唇，深處露出一道豆沙色唇膏上不去的膜肉。不過她最好也無動於衷，要被我插住了還能搖頭點頭或開口，看她這道行，一定會把我的手骨啪地掰斷的！想到這裡，反而不敢用力，只好試著用手指在裡面摸一摸，稍微感覺一下內壁。

那裡面很，真空，空到好像連我的手指都消失了，卻又是暖的，好像整個人都完全被包容進去的那種暖。就在我試著算算看還剩下幾根手指的時候，突然覺得，有什麼東西，汩汩從我手裡一股一股扭過去，又好像，有什麼東西，攀著牙齦，森森涼涼從嘴裡蠕進來，像打麻醉，那種劑量鑽進來的實感……一陣舒服的痙攣，從橫膈膜溫溫拓開來，整個身體像灌了水銀，搖來晃去，拉抬不起來，朦朧中，瑪麗亞還……

我醒過來，發覺自己歪躺在門邊，肩膀卡著門，一隻手還夾在門縫外。全身鈍鈍的，像麻藥剛褪，感官嗶嗶啵啵一個個又都醒了。

「她滾啦？」

瑪麗亞來不及點頭：「剛剛好危險哪！如果你不是這麼虛弱，會很可怕很可怕的……」

什麼邏輯！我一邊爬起來一邊想，不過頭昏昏的，不大能想。一下子又軟下去，她趕緊攙了我一把。我只覺得抖抖的，整個房間都在抖。

在沙發上坐陷了，蓋毯裹得嚴嚴的，喝了幾口薄荷茶，暖了，醒一點了，怎麼還在抖！原來抖的是她。「你還好吧？」

「我……」她怯怯朝門口看了看，像怕哪裡被人家安了監聽器那樣呵著氣說，「我一看到他……他們哪，我就知道會很……不好……」

我噓了一口茶：「剛不是只有Maria II嗎？」

「還有Diego……」

「他在哪裡？我怎麼沒看到？」

「他在她裡面，你看她那個眼睛就知道了……」

我一下子束起來，完全清醒：「你們那個Diego，他是不是那種小鬼？」

「沒有人知道哪。他之前哪，在蓋一〇一那種很高很高的大樓，從幾十樓掉下來，掉一掉就都不見了，都沒有人看到屍體……後來有人哪，看到Diego在那個附近走來走去的，右邊上半邊哪，全部被摔掉了，好像尖尖的三角形，在那裡走來走去的……結果那好幾個人後來都瘋狂了，還有幾個就消失了，所以後來哪，大家都裝作沒看到。可是他好像又很要人家看到，大家都知道哪，可是都不敢講……有時候哪，有時候……」

她突然搐起來，有點出水，好像被什麼附身了，抖個不停。我按住她，替她鎮一鎮：「有時候怎樣？」

「有時候哪，你會覺得被他按住，都不能動了，像現在這樣……」

我手一收，一陣雞皮涮上來：「你不要亂講！」

「沒有亂講哪，他真的會進入你，好像變成你自己，像洗澡哪擦肥皂，上廁所擦屁股，擦一擦，會覺得那個手不是你自己的，會亂摸，照鏡子照一照，臉哪眼睛也會變得怪怪的……」

「那沒趕快去找神父？」

「有哪，還有法師哪，可是他們全部後來有時候會突然說Diego的聲音，好像我們每一個都是他的一部分，好像一個那個organización……」

「狄也哥人力仲介！」

「好像他不能蓋房子了，就開始import。」遲疑看了我一眼。

「進口。」

「對對，他就開始進口男女。Diego第一次看到我哪，就把我擠出來，好像生小孩子那樣子，到處很多血。從那時候開始我就independent了……」

「那以前呢？」

「以前我在那個臉上哪，沒有感覺的。」

「啊那Maria II不就變你媽了？」

「不是不是，我其實也可以長在其他的地方或其他的臉上哪！如果要有媽媽，我媽媽是比較一個洞。」

「那他沒事幹嘛把你擠出來啊？」

「我也不知道哪，以為他的手很癢哪，可是他又會把我塞回去。他每次拔我出來，好像那個香檳那個樣子，啵！就用大頭針把我插在橡皮擦上面……」

「嘶——」

「不會不會喔，反而沒有像塞回那個洞那麼痛，很像那個針灸，麻麻的，很舒服。他插我在那裡插好了，就拿很多東西塞進去那個洞，湯匙哪，脆皮雪糕，天線寶寶，台灣啤酒，電鑽，很多人的手指，手電筒，還有好多好多其他的哪，還有他的屌……」

噗！我噴出一口茶來。A片嘛沒那麼厲害！「你字彙很多喔。」

她不好意思笑了一下：「你還不知道那個洞很壞很壞哪，東西被它吸住了，會很拔不出來的……」

「啊那Diego咧？難道他有很多根嗎？」

「所以Diego才很厲害哪，只有他拔得出來，而且每次都跟加油一樣，好像把那些東西的energy都吸出來了。」

「So厲害！有沒有人找他拍廣告？」

「所以大家哪才都會被他管得很死死的。不聽話就會被他抓住手指哪，塞進去，像你剛剛那樣，一下子就乾乾了。」

「那他長什麼樣子？有沒有真的很三角形尖尖的？」

「我也不知道哪，沒有看過。」

「你不是說他把你擠出來的嘛？沒看過你怎麼知道那是他的屌！」

「就是會有那種感覺哪，看不見，但是會感得到很清楚哪，比看見還很清楚……」

「聽起來非常意淫。」

「那是什麼？」

「Eeee……意淫就是哄，反正你就是會有那種感覺啦！啊你怎麼不會被吸進去哈？」

「我也不知道很清楚……but I think... 'cause it's my domicile that hole.」

「啊被吸住了什麼感覺？」

「很痛很痛哪，很難過，好像要死了，要裂掉了，好像在撕傷口上黏住的ＯＫ繃哪，一直撕一直撕，全身都腫起來了的那個樣子。你想看看哪，裡面有那麼多的energy那樣子……」

「啊你既然說是你家，不會習慣喏？」

她勉強笑了一下：「家怎麼能夠習慣哪！而且那個domicile也不是家哪，it's something more personal, much more private. It's Somewhere... quintessential. You know what I mean?」

「大概啦……那你不回去的話會怎樣？」

「如果我不在那裡哪，那個洞會把外面的東西一直一直吸進去，像你手指被吸進去那個樣子。如果不用我把兩邊隔開，它就會變成那種black hole，口罩哪也不能蓋不了多久，像剛剛她的一下就被吸進去了。這樣對Diego就很不好，他就沒有辦法控制，說不定哪，連他也會被吸進去，拔不出來，所以他才很急很急……」

「那為什麼我逃得過，沒被吸進去？」

她想了一下，好像在寫作文：「我想哪，你真的太虛弱了！你沒有energy。」

她根本不知道自己在講什麼！

三月十五，凌晨。我醒過來，卻發覺我已經死了。

其實也沒什麼，只是跟坐垮了的沙發墊一樣，再怎麼拍，也膨了起來了而已。像灌了氫的氣球，我慢慢浮了起來，懸在半空中，高高低低的，很不習慣，怕失去的重力場一下子又接通了，咚地摔豬肥。結果當然是過慮了。就這樣浮浮的，審視著下面壽終正寢的自己，親切，疏離，也就跟活著的時候一樣，只不過內省成了事實，於是輕盈了。

我笑了，不過功力還沒到，大概笑得有點割鶩。不過，也許我真的不必再哭或再笑了！這樣倒是非常節約能源的。

那個躺在那裡的，就是我嗎？鏡子裡的那一位，應該也常常這樣自問吧！瑪麗亞輕輕飄到我身旁，靜靜陪我看著下面。她也死了嗎？

「就這樣喔？」

她點點頭，又淺淺哼將起來，Dicen que por las noches...

不多久又進來幾個人，小心翼翼地把一切用布包起來，大概準備運去燒掉，那組還新得油亮的義大利沙發，IKEA藤椅，原木書架，筆記電腦，還有那具怎麼看都只剩下骷髏架的身體。雖然我也希望火葬，有滅跡的存心，但看著別人這樣肆無忌憚擺弄這個自以為私密的空間，一下子又很徬徨了，彷彿穿著超通風的圍袍，躺在白而亮的手術台上，等著刮毛。

我突然覺得那些傢俬其實也都是紙做的，燒了也好。入棺的時候，那兩位仁兄雖然戴著手套，我又那麼輕，也還是很心虛，不大敢抓，一不小心就讓我的頭從床上咚地跌下來，在地上悶彈了兩下，身體跟著流下來，一隻腿還高高掛在床緣，搞得很無恥。好不容易囫圇把我塞好了，房子也收拾得一塵不染，一個小時還不到，空氣裡都是消毒藥水的廁所味。

怎麼這樣輕易就完了？

瑪麗亞說：「你如果累了，可以下來哪。」

「如果累了，可以下來哪。」

「吃飽太閒！」

「……」

「你如果累了，可以……」

「哭夭啦！」

我下去幹嘛？好不容易終於可以不用再餵不用再追不用再躲了。我就要這樣浮著，無所事事可以吧！

難得大家終於可以這麼地平等，再沒有什麼莫名其妙的區分。就這樣蜘蛛似地頂在房間角落，冷眼望下去這群忙碌而肅穆的人，那個離離的自己，塵埃落定，吸食著太平間一樣的冷靜空氣，深深覺得，真是死亡了……

不對！

怎麼我一死，他們馬上就來了？

這也太有效率了！我轉過去問瑪麗亞我怎麼死的。

「就這樣哪，你自己看到的。」

「什麼樣我看到的？之前有沒有人進來過？」

「沒有哪。」

「那怎麼會我一死了他們都知道，馬上派人來？你去通知的哄！」

「不是不是，樓下管理員那邊有那個monitor……」

「啊，夭壽毋真猴！那不是都被看光了！針孔攝影機藏在哪裡？」

「沒有攝影機哪沒有的，這個房間是一個那種sensor，那個monitor上面會有你的thermogram。」

「那還不是一樣看得到！」我怎麼會住到這種高科技的豪宅裡來？還住了這麼久都不知道？現在真個是死無對證！「啊你又怎麼知道的？」

「管理員帶我進去看過哪，在地下室跟一樓之間那邊，有一個好大好大的房間，牆上都是monitors……」

唷，人面還真闊！「他幹嘛對你那麼好？」

「他人好好，每次都會跟我哈囉，請我吃東西，唱卡拉ＯＫ還會問我英文……」

「你不要戇戇的被人家拐去賣了還很爽！」

「不會不會，他一直就在那裡很守法哪，不會跟外面有關係。」

「你又知道了！你是不是去給他親到了？」

但她未免也知道得太多了！成天在外頭趴趴走，誰知道她都幹些什麼，搞不好狄也哥也是她引進來的！我還每天喝她的飲料吃她的菜！

可是我這樣子然一身，又有什麼好圖的？房子傢俱對她來說，似乎也沒有多大意思……

不行！我要搞清楚，不能由她說了算！我要下來。

我就問她怎麼下來。她馬上像中了刮刮樂，不像做出來的，說很簡單哪，只要把氣呼出去，閉住，就會沉下來，跟游泳一樣。我試了一下，一個不穩，死魚爆肚，差點被空氣噎斃了！但沒幾下子就控制得很好，而且比游泳容易，根本不用換氣。膀子隨便一扒，速度跟念力一樣，是真的有點意思。

沒幾下我就已經游到從來沒學會的蝶式了！看我蜻蜓點水，鯉躍龍門，震他個大門砰砰響！

告別式沒來幾個人，大概是基督教的，沒聽到孝女白瓊。我在遺囑上明明說了不用告別式的，免清洗免化妝，趕快燒掉倒進抽水馬桶沖掉就好了，省事又環保。為什麼死人總得躺在那裡，任由別人剝削屍身的一切剩餘價值呢？為什麼死人總得勞師動眾呢？好似沾沾自喜想抓住每個人問：

欸，你知不知道我死了唷？最好應當是人死了，還可以再短短活過來一次，把自己神不知鬼不覺料理掉，惡作劇地笑一下，再慢慢退著爬回去。

當然他們不會善罷甘休，就因為是我的親朋好友，只是我一個也分辨不出來，面目實在太模糊了。他們一個個看起來像空氣裡塗了一層樹脂，熱氣在半透明的膠裡油來滑去的。我試著穿過其中一個，黏黏的，很髒，像大熱天裡撕不乾淨的膠。我看著身體被那群膠抬走了，一下子反倒清爽得很，鬆了一口氣！

傢俱是不在了，但影子一樣的痕跡還在，瑪麗亞還在，我還在，一切跟之前沒兩樣，只是更自由了。她每天照樣抹抹擦擦哼她的，這下連懷疑她的理由也沒了。少了一切長物，我甚至開始覺得，這裡，該就是我的domicile了……

過沒幾天，大門像光碟機故障的油壓系統，莫名其妙又彈開了。

這次來的似乎不多，看起來更淺，更淡，像某種已經進化到擺脫形狀的靈。我隱約看見其中一個唸唸有詞，比手畫腳，燒了符，兌水，喝了，蓮蓬頭往空中一噴，那塊地方霧就收起來了。他跳進去，沾了符水，刷在眼皮上，眼前霎然一亮！於是就看到我了，我也一下子看清楚他，不像其他的只是矇矇的翳。

那畢竟是一個令人驚艷的三太子：小平頭梳油，仔細修理過的微髭，有角度的純鈦眼鏡框，亞曼尼式的改良道袍，打上一顆黃巾之亂的啾啾，袖扣是兩枚鎢暗生光的小太極圖，而且不用香水，單由體溫逼出香皂的薰氣，聞一聞就很想信他。他也不廢話，一來就說「啊你已經走了哄，該晃手了哄，晃下瑪麗亞！」

看來還是個可以理喻的，不是那種仗著陰陽眼胡亂要挾的神棍。「現在這裡就你，我，瑪麗亞，我們應該是同一國的不是嗎？」

「你想要證明啥？」他淡淡地接下去，「沒影的物件，怎麼能做夥？」

「什麼叫沒影的物件？這是啥！」我邊說邊把瑪麗亞揪到前面來，一攤開手，她又橡皮筋地彈回我背後。

他茫茫笑了一下：「你為啥不肯承認呢？」

「是要承認啥？還有啥好認？死了不就都認了。」

「啊死只是一種藉口啊你在那邊！難道一定要我明講嗎？」

「願聞其詳。」

他好像反而有點為難，角起眉心，目光雖然朝向我，但似乎到了半途就被什麼遮住了，好像那裡有個冒出來的空間，裡面有一些曖昧不明的東西在有絲分裂。斟酌了半天，那個空間突然破口說：「一開始，在網路上認出瑪麗亞，你就已經知道你已經死了，對莫？而且已經死了很久了……」

「搭你嘛好啊！死人會住豪宅喔？那告別式咧？我自己變出來的哄！」

他沒有答話，只是旬旬的穿過那個空間看著我。

看來並沒有惡意，甚至還有種怕令對方難堪而收斂起來的同情。我知道我不能亂。雖然他不見得是真要來幫我的，但也絕不是要來置我於死地的。我們在某個地方似乎是連在一起的，像不願意相互承認的知己，一承認就輸了，而且二者皆輸，因為有了允諾的負擔。只要我一亂，他也會跟著亂的……

那個空間裡的有絲分裂明顯起了質變，濃重了起來，跟原始叢林一樣，荒荒的，數不清的細碎在裡頭嘰唧嘰唧地長。他慢條斯理說：「我還想說你是真正看得開的那種人，閉關或是告別式，只是一種跟外界接觸的介面而已，根本沒有實質的重量……看來你還是被卡住了。」

「……你是不是狄也哥？」

「你知道我是誰都可以，就親像你的告別式，有發生還是沒發生都沒影響，就算是發生了，事後也沒意義……」

「我不是鬼！」

「當然嘛不是，因為根本就沒你嘛！」

「……我知道我一開始就完了，我泡在羊水裡早就淹死了！」

「死鴨硬嘴掰！啊你咁有想過，為什麼要這款一死再死？」

「我是復活及生命。」

「你實在是……這樣好了，顛倒講回來，你為什麼要承認？你知道你一承認，就只能懂下去，一直懂下去，中途既不能休息，也不能轉頭倒回去。不然你一開始就應該要否認，這樣說不定我們還有機會……」

「否認？否認什麼？」

「否認你就是瑪麗亞啊。」

我把瑪麗亞從耳後摳到前面來，她又想彈回去，被我攥得緊緊的：「你看清楚這是啥！伊是伊，我是我，伊不是我想出來的，騙肖嘛要有一點道理！」

瑪麗亞像顆飲酒過度的小心臟在我拳頭裡皮皮搐，當然只讓我捏得更死更緊。她一急，突然欻一下長出毛來！一下子就在我手裡變得毛茸茸的，像一顆紫色的蠶繭，絲滑滑的抓不住，三兩下又讓她咻到背後去了。

我承認我亂掉了，從來沒想過她會是我……

但是，照他的意思，這難道不是最完全最澈底的否認嗎？

他簡直看穿我似地接下去：「這樣不夠，這樣只證明你不夠堅決，不夠堅決的人是沒有活下去的機會的。你若是有夠勇，一開始就應該否認她，不要讓她進來，直到你離開的那一天，要澈底否認她的存在。」

「那你說現在呢？沒有補救的方法？」

「晃手啦，讓我帶瑪麗亞來走，莫又再留戀，哄！」

「……問題是，她既然是我，你又怎麼能帶得走呢！」

「這你免煩惱，讓我來。」

他閉上眼睛，喃喃有詞，手舞足蹈佈起陣來，天地設位，二用六虛，只見他舞動速度愈來愈疾，直逼千手觀音，落英繽紛，鰻鱺撩亂，整個身子漸漸被一籠金沙沙的妖光罩住了，又不知道從哪變出一台吸塵器，啟動馬達，哼哼哼往八荒九垓呼將開來，鬼仔風颳得地上沒清乾淨的劍蘭金紙塑膠袋一掀一掀的，天花板角落的蛛網扯得藕斷絲連，卸了燈的硬管電線音叉似地嗡嗡振盪，浮紋壁紙發出裂帛似的細脆響，壁癌一塊塊揭了起來，整個房間驀地開始滑動，位移，變形蟲一樣軟了起來，天旋地轉，頃刻間呼呼浩浩，飛沙走石，撼地嘯海……

作法作得很精采，偷了不少好萊塢，搞得鬼哭神嚎的，是很敬業啦，但我既然無形無質，連鬼都不是，又哪來的寒毛讓你動？好好的乩不起，畫蛇添足用電腦動畫助陣，看來到底還是個唬爛仙，以為我真善男信女！

要鬥麼？

我吸了五分之一口氣，像帝國艦隊那樣穩穩浮了起來，虛靈頂勁，風生水起，登時一軟，任那道氣旋咖啡旋奶精捲了進去，跟著流繞了幾圈，養精蓄銳加速度，出其不意刺過去！捅他個七葷八素，在光罩裡像七彩水珠胡翻亂滾，手腳不知道在哪裡！幾個回合下來，戳得他暈頭轉向無拚面，想來勝之不武，就暫時歇手，也讓他喘口氣，稍事振作……

他好不容易穩住架式，攔腰收腿，金雞獨立又浮定了，只見他右手擎住吸塵管，左手掌起八卦鏡，加足馬力，口中喃喃唸道奉天父聖子及聖靈之名太上老君瑪麗亞急急如律令！咻地破籠而出，金光罩霎時炸為齏粉，霞光萬丈，紙醉金迷，整個房子瞬間無限爆脹，倏忽曠得天地不辨，我被那股霹靂抵在流移的牆上，轉眼就被旋攤成一襲輻射膜，見風轉舵，順勢延展，把整團混沌連同三太子吸塵器一併裹起來，那一團熵在我腔子裡轟隆作響，竟還心存僥倖，內爆連連，猖狂狂甩出一顆顆流星行星恆星衛星、彗星、初星、變星、雙星、紅巨星、中子星、白矮星、波霎星、超新星一簇簇星系星雲星團星座糾結裂變時空剎亂，大膽！我用力一嗯，把那個噼啪宇宙爆米花機狠狠一扣，莽莽混沌立時重力坍縮，漫漫星斗悉數化為腸腔一樣的黑洞，在中陰無際裡撓來撓去，掃到之處立時乾坤倒轉，黑白易位，分不清虛實正偽，一併速速向那台吸塵器收斂而去……

收斂有頃，吸塵器發出觀世音顯靈時的那種梵音，幾次調子轉下來，竟然哼出瑪麗亞的音頻，大勢不妙！才想回頭，一道比冰還冷的虛空已經從我後腦勺刺穿出來，只見我臉上竄出一道紫色的蟲洞，直接就灌進吸塵口裡去了！我被串在中間，動彈不得，只覺得整張臉像一丸大洞，五官都省了，任由那道太紫冰光串住東甩西拋，恍不欲生，三太子瞬時切斷電源，觀世音馬達一下子漏了氣，太紫蟲洞三兩下就把我甩彈開來，觸手似地張牙舞爪一番，完全縮回吸塵器裡去了……

嘈嘈混沌一下子靜下來，就隱約聽得到瑪麗亞在裡頭微乎其微的哼唱……一口惡氣竄上來，人已經熊熊飛撲過去，就算拉不出來也可以同歸於盡！三太子眼明手快，蘭花指翻轉大手印，喊了聲：閃！刷掉眼皮上的符水，整個人連同吸塵器忽地模糊了，又回到了另外一邊，我撲了個空，扁扁啪在牆上，踉蹌蹌收拾起來，翻飛過去堵住門口，他們居然一個個穿過我，就像我根本不在那裡！一陣騷動，全都不見了。

瑪麗亞給抓走了。

也不知道是多久以前的事了。他們走了之後，時間感像丟進溫水裡的氣泡式阿斯匹靈，呲呲呲就不見了。雖然手機面板上浮現的數字照樣隔了一會兒便跳一下，但那根本是沒有意義的阿拉伯數字，愈看愈像火星文，完全不知道從何唸起。所有的符號大概原來都是這麼回事，塗鴉的隨機。

我隱約有種輸了的感覺，可是又覺得輕鬆，像贏了輸掉之外的一切，整個人都被拿掉了一樣。不會是故意輸掉的吧？我試著回想之前發生的事，循線仔細推回去。每件發生，一回推就不只一個原因，重來再推一次，又多冒出了幾個，像請從森林裡找出十二隻鳥那樣的認圖遊戲，只不過圖會跟著變，原先找到的不見了，原先看不出來的現在又明明就是，複雜程度一下子就等比級數暴動起來，愈清晰就愈模糊，終於朦朧的一大塊……

我在閉關。

這是唯一的確定。脫離了比黑巧克力還要濃還要黑的子宮之後，似乎，好像也只是換個大一點的地方閉關，有時跟另外一個，有時候跟幾個，跟一群，但再怎麼親密，也還是自己一個。看來那完全不是分不分享的問題，也不是能不能愛的問題。之所以會有這樣的講法，說穿了，只是跟我一樣不夠勇，寧可靠著彼此一點稀薄的同情和安慰，互相拉扯著走下去，直到走不下去，直到沒有自己。

閉關，從來就不是問題。

Just status quo.

她戳穿我的那個洞，的確是在左眼下側，比鼻翼稍微高一點的地方，正不斷一圈圈碎裂開來。像幅文藝復興的油畫，我很斑駁了……

這當然只是幻覺，我現在無形無體，甚至連氣也不是。只不過一切愈來愈虛，反而虛出了質量，經不住空氣裡最稍微的波動，只能試著攀住些什麼……

在牆的這邊待了這麼久，難道該出去嗎？一旦出去了又能幹嘛？再去找牆嗎？少了瑪麗亞，我一出這片牆就要散了的，我要散了，就再也找不到瑪麗亞了。

我知道我還在希望，雖然已經完全於事無補。但現在這個樣子，我連希望也否決不了。

再沒有比希望更大的憂鬱。

房子裡被吸得一塵不染，一點沒有鬥過的跡象。這個太乾淨的domicile，我想盡辦法捍衛的唯一所在，說穿了，也只不過是一個洞，由人來來去去。他們遲早都會進來，像那些湯匙，脆皮雪糕，天線寶寶，台灣啤酒……也許新的早已經進來了，就在我的身邊，吃飯，上網，看書，睡覺，跟我疊在一起，但我感覺不到，甚至沒有任何異狀，一點都不像恐怖片。也許還不只是新的，還有舊的，猿人的，寒武紀的。

也難怪！就算是閉關，也還是沒辦法真的一個人。

難道真的得跟一群不相干的這樣疊在一起，而無動於衷？

那是一個很棒很清的早上，像第一個早上，空氣裡只有光的氣味。我不記得曾經踏出來，但牆不見了，就像從來沒有存在過。眼前白茫茫的一片，像是由很柔很柔的光織就的，形狀曖昧的外星人隨時都會走出來。那種光的觸感異常熟悉，像Maria II臉上的洞，什麼都沒有的溫暖，彷彿糊裡糊塗就走進毛玻璃裡去了，外面有陽光，從樹葉縫隙間摔下來……

原來是真有這樣的所在。既沒人擠，也沒有人趕，不過是一明白，就已經置身事外了。

無所不在的光發出一種透明的泛音，波頻非常細微地改變著，幾乎感覺不出來，卻又能輕而易舉帶出各種情緒。在這個什麼都沒有卻又完全飽和的空間裡，眼淚到爆笑，瘋狂到沮喪，都只在一念之間。這樣劇烈的轉變和淘洗看來是種淨化的設計，直到波動逐一淡去，直到內省也成了多餘，只剩下幾何圖形。

驀然，背後響起一陣瘮牙的嗤嘎，像湯匙刮在瓷器上，雖然刺耳的部分被泛音吸收了大半，聽起來包包的，卻更像刮在自己的骨頭上，幾乎是從很深很深的內裡發出來的。

回頭一看，曾幾何時，靈骨塔巍峨的金漆大門已闔上大半。門縫中，管理員探出他渺小的頭，像壁虎那樣對我點了點，欲言又止的。

「可以再進去嗎？」我有點心虛，像不小心逛了出來，票根又丟了。本來不想問的。

他乾脆地搖搖頭，沒有一點抱歉。

「床位擁擠哄？」

他又笑著搖搖頭：「又沒有其他人。」

「那地下室哪來那麼多監控螢幕？」

「啊就都是你啊，其他的你。」

「……那我走了，那些我怎麼辦？」

「沒影響的，他們有自己的世界。」

真的就無關了麼？「那已經出來幾個了？」

「也知！每個都有自己的管理員，我只顧得了你。」

「那還關什麼門？我都要走了……」

「還不是你的意思。」

……

「那我走了，你怎麼辦？沒人會再經過你了。」

「啊就這樣啊，這就我的所在啊，一直就在這裡的。」

「好慘！」

他看著我，靦腆的笑掛得眼角垂垂的，為了自己的盡忠職守有點不好意思。的確是這樣的。

「那真辛苦了，多謝！」

「免客氣！順風。」

他虛心把門闔上了，一點都沒有執禮如儀的沉滯，只像燒壺壺水，等涼。空空的餘韻，像有人在空中打水漂。看來還是嶄新的門，不過蒙了一層厚厚的灰，也就只開關這麼一次了。原來我也夠奢侈的。

整棟峭壁一樣的大樓逐漸褪去，像踩在腳底的沙，浪一來，就流掉了流掉了……腳心踩不住地癢，像踩著成千上萬的螞蟻，直到我發覺，其實是我在逐漸褪去，渾身都是被螞蟻啃嚙的細碎快感，消失在茫茫之中……

這次真的只剩下我一個了。沒有樹，沒有顏色，沒有地平線，沒有方位，不過單純在這裡罷了。

但這個在，也在得很不可靠了。是不會再有人來指認我的了，連自己也不會的……

眼睛度數深了起來，看不大見，因為沒有東西可以看，耳朵愈來愈背，連泛音那樣的背景也散了，彷彿哥本哈根海域天還沒亮時下的雪，細細落落，有灰色的重量……感覺，一塊一塊化掉了，逐漸沒有意義的感官，形容詞沒了，動詞沒了，名詞沒了，隱隱約約還聽得見，我麼？一個空空的代名詞，沒有肺，沒有喉嚨，沒有嘴，沒有氣，卻還在輕輕呵：

再也不見瑪麗亞

作者簡介

郭光宇，一九六六年生於宜蘭。先後就讀於台北中興、比利時魯汶、巴黎第五、柏林洪堡等大學，研習社會學，哲學及古典語文學。做過餐飲、旅遊、翻譯、教學、口譯各種工作。曾獲聯合文學新人獎及聯合報文學獎。

目虱備嫁

文／黃錦樹

不看還好，一看更癢，而且沿著文字描繪的版圖擴散。他忍不住衝向廁所，脫下褲子。紅腫而微微脫皮，真的是疥蟲嗎？還是更可怕的甚麼蟲。幹伊娘，這就是愛台灣的代價？

目虱備嫁家蚤兄，要請蠓仔做媒人，
虱母搖手喊唔通，家蚤唔是妥當人，
牛蜱大隻兼厚重，嫁伊纔會親像人。

——台灣童謠・〈目虱〉

◆家蚤唔是妥當人

機艙裡反覆播放著家鄉的童謠。

疲憊不堪，代號目虱的祕使好不容易從惡夢裡醒過來。夢見全身的骨頭被一位渾身漆黑油亮看不見臉孔，壯實如鐵鑄的男人拆了，再按草圖胡亂裝配回去。裝完後碎骨頭竟然剩了一地，毫不吝惜的拿掃把掃進臭水溝。

皮被小刀剝開，從頂門至屁眼，掀開了，頭骨連同背脊骨整副被取出，肋骨肩胛骨尺骨脛骨等逐根被卸下。

整張皮如地毯般被攤開。艷紅，血淋淋，邊緣呈鋸齒狀。

一個灰髮的老婦人，跪在皮上，一手持燈，另一手持小棍子撥弄他亂成一團的內臟。唯獨心臟跳得很凶猛。

薩滿的占卜術？

圓柱體。空玻璃罐的反光。

大玻璃魚缸裡，睪丸擺動，大陽具腫脹著龍魚一般的貼著水面游來游去。

全身上下無一不痛。

打嗝。

隨著意識的清醒，轉化為癢。傷口癒合的癢。

但胯下尤其癢，另一種癢。好似有小東西在皮上皮下活動，吃喝拉撒，交配屙仔。

怎麼搞的，癢得幾乎坐不住了。

在商務艙座位上，身體扭動個不停，一直設法讓癢處和椅墊摩擦，以致無法維持正常坐姿——斜傾，敞開下體，磨蹭——多次引來空中小姐溫婉的關切。「先生，請問您需要甚麼？」好意思回答她說，「小姐，我胯下癢，請幫我抓一抓」嗎？

那玻璃罐「禮品」斜放在行旅箱裡，但直放更危險。應該不會爆掉吧——那麼大的高空氣壓。如果爆掉，裡頭的「漬物」掉出來，麻煩就大了。

以彩色雜誌遮掩著，或者薄被蓋著，隔著西裝褲猛力抓搔。動作大得引起鄰座的老外側目。唯一的隨行人員睡得像個死人，廢物似的猛打鼾，中毒似的。

抓得好舒服——癢的補償？幹伊娘，太用力了，痛。脫皮了？

從甚麼時候開始的——在那個□□國——難以啟齒的祕密行動之後？

祕使難為呵。

是的，史有名言，弱國無外交。為了維持祕密外交的祕密性，誰能想像，有時竟然藏身貨櫃，和報廢車、被拆卸解體的賓士車或破機車一道被輸出。更別說曾經易容變裝和「十大通緝犯」一道偷渡，或混在大陸妹堆裡被人蛇押回，多次差點被強暴得逞了。

經過民間管道祕密溝通了許多回，如同所有的擦屁股行動（擦字號祕檔），總要花上不少美金——沒想到他們竟然還是使出這種賤招（雖然已經默認是道歉之旅），各部門的官邸不讓去，那麼多五、六星級的大酒店竟也不是預定地，這小子難道比他的梟雄老爸還狠？

也不必表明身分，一下機就被八個從角落冒出的黑道模樣青年男人（墨鏡，黑西裝，膚黑）架上黑頭車接走，沒有一個是正式場合見過的熟面孔。

那個負責穿針引線的台商呢？

車窗的玻璃也是黑的，向車裡鑽的時候有人伸手從後頭往胯下猛力抓了一把。劇痛。一上車就感覺天似乎也變黑了，令人眩暈。車裡坐著西裝筆挺的男子，詭異的微笑，情治人員式的不懷好意，從褲袋裡掏出，快速的亮了亮，印滿紅色藍色蟹行文的塑膠證件。也沒法判斷到底是不是假的。看來層級都不高。一個都不認識。不會是跨國詐騙集團吧。

大概為了表示親切吧，不說英語而說台語，哦，伊娘喲，目虱們喜歡說那是閩南語。

——我們龍哥歡迎你來到鼻屎國（*pi-sai-kok*）。

龍哥？李□龍？

不過是個台北市大小的地方，大腸般的高速公路、快速路，死板的格子狀的高樓，沿街很假的綠樹。兜了好一會的圈子，以為會到甚麼高級的地方，不料卻轉向一處破敗的老社區——原以為這光鮮亮麗的都會小國家不會有這種破落的地方。錯！再富麗的豪宅也會有廁所，猶如再怎麼的大美女，都不可能不長屁眼，也難免要放臭屁拉惡屎。

原以為只是穿越，但駕駛卻似乎刻意搖下半個車窗，讓熱騰騰的穢氣湧入。矮小的平房，舉目盡是印度人，印度小吃，布料，香料，臭水溝。老印度的臭味，雜亂。三角錐形印度廟上，神像多如鳳梨果實上千萬隻花眼，異香四溢。三拐兩拐，經過若干座有小花園草皮圍繞的白色殖民地獨棟巴洛克式典雅舒適的小洋樓，以為那其中之一必定是目的地，大官們的別館。但竟然沒有停留，經過若干住宅區，幾座羽毛球場。

烈日酷照。

一棟紅牆碧瓦的中式的獨棟二層小洋樓，車上的人指點說那是晚晴園，說那是當年愛國華僑捐給孫中山搞革命兼「飼細姨的所在」。車子慢下來，（是到這裡嗎？）只見紅樓前遮陽棚下，一個長得很像百元鈔票上敵國國父模樣的初老男人，翹鬍子，縱慾過度似的氣色暗沉，（他和蔣光頭的老屌，到底操過幾個屄？）一身白，悠閒的坐著喝茶。幾個女星樣的標致女人身著舊日曆上的時裝，嘴巴塗得吐血紅，和老男人互掀著嘴皮。兩個肚腩大得幾乎把落葉花紋狀上衣的扭扣撐開的老闆樣的黝黑華人，站在一旁大聲說話——嘴巴掀得很大。是當年的愛國華僑——革命之（你老）母嗎？

怎麼？演戲？特別節目？革命劇場？

車子又呼的開走。

後來轉入另一個破舊的老社區，老街，兩對面，兩層的排樓，土黃或白底，霉黑的雨漬染成舊中國畫裡骯髒的山水，牌坊狀屋頂浮雕著獅子，老虎，鐫刻著建造的年月，*1920*，*1930*，*1956*，*1963*……。雜貨鋪，衣飾，咖啡店，香燭，熱帶魚……街道的盡頭是衰老的大伯公廟，再過去是天帝廟，天后宮，香火鼎盛，善男信女撚香作揖，唸唸有詞。和南部那些鄉親大同小異的衣著和臉孔，神情也類似。

車如小舟划過，無聲。

電線桿上烏鴉翻飛。天上盡是啊啊的沙啞的叫聲。

憋尿憋得快尿在車上了。

車子駛向郊外，上坡，車速放慢，多寄生植物的老樹濃蔭。路的兩旁盡是獨立或半獨立歐式洋房，（是目的地嗎？）大坪數，看起來十分舒適雅致，掩映在老樹綠蔭或盛放的九重葛裡，大都是熱帶果樹吧，有的恰逢季節，結實纍纍，紅的黃的一簇簇，一顆顆陰囊狀，依稀長著長而堅挺的毛。看來是高級住宅區。在這裡談公事也不錯。隱祕而愜意，有度假的閒適之趣。

但看來仍沒有停下的意思。

車子駛進一處緩坡，半人高的鐵籬笆，兩個持長鎗黑制服的馬來士兵看守，向車子行了個軍禮。開門，門邊掛著木牌，上書橘紅色陰文「*ISTANA LAMA*」。車子慢慢駛了進去。車窗降下，沁涼，放眼盡是參天大樹，幾棟船屋模樣的高腳屋翹首相迎，屋頂雖是棕櫚葉鋪就的，卻漆得像野公雞的屁股毛那麼華麗。屋後三、四層樓高一艘生鏽的軍艦，大概是二次大戰留下的，其後有象的影子。屋子下方確有年輕小母雞咯咯咯的領著毛茸茸的幼雛，以爪撥開落葉泥土。一隻發情的大公雞一路追殺未成年小母雞，後者慘叫飛奔，並在目虱們的車旁被攫住，當場雞姦得逞。小母雞還來不及反應，公雞就完事了。甩甩翅膀，伸長脖子仰頭長歌。小母雞回過神來，快步逃走，繼續之前的逃亡。

車子一直開到747那麼大的高腳屋旁，停下，一個人小聲的說「去放尿喫茶」。便領著拾級而上，全木造的房子，說是當年馬來土王的皇宮。有熱咖啡與紅茶的香氣，裡頭坐了好些人，不乏遊客與官員，各色人種，操英語或土語、印度語（反正聽起來都一樣——唔知講啥）。目虱憋氣衝向廁所的方向。門口有孟加拉人負責收錢，摸了十元蔣光頭，還好萬國貨幣均收。好原始的廁所，一切都是竹製的，有牌子英文說明需對準竹筒裡尿，「因本島嚴重缺乏淡水，所有被排出的水均需回收，經嚴謹的科學程序淨化成最為純淨甜美可食用的水」。很長的一泡尿，有點感動，沒想到尿尿也對這個國家有貢獻。但外頭的茶水能喝嗎？不會是現場回收再生的吧？

好節儉的國家。

為了表示誠意，就算真的有尿味也得喝。

最好繼杯。再善意的尿出來供回收。

中國成語不是有一句「禮尚往來」？

聽說日本人也早已研發出回收大便做成高纖餅，賣給怕肥吃素的老外。

竟隱約可以聽到濤聲。海風輕拂，令人昏昏欲睡。熱帶殖民地的慵懶。

遙遙望見蔚藍的海，是太平洋，還是南中國海？

「這裡住過柔佛王國的敗家蘇丹，就是他把這島賤賣給英國人萊佛士。」黑道之一充當導遊，竟然是北方口音。

「資料上說，這蘇丹上半身像豬一樣肥，下半身像雞爪那麼瘦。他最有名的故事是，被許多年輕貌美的姬妾向英國人指控說，變態土王用滾燙的松香油滴她們柔嫩羞赧的陰部……」

這才發現地面是傾斜的，樹，房子，石頭，天空，甚至海。

「……有一回細皮嫩肉的少女們身披薄紗奔出皇宮……」

突然瞧見樹林裡隱約有些青年男女，慢吞吞的遊蕩，像是在撿垃圾或拔草。離奇的是，胸前或脖子似乎掛著塊大牌子，白底紅字。

喝過咖啡，吃過可疑的日本進口的高纖餅乾及餡料令人有不當聯想的咖哩餃，目虱忍不住好奇心的驅使，朝那些行跡可疑的人走去。那些人露出想逃又不敢逃的樣子，表情非常痛苦。目虱看了塊牌子，以中英文寫著「我再也不吃口香糖」；又一，「我以後再也不敢亂丟垃圾了」；另一塊，禿頭中年男子，「我再也不偷女人內褲」；西裝筆挺，花領帶，細框眼鏡，「我再也不在電梯內小便」。都是雞毛蒜皮的小罪嘛。

那些戴墨鏡的男人不知何時悄無聲息的趨近，其中一個小聲的問道，「聽過勞改嗎？我們向中國學的，非常有用。」

他吹噓說五年來有數百個流氓被改造成超盡責的模範警察，他們的長處是「對壞人的心理有透徹的瞭解」。

難怪。

又問說有沒有聽說過他們是如何對付強姦累犯及吃軟飯的姑爺仔的？

答案相當驚人：「你一定以為我們把他們閹了。不止如此。國家花錢幫目虱們變性。切掉那根惹麻煩的東西，做人工陰道，德國進口的，耐用；做處女膜，日本貨，細緻；打雌性荷爾蒙，紐西蘭的乳牛分泌的，讓奶脹大起來。這種新女性尤其受外國觀光客歡迎。你知道我們國家早在殖民地時代即有公娼制度，以解決男人的不定時頻繁發情。」

「這些人，對嫖客的需求最有研究。」

聽到睪丸不禁一陣陣抽痛。

好消息是，嫖妓好像不違法。

難怪沒有人戴著「我再也不嫖妓」的牌子。

只要捨得花錢——資本主義萬歲！

但那種人工的假貨會好玩嗎？

勉強拖著微微發軟的雙腳，臨上車前看到屋後巨石假山旁竟然有一頭真的大象，揮舞著象鼻，發出吼聲——被拴在生鏽的軍艦上，以象牙努力打磨。一度以為是混凝土製的假象——竟也掛著個牌子，「我以後不再踩死人了」。

真是個嚴厲的鼻屎國啊。

喝過茶後，又被架上車，說下一個節目是去參觀禮品店，之後便是晚餐時間，「開開眼界」。不會吧，被劫持參加「新加坡一日遊」的觀光團？

——低調，保持低調。低姿態。

心裡的聲音不斷化成公鴨嗓長官的訓示，反覆叮囑。

——不要亂問。謙卑。

——祕密應該是沉默的。

——擦屁股的動作應輕柔，千萬可別擦破了屁眼。

轉眼間又回到山坡下的市區，另一個華人舊城區。不知怎的，兩輛車只剩下一輛，陪同的人員也只剩兩人。停車後，被帶進老舊商店街之間散發著菜市混合著魚腥酸菜腐肉髒臭味的幽暗小巷，石板路，沿途一簍簍鹹魚肉乾水母魷魚乾，臘腸如簾幕，臘鴨垂掛，印度風的熱帶香料，迷宮般的一直走到沉默陰鬱的盡頭深處，漾出紅光的古舊多汙漬蛛絲的土地公廟旁，臨界點上。止步。

——挑個禮品吧。

看過去，是一片簇新的禮品商店街。手機，數位相機，光碟機，香水，女性內衣褲。另一面是古董店，盡是中國進口的假古董，木雕，紅木傢俱，破鼎，亂七八糟的銅器，各種玉器，唐三彩，不知道哪裡廟裡偷來的觀音、鋸下的石佛頭。

但他們卻一前一後領著目虱走進廟旁那家不起眼的小店。店名*roots*。銅牌小字：國家級專屬禮品店。

一股噁心的藥水味，沿牆兩排架子，一層層堆滿尺把長、巴掌寬的玻璃罐，裡頭黃色的液體略顯得濁，隱約飄浮著一根根東西。

——啥咪碗糕？

——挑一個給貴國領袖吧，會有專人送到飛機給你。這東西不適合帶著滿街跑。瓶子弄破了也麻煩。

靠近一些，看得仔細。一驚，竟然是——瓶子上且貼有人名標籤。一堆英國人名、日本名，也有少量的華人、馬來人。不乏教科書上的歷史人物*Sir Thomas Stamfort Raffles*，*Colonel William Farquhar*，*Daeng Ibrahim*，*Mori Koben*，*Tomoyuki Yamashita*，*Yamata Banana*，*Chin Ho*，*Yap Ah-Lai*，*Sun Yat-Sen*，*Wright*，*Lee Kuan*……

不會吧？完整的，整套的泡著。這是殖民遺產。一個聲音說。真是歷史的另一面。有的大概泡太久了，表皮處處溶蝕裂開，化為棉絮狀物飄在液體中。有一根傢伙竟然是開叉的，像有兩個頭。有的好小，像曬乾的海參。和兩粒不成比例。

——都是真的嗎？

——如假包換。

——國寶喲。

一個道士模樣的中年男子——長得頗像中共國台辦發言人——不知從哪裡冒出來，插口道。

——都是些名人，那貨源……

——對不起，那不止是業務機密，還是國家機密。

——啊哈！

緩慢檢視至櫃檯旁，目虱突然大叫一聲。「好大。」像驢子的那麼大。操過多少屄啊這根傢伙。那一坨也如公猴大，罐子裝得滿滿的，毛也長如怒髮。

罐子看起來也大了兩號。

——這是*Mao*，毛□□的?!

目虱指著櫃檯上的玻璃罐，漂浮著巨大的多皺摺黑海參，問道。

道士得意的點點道士髻。毛如黑苔，微微晃動。

——那是本店的鎮店之寶。非賣品。

目虱不禁一臉狐疑。

——這怎麼可能？那傢伙不是還躺在天安門的玻璃箱裡嗎？

——你沒讀目虱私人醫生的回憶錄嗎？他早就被「掏空」了。

安全人員插嘴。

——故宮裡故字號的文物好多不也被掉包盜賣了嗎？

是的是的，那且是個盜墓王國。改革開放後，甚麼是不能賣的？

硬是挑了那「鎮店之寶」，很是糾纏了一會。最後安全人員以國家大義（「應以兩國長期的友誼為重。」）說服了店老闆，離開那地方，一陣陣頭重腳輕，想吐。太詭異了。不管用身上哪個部位想都知道怎麼可能。是戰犯、死刑犯、沒有親人的老苦力，還是被強迫變性的強姦犯、販賣女性的人口販子？甚至是牛羊馬豬狗獏或老虎——或根本就像合成牛排那樣是牲畜的肉合成的，包在羊腸裡，做法和香腸熱狗類似？管它的，反正最後也不過是放在國家博物館裡。

之後被帶去吃晚餐，也不是任何像樣的飯店餐廳。

從後巷進入另一條骯髒的街道，林立的路邊攤。血腥味，食物的香味，漫天的煙，圍桌群聚喧譁的食客一籠籠果子狸、穿山甲、巨型果蝙、羽色鮮艷的雉雞、鱉、巨龜、眼鏡蛇、大如鱷魚的四腳蛇，一缸缸不知名的熱帶活魚。

不會連美人魚、魚尾獅的尾巴也賣吧？

「在這裡可以感受到十九世紀的獅城，」安全人員解釋說，「混雜的移民社會，暴亂的飲食。」果然，食客包含了各色人種，衣著簡便的當地人。好些歐洲觀光客，或打著領帶的白領。

「以整個南方千島為腹地，他們每天不知道吃掉多少生物進化的中間環節。」安全人員帶著博物學家的口吻。可能是大陸新移民，大學畢業的。

「比起你們的華西一條街如何？」

他吹噓說不比廣東廣西的那幾條「山產街」——專吃越南稀有保育類，*SARS*的發源地——遜色。

「除了山羌、野鹿、果子狸之外，他們最常吃的還是貓狗蛇，貓吃再多也還是貓。儘管牠會抓老鼠。我們有真的老虎肉，看你要串燒、宮保，還是三杯。附送虎骨高湯。蘇門答臘進口的。馬來半島、婆羅洲和泰國的都快吃光了。」

真奇怪，大半天的經歷，怎麼和兩地觀光宣傳品上說的都不一樣？怎麼感覺好像是在越南、泰國、廣東、墨西哥、巴西？

◆虱母搖手喊唔通

癢。癢。蔓延開了，往上從煙囪一直延伸到肚皮了。

不會是被紅火蟻給螫了？

還是全身的感覺全錯位了？

祕密行動其實兵分兩路。慣用的兩面手法。只有目虱以祕密管道通報，另一人完全以觀光客身分入境，拖把頭直接下的命令。也許才是真正的祕密行動。他的工作很簡單，不過是蒐集了兩小窩最近甫從美國進口並成功本土化的紅火蟻，裝在細長的玻璃管裡，在島上挑兩處隱蔽的草皮放生。這個城市小國不是素以綠化自豪嗎？再簡單不過的任務。只要求不被發現，以免在大量繁殖前被撲殺。以紅火蟻的難纏，恰可以貫徹烽火外交的使命。

兩人只有回程時在機上會合。本國飛機是國土的延伸，另一人的出現，可以說是安全完成任務的指標。雖然他好像也是被抬上飛機的，一樣累到無話可說。

隨手翻閱報紙，說巧不巧，剛好有則小文章〈搔癢五年　真是疥瘡？〉有這麼一段文字：

疥瘡由疥蟲感染，是一種在顯微鏡下放大十至二十倍才能看到的小蟲，寄居在皮膚角質層，在皮膚上鑽洞排卵、排糞等造成過敏感應，導致皮膚奇癢。……疥蟲喜歡聚集在皮膚皺摺，如指縫、肚臍周圍、腋下和胯下等，男性龜頭及陰囊可能因過敏出現結節……。

不看還好，一看更癢，而且沿著文字描繪的版圖擴散。他忍不住衝向廁所，脫下褲子。紅腫而微微脫皮，真的是疥蟲嗎？還是更可怕的甚麼蟲。幹伊娘，這就是愛台灣的代價？

不會是昨晚最後一個節目的後遺症吧？

虎骨高湯，虎肉片火鍋，虎鞭酒，虎卵切片殺西米。真伊娘喲大開眼界。事後還送了兩根虎鬚供剔牙，虎牙一顆供收藏避邪。吃到中毒般醺醺然，耳不聰、眼不明，簡直是被檯上車載走的。

醒來時發現身在一條臭臭的河邊的破舊碼頭上，被放在一張躺椅裡。酒樓的陽台，掛著一串串大紅燈籠。全世界水手都在此射過精的紅燈碼頭？天上水中各一輪清月，黑色流水，岸邊挨擠著散步的人。

渾身發燙，不知是感冒，還是發情。他發覺自己勃起了。全身軟綿綿，只有那地方是硬的。而且硬得像根刺。廉價香水的氣味，紅色燈光裡，高矮肥瘦十來個女人，他聞到雌性生物生殖器散發出的強烈牡蠣氣味。

背景音樂是中國北方民歌。

木造的欄柵。腳步聲，一群身著黑長袍的男人上來，瘦高身子，影子拉得很長。迷離間聽到有人喊「龍哥」、「龍爺」，一個頭很尖的男人欺身靠近，一口嗆鼻的鮑魚味噴向他。

接下來發生的事，就難免破碎離奇而難以分辨了。

他記得被抬進一個房間。紅木大床。背騎在一身牙膏味的白皙女人身上，邊咬邊幹活，快活得狂叫連連，覺得自己簡直是可摩多巨蜥。

雄渾的歌聲：

（哪裡來的駱駝客呀——）

但下一個時刻，一個被稱做「魔術師」的男人（「龍哥，魔術師來了。」）以不可思議強有力的手勁在搓揉他的身體。先是咯咯作響，然後抽骨，俐落得像在拆卸一台收音機，轉下一顆顆大小螺絲，彈簧，電路板；毫不覺疼痛，只是拆到喇叭時有點兒痠。沒有用的部分被一一去掉——如同草屯的無骨鵝肉，潮州的春雞，去掉脊骨刺鰓鰭皮捏成魚丸的鸚鵡魚，小日本的殺西米，印第安人的燻鮭魚，同榮的茄汁沙丁魚，高郵的雙黃鹹蛋，紐西蘭的三頭鮑。

柔中帶勁，準確而沒有絲毫的猶豫，不愧是大作匠之手，全不用釘子。經過如此一番純手工造就之後，他覺得身體柔軟得像黏土麵糰，任他壓成薄薄的一片，一根棍子往復擀，製成麵皮準備包餡；或再搓成條狀，一忽兒甩成麵條，再甩成麵線；揉一揉，抓一抓，一窩絲；抛一抛，成了印度甩餅……後來不知怎的，被捏成了軟酥酥的某個東西，耐嚼的大麻糬——奶屄臀三位一體——所有的感官好似都捏在一塊了（譬如眼睛和睪丸擠在一塊），古印度宮廷的色情瑜伽（處女被搓成「大薄片」），又如同畢卡索後期的畫（屁眼裡有兩排牙齒）。就在那時，他瞧見房內一個明亮的地方，一張太師椅上，端坐著全裸健壯結實的年輕男人，男根翹首，身上盤著五色華麗的龍，嘴緊抿，一副意志堅定的樣子。不覺一陣春心蕩漾，裡頭彷彿有個淫蕩的子宮心室般頻繁收縮。

——搓好了，龍哥。

他覺得被捧起來，好似變得很輕，有龍刺青的男人接了過去。腦裡嗡的一聲，一陣不可思議的撞擊，瞳孔放大，劇痛。他覺得瞬間成了烤全羊，被剖開，一根桿子從屁眼直通到嘴巴，撞歪了幾顆大牙，不覺流下淚來。

一片片拈下，放到燒油鍋裡炸。

有的炸得酥脆金黃，有的不慎燒焦了。

（沙里洪巴，嗨。嗨。嗨。）

（嗨。嗨。嗨。）

（嗨。嗨。嗨。）

他慘叫著暈過去幾回。

事後，他想，如果剛好有記者問他「有何感想」（如同台灣那些無聊電視台的笨記者愛向災難現場的受害者追問感想），他一定會說——「我覺得自己被烤熟了。想不想咬一口嚐嚐看啊，笨蛋！」

感覺那人沒戴套子。和所有有過類似遭遇的女人一樣，第一個浮上的念頭是，會不會懷孕啊？接著是，不會有性病吧？更可怕的是，一直打嗝。噁心的氣味從胃裡翻出。好似一個容器被掏空復又被灌滿了。有沒有搞錯，遇上了傳說中的加油鎗？

（先生加滿嗎？九二還是九五？）

（要甚麼贈品？米酒還是面紙？）

（都好。假米酒可以消毒傷口，面紙可以擦屁股。）

沒有盡頭的夜晚。他無可自抑的懷念起那些把初夜獻給他的可憐女孩們。南部無邊的蔚藍，嫩綠的稻田，黃澄澄的油菜花。他們自詡是有故事的一代，而男人的故事裡總少不了女人，哭泣的女人。政治浪漫主義。白色恐怖的年代，流亡，無盡的寒冬夜裡的取暖。女人光滑的身體，濕軟的深處，大海無限的深藍，亙古的嘆息，宇宙洪荒的呻吟。涉世未深的天真少女，愛上浪漫，還是愛上政治的火花。或者多情的人妻，性饑渴的寡婦，哀傷的聖母，北港的香爐，四川的鴉片火鍋，油膩膩的客家小炒。不同的情境，不同的生命時刻。為他的浪漫故事增添細節豐富肌理。酷愛在她們身體深處輕率的撒下滿滿的不安定的生命種籽，想像那是家鄉的油菜花田，秋熟稻穗，蝌蚪池塘，獅子座流星雨。

慢慢的，一塊塊的，重新組合自己。

燈光裡，裸身的女人們，愁容，肚皮微微隆起。她們圍著他坐下，張開雙腿，身子後仰，腫脹的奶子高高挺起。胯間叢毛油亮，粗重，有節奏的，緊迫帶著喘的呼吸聲。陰唇緩緩張開如豆莢，黑色的，濕漉漉的小老鼠般的小東西從每一個洞穴鑽了出來，血淋淋的爬向他，腸子狀的臍帶猶連著母體那神祕的洞穴。

紛紛響起小貓的啼聲。

但目虱一張嘴，卻哭得比他們加起來還大聲，賭氣似的。

然後每一個陰唇間出現一隻大眼睛，少女般的黑白分明。眨巴，噙著一滴澄澈的淚。

（阿拉木漢怎麼樣……）

蒼老成大象的眼睛，多皺紋，哀傷疲憊而帶著血絲。

很久以後，昏天暗地的——也不知道究竟花了多少時間，才勉強把自己組合起來。好像體內的生理時鐘被撞毀了，而時鐘總是停止於劫毀的瞬間。還是被偷換掉了，換成骯髒的破古董沙漏，沙烏地阿拉伯進口的。沙子都流到了外頭。

總覺得好像少了甚麼——少了一塊拼圖似的。有的部分總是感覺不到。麻掉了？好似在暗沉沉的地下室。

大喊大叫著「我的卵叫——我的卵葩！！！！」

醒來時，發現人已在機場貴賓室，看起來年歲不小的空中小姐，善解人意的捧著那罐國寶禮品，親切的微笑說：「先生您別擔心，寶貝好端端的在這兒。」表情簡直和廣告上的一模一樣。

可是一放鬆，繩頭被剪掉似的，成捆木柴就空空空散了一地。一個聲音說，麻藥沒完全退就是那個樣子。

沉到底。深海底，海鰻如蛇，在鯨魚軟如海綿的屍身上鑽進鑽出，瘦瘦癟癟的，微醺，忍不住想要產卵。

◆牛蜱大隻兼厚重

做了那樣的一個夢。深海般的漆黑裡，有光。往光的方向伸手過去。滑進裸著的母親的陰道裡，怎麼拔都拔不出來？似乎別人夢過了（那是被母親溺壞的兒子的夢）。無限黑暗裡浮現母親嚴厲的臉，男人婆似的高頭大馬，動輒一個耳光，以難聽的乳名吼他：「狗屎！（*kau-sai*）」。就因為他喜歡抱著狗玩摟著狗睡……（錯誤聯想）隔壁那個發育得很好的放牛的大女孩，他偷看過她河邊洗澡的，因為父親欠債賣了給垂涎的地主當小妾（〈水牛〉）……所以不是的不是的，是母親女媧般躺下的（北港媽祖被燻黑的臉孔）身體沒錯，手確也顫抖著伸了過去——不過是為了掏取門框上的大串鑰匙，最大的那根長三角錐狀（上頭刻有父親的名字：鄭成功，明仁天皇，小布希）金光閃閃，紅藍寶石鑲嵌。插進鎖孔，把門打開。是兩扇老舊厚實多刮痕的木門，還貼了形容猙獰的門神。伊啊作響的開了（該上油了）。整個人跨了進去。竟是座陰涼的深宅大院。（台灣啊，妳是母親的名……）

昏黃燈光裡，三層樓高的迴廊，多皺摺牆壁，一層層線裝或精裝的書（「宇宙是座浩瀚的圖書館」）……不是的不是的，老媽哪有那麼大的學問庫藏？

很多抽水馬桶？……（大不敬！）

廢車場一般的巨大古墳場？……（馬六甲三寶山？）

大大小小的肉罐頭如何？……（罐頭倉儲？）

大條德國香腸垂吊？……（無聊。）

陽具千萬條？……（情趣用品店？）

一妙齡少女，縫製羽衣。……（鶴妻？）

空盪盪的大廳，蛶蛛綴網。一老頭子搖頭擺腦，吟誦「子曰學而時習之不亦悅乎」……（古道西風瘦馬，干我屁事？）

多皺摺潮濕的電扶梯緩緩往裡頭移動，深處有白光，有涼風吹來如捷運站。會出現那猥褻的捷運車頭嗎？穹頂螢光閃爍，如繁星的天空。光閃間，一張張憂戚的世間臉孔（好似聽到有節奏的嗶嗶聲）。好像紀念館裡逝者的影像。柬埔寨的骷髏博物館裡，沉默的頭骨。螢光飛速遊向白光的所在，帶著大歡喜。停格，殷勤擺尾的一隻精蟲，頭上如有燈發亮。忽然他發現身體在飛快的加速，流星般衝向那道白光。

（「兩千萬粒的番薯啊仔。」）

（阿母啊。）

「心跳恢復了。」一年輕女人的聲音。

再度恢復部分意識，白晃晃的燈光。迷迷糊糊的，救護車嗚笛裡，聽到有人不耐煩的大嚷「轉走轉走!!告訴他們已經沒有病床！」

但似乎被轉走的並不是他。

其後聽到腔調怪異的蚊蠅般極細聲的對話：

——家蚕兄，你怎樣會在這？

——聽蠓仔講目虱備嫁，叫我來看看。

——牛蜱你也在這？不在牛身上？
——蝨母叫我來的。伊講目虱備嫁……。
——這是我們的地盤吔，你們混哪裡的？
——你們是，……
——陰蝨聯合國部隊。我人備開會，目虱家蚤蝨母你快去別人的腳尻做巢啦。
接著是大合唱：
——在冰天雪地的俄羅斯，在神之居所喜瑪拉雅山
女郎的光腚哎呀呀。
——在上海，在鹿特丹，耶路撒冷
陰濕的胯下是我們真正的家鄉
——我們知足常樂，我們在屄與屌間旅行
相逢毛髮間哎呀呀。
——在毛髮與毛髮間，我們不需要祖國
會飲屌屄間哎呀呀。
在病房裡醒過來，著白長袍的老醫師向他報告治療的狀況：

肛門十五公分撕裂傷，送來時因已過多日，部分已自然癒合。

八顆大牙被重力撞擊以致牙根鬆動，已固定。

背部五十餘處齒咬撕裂傷，出血，瘀青。處理中。

多處開放性骨折。肋骨遺失一支。

捕獲陰蝨九十一隻，八十隻分散於陰部，從鼠谿至股溝。六隻於頭上，三隻鬍髭，兩隻於睫毛處尋得。七隻被逃走，疑跳到護士身上。搜捕中。含東南亞特有種三種，拉美兩種，北歐一種，日本特有種一種，西藏特有種兩種，俄羅斯特有種兩種，朝鮮一種，台灣保育類一種。

「謝謝你豐富了我們的陰蝨標本收藏。」

醫生略帶困惑的說，他的陰莖有被切除又縫回去的跡象，「切掉了又反悔，還不如決定要不要做之前先想清楚。」老醫師以教訓的口吻說。「還沒有完全癒合，之前為你插尿管可能也會傷到它。」

接著喃喃自語，最近怪病人怎麼那麼多？有一個從東南亞回來的病人，被發現左右腳被對調了，切除縫合都做得無懈可擊。「但何苦多此一舉？以後穿鞋不要穿錯腳就好。也要重新學走路。」

躺了幾天，覺得自己比較完整了，尿尿也比較不痛了。但有關方面一直沒聯繫。他們應該早就知道他回來了。最離奇的是，專線電話撥過去也都沒人接。怎麼回事？被「斷線」了？像臭臉婆說的「可以得金馬獎」的那些身陷對岸的？

想想醫院這裡離總統府那麼近，不如親自送過去好了。行李袋不見了，還好那罐東西還在。醫院裡的醫生護士都來欣賞過了，不少病人及家屬也都慕名來參觀過了。均讚嘆不已。再不走電視台很快就會把*SNG*車開來。

抱著那罐寶貝，悄悄溜下樓。步伐蹣跚的挨著牆，拐幾個彎，走向凱達格蘭大道。日前喧囂著「要真相」的泛藍群眾——為了選舉時劃過LP的一顆子彈，說是自導自演。開玩笑，將心比心想想，哪個男人會拿自己的寶貝蛋來開玩笑？要自導自演不會讓子彈劃過肚皮嗎？

那些傢伙竟然非常有默契似的無影無蹤。所以南部鄉親說要載來保衛總統府的百頭大水牛大概也省下了，否則保證上CNN、BBC、NHK，就像那個對獅子佈道的天才。

離開個幾天，不料情勢變化這麼大。但重重鐵籬拒馬還是照常阻隔，憲兵軍警，荷槍實彈，如臨大敵，迎向看不見的敵人。但其實太冷清了，很覺淒涼，令人不習慣。

只有個披頭散髮的老婦人盤坐在拒馬前喃喃自語，寬麵包臉，髒兮兮的像長了霉，罩一件破爛的皮大衣，瓶瓶罐罐，母雞護雛似的展臂守護那一袋袋不知甚麼垃圾，臭烘烘。不像在抗議，倒像是萬夫莫敵的守護那權力的最高象徵。他想起來了，不就是那位常上新聞，帶著死去的老公風乾的頭顱，到處申冤的瘋女人嗎？

往日看新聞時，他直覺的反應是想問她，「妳上廁所時也帶著妳老公的頭嗎？就擱在馬桶旁？

看著妳大便？」

他正想向警衛出示證件，瘋女人卻不知何時已扯住他衣襟，目露「他鄉遇故知」的喜悅之光，臉上滿溢春意，大聲嚷嚷：「狗虱，你那會在這？你攏沒變吔。不認得我啦？我是隔壁的牛蜱大姐啦。」

手一滑，玻璃罐就摔了下去，世界的聲音——車聲、人聲——凍結在一瞬間，然後整個世界如玻璃般化成了無限大大小小的碎片，細顆粒往透明的光滑球面散開。他發覺自己如同一串色澤黯淡的串珠，那線頭又被剪掉了。只剩下孤伶伶的雙耳，右邊耳洞的絨毛裡，兩隻陰蝨在歡快的唱歌：

有毛就好，
有洞就好，
有地方可以住就好。
（嘿嘿嘿～）

鼻屎也好，
耳屎也好。
有血可以吸就好，
有地方產卵就好。
（嘩啦啦～）

（原文收錄於《土與火》，麥田）

作者簡介

黃錦樹，馬來西亞華裔，一九六七年生，祖籍福建南安。一九八六年來台留學，先後獲學士、碩士、博士學位。曾獲台灣中國時報文學獎短篇小說首獎（一九九五），馬來西亞星洲日報花蹤推薦獎（小說，二〇〇六）等。現為埔里國立暨南國際大學中文系教授。著有：論文集《馬華文學與中國性》（元尊，一九九八），《謊言與真理的技藝》（麥田，二〇〇三），《文與魂與體》（麥田，二〇〇六）；小說集《夢與豬與黎明》（九歌，一九九四），《烏暗暝》（九歌，一九九八），《刻背》（麥田二〇〇一）、《土與火》（麥田，二〇〇五）；散文集《焚燒》（麥田，二〇〇七）。

別再提起

文／賀淑芳

這公文有法律的效力。死者是回教徒一事無庸置疑。人證、物證都在。你丈夫的第二妻子沒有來，因為我們認為要她出現在這裡不論對誰都是太大的打擊，但是你們不是回教徒，你們不能辦理一個回教徒的葬禮。

我的大舅父去世的時候，舅母堅持要為他做完法事。二十年以後，我再度見到那個為我舅父打齋的喃嘸佬①。他衰老得多了，但打齋方法還是老樣子。他的左腕上掛著一個小雲鑼，手指夾著一對赤板打拍子，右手掛鈴，手上還抓著小錘子偶爾敲一下雲鑼，偶爾執牛角，吹號招魂。（嗩吶號角響起，我們開始出殯了。）

喃嘸佬除下道袍歇息，走過來坐在我身旁休息。他並沒有認出我來，因為二十年前我還是一個孩子。不過他看見了我的舅母之後就馬上認出她來。他們四目交投，並不交談，彼此像分開重逢後的情人一樣無話可說。我在一旁看得分明。你要相信我的話，我不得不把這個故事在二十年以後才告訴你，因為當年我還是一個小孩，你不會相信一個小孩講的故事。可是現在我長大了。無論如何，這是一個成年人處理他童年回憶的方法。在當時人人熱血沸騰，然而事過境遷以後，幾乎沒有人願意面對過去。回憶會斑駁、甚至會被羞恥感竄改，所以我會盡可能詳細的把當時的情況告訴你，你有權利質疑故事的真實性，至於我，我可以坦然的告訴你，我所說的保證是我所記得的。

二十年前，一群顧香火的棺材佬②、喃嘸佬和眾家屬面對面分坐在長桌兩邊，外婆巍巍然站立起來發言：「法律抱的是死人的卵葩，就是沒顧到活人的心。」當時，宗教局的代表，即兩個華裔端哈芝③坐在長桌的另一端沉默不語。林議員坐在長桌的另一端不停摸著額頭上的一顆痣，看起來既可憐又噁心。

當一個人去世，醫院收回死者的身分證。假如死者名字後面跟隨著敏阿都拉，當局便知道那是第一代皈依回教的信徒。宗教局代表便會在當地警察和衛生官員的陪同下抵達葬禮現場，和死者的家屬談判。

談判進行時，我和妹妹正在一旁把糖果結上紅繩，旁邊的玻璃罐裡，已經堆滿了結紅繩的糖果。二舅一拳打在桌面上，杯子一震，咖啡濺出來，舅母的臉煞白。（三年以後，我跟二舅提起這件事，他說：怎麼可能？我記得我當時一拳就把混蛋揍得頭殼開花，怎麼可能只是拍桌子這麼輕鬆？）

「他不是回教徒。」舅母的聲音顫抖得厲害。「他講過要換名字。我陪他去了註冊局三次。第一次去時是六年前。最後一次去是上個星期，註冊局要他去向回教局申請。」

「只要身分證上的名字沒換，就沒人相信他不是回教徒。即使已經下葬，他們也會把屍體挖出來。太太，你想怎麼辦？」喃嘸佬這麼說。（二十年以後，他說：我怎麼可能插嘴說話？我們是第三者，永遠不會插手於喪家和宗教局之間。）

舅母執意要為舅父打齋，問喃嘸佬是否還可以繼續辦下去。喃嘸佬點點頭。後來他繼續在空棺材前面開壇打齋了兩天。（有嗎？他一邊用毛巾擦汗一邊懷疑的問：屍體都被搶走了幹嘛還要打齋這麼多天？至多一天罷了。）

外面停下一輛警察車，四個警察走進來。端哈芝站起身在額前合掌揚聲問候。記者舉起相機卡嚓卡嚓的拍照。警察走到棺材前面，林議員張開雙臂，要他等一等，他的嘴巴翕合得很快，不停地在說些什麼。舅母號啕大哭。（八年後，當年的林議員即現在的部長在回憶錄裡解釋，死者的意願應該被尊重，他當時努力勸導家屬應該接受事實。）

警察轉頭看著哈芝，哈芝把文件交給律師，律師點點頭。家屬都在搖頭。有什麼辦法呢。爸爸：誰教華人這樣貪小便宜，要申請廉價屋呀、德士利申④呀，統統以為姓敏阿都拉就好辦事。有什麼冬瓜豆腐，用白布一包就去了。有些人改信了回教，到死都不敢告訴家人。男人每天在外頭，妻子怎知道他在幹什麼。（爸爸：幹你老母，老子想幹什麼是老子的自由。）

我的先生不是回教徒。舅母哭著說。（多年來我沒有再聽舅母提起過這件事。舅父留下來的東西一點一點的送走，後來她也搬走了。她不能再住原來的屋子，因為那間屋子屬於舅父的名字，舅父是回教徒，舅母就不能繼承他的遺產，包括那間屋子。她後來就搬到表哥的家裡住了。）

太太，我很抱歉令你這麼傷心。這份宗教局發出的文件是有效的公文，證明死者已經皈依阿拉為唯一的真主。這公文有法律的效力。死者是回教徒一事無庸置疑。人證、物證都在。你丈夫的第二妻子沒有來，因為我們認為要她出現在這裡不論對誰都是太大的打擊，但是你們不是回教徒，你們不能辦理一個回教徒的葬禮。屍體必須從棺材裡搬出來，交回給你丈夫的第二妻子，只有回教徒才可以幫另一個回教徒殮葬。（舅母還曾住過我家一年。那一年她不曾提起過舅父。）

棺材佬正忙著收拾金銀紙燭，一個記者拍了他的一張相片，惹得他火冒三丈。他怒叱記者不如拍他自己的卵葩屎股洞更好。記者連忙向他揮手道歉。（報紙上對這張相片的說明是：傳統喪禮日落西山　惟有老人獨守長夜　淒淒慘慘戚戚。）

棺材佬後來說他那天晚上見鬼。凌晨兩點時他見到一個男子蹲在五號房門前一動也不動。棺材佬彷彿聽見他說他沒有門進去。他說他找不到自己的名字，他踏步向前，他看見自己的腳步穿過男子的影子。他似乎看見男子的影子在消失前做了一個讓他費解的動作。他做了一個抹屁股的動作。他吃了一驚，想收回腳步已經來不及。他彷彿踩了個空，卻發現自己正蹲在廁所的馬桶上大便。他穿上褲子走回房間。

棺材佬問同伴，「我剛才去了哪裡？」

「你不是去屙屎嗎？」

小說家：亡靈似乎有事情想告訴他，但是嘗試了幾次，絕望的發現他們之間似乎沒有對話的可能。假如能夠，每個亡靈都想敘述自己的一生。他們千方百計闖進生者的夢裡，想要被聆聽，像從前在生時一樣，可以展示自己的傷痛和迷亂。但是敘述的話語被生者的種種煩惱和欲望堵住了，終於不得其門而入。所以生者常常不知道事情的真相，迷惑積壓久了，就變成哀傷。（舅母每天在客廳的一角縫製被單或抹腳布，有時哎呀咿呀的逗弄我的外甥女，也就是她的孫子。她一歲的時候，舅母每天餵她吃稀粥。彷彿她用下巴吃東西似的，湯匙老是在她的下巴刮來刮去。她一歲半的時候，舅母又每天跟在她背後走，兩隻手伸長垂下來彷彿人猿。）

棺材佬開棺的時候，喃嘸佬在一邊剛剛說聲要往生者好好安息，好好的去，自由自在，舅母和表哥表姊就大哭起來。我媽媽也哭得肝腸寸斷，至少我爸爸是這麼說的。棺材佬扛起大舅父的屍體，一陣淡淡的異味飄上來。（有點像外甥女叫嗯嗯時的味道。）喃嘸佬的手指扣著赤板，口中咿呀啊呀的唱著，彼到花開見到佛，無邊煩惱海，無量智慧花。去去來來去去來。（以上經文是二十年後的今天我自喃嘸佬的經文書裡抄出來的。）

兩個警察走過來，一個接過了屍體的頭，另一個托腳。冷不防舅母撲過來，把捧頭的那個警察一把推開。後者驚愕的望著她，她的眼淚鼻涕在臉上糊成一片。有人舉起相機對著她的臉拍照，其他記者也忙不迭的按快門。一時間停殮房裡鎂光燈閃爍不停。（十年後，一個記者帶著舊報紙想要專訪她，她看了照片一眼就說：你找其他人吧，我不認識這個人。我沒有空。我很忙。你這個人怎麼這樣蠻不講理？然後她大力的摔上門。）

警察過來扯她，她大聲嗚哇哇地叫。誰也聽不清楚她在叫些什麼，叫聲像許多又粗又短的錘子敲在門上。二舅衝過來撞開警察。另外兩個警察從他的脅下伸出手想架著他離開，二舅忿怒得呵呵嚎叫。外婆奔過來拉著大舅父的手臂。一個哈芝過來抓著大舅父的大腿，另一個警察抓著大舅父的另一隻腳。林議員被推擠在外，可是他卻在努力擠進去，他張開手臂，像一隻跳過雞寮的公雞尋找落腳的地點。我挖了鼻屎塗在他的褲管上。他抱起我，眼睛閃著淚光讓記者拍照。

我假如還是個小孩的話，你一定不會相信我的話。可是我現在長大了，而且正在白紙黑字地寫下來，你最好相信：那具屍體即我的大舅父，他開始大便了。糞便從屍體的下體湧出。到底從褲管湧出來，還是從褲頭湧出來，這點我並不清楚。我只知道隨著警察、哈芝、外婆和我舅母的拉扯，糞便先是一團一團、然後一截一截的掉在地上和棺材裡，糞便的味道彌漫整個殮房。（驗屍醫生受訪時表示：死亡意味著從大腦到全身每個細胞都死亡。大腸或許會因為細菌的代謝過程所發出的氣體而爆破，但是僅有萬分之一的機會會因此而大便。）

相機直接表示了它的興趣，有人走得很靠近糞便，在大概不超過一尺的距離拍下那堆糞便。然後有另一個人在稍遠的地方拍那個人如何拍糞便。也有的人站到更後面，拍一個人如何拍四個人爭奪屍體之下四濺的糞便。媽媽看得呆了，一時忘了哭泣。爸爸：你看，這些照片第二天將會出現在報章的頭版，一定比文字更吸引人。（在事件變成新聞的翌日，每個人探索各種解釋的可能，並找到了一些法醫學家、宗教師、社會學家和民俗學家來辯論。在一日之間，它膨脹成一連串驕傲與尊嚴、聖潔與汙穢的爭辯。經過三天之後，報館接到一封晦澀的通知信，裡面充滿不明確的警告，暗示他們低調處理此事。因此，在一個星期之內，這則新聞萎縮成地方版的小新聞。他們的腦袋還來不及接受這個突然陷入虛空的狀態前，報館找到了另一則事件，使前一則事件順利的淡出人們的記憶。）

前面的人開始後退。每個人開始往後移，是因為他們見到糞便開始從一截一截，變成像稀粥一樣的半液體物，這種半液體物飛濺的範圍無疑比一截一截的糞便更廣。糞便飛濺在哈芝的手上，也飛濺在喃嘸佬的道袍上、警察的制服上、林議員的皮鞋上、攝影機的鏡頭上、舅母的衣襬上以及外婆的腳上，是糞便的降臨使他們驚醒。（報紙上完全沒有人被糞玷汙的照片，假如刊登這種照片，最好徹底了解誹謗法令的內容。）

屍體最後終於大便完畢，並以一個響屁作為結束。當時宗教局告訴家屬，回教徒的糞便必須埋葬在回教徒的墳場裡。舅母憤恨的說，這堆糞便是由兩個信奉道教的女人煮出來的三餐所變成的。爸爸、媽媽、二舅舅和阿姨們都紛紛拍掌，最後宗教局的人同意這堆糞便該由家屬埋葬在原來的墳墓裡。（我們現在每年還到舅舅的墳墓拜拜和掃墓。小時候我問過媽媽：裡面是不是舅舅的大便？

她就大力的拍我的頭，小孩子不要亂講話。不管怎樣，舅母的靈柩送到這裡來了，待會就要把她葬在舅舅的墳墓裡，我很快就知道空棺材裡面是不是有大便了。）

註①：為死者打齋超度的道士，廣東話。

註②：喪事從業員的總稱，廣東話。

註③：曾經到麥加朝聖歸來的回教徒，馬來話。

註④：准證，馬來話。

（第二十五屆時報文學獎短篇小說獎評審獎）

（原文收錄於《原鄉人：族群的故事》，麥田）

作者簡介

賀淑芳。馬來西亞籍。曾任工程師，報社副刊記者。現正就讀政大中文所碩士班。

少年維特的煩惱導讀

文／黃啟泰

當年輕作家發現先他而來如今下落不明的某作家，在腦子留下的知識，將思緒攪得一片錯亂，使他無法創作，於是他把某作家失蹤前寫過的作品蒐羅齊全，想要藉著徹底瞭解一個人，來劃分他們彼此的界限。

我站在門的後面，他們看見門上的小窗有一張臉就打開門，讓我進來。

病床四周一牆人已經圍繞他站著，專科醫生坐在中央，點滴管高高吊著，陽光從緊掩的窗簾之間奮力掙扎，在地板上投出一條一條銀灰色的線影，數字一個接著一個從他黏滯的喉嚨吐出來，無力地，極其困難地，彷彿已在痰液之中消磨許久，井然有序地，毫不紊亂。

「七——十七，七——十六，七——十五，七——十四，七——十三，……」

「抱歉，遲到了。」我小聲地說。

他說：「六——十九，六——十八，六——十七，」

站在床尾的護理長聽見，悄悄回頭看了我，輕聲地說：「narco①已經開始了，此病患體積龐大，amytal②雖然用到了五百，意識還是相當混亂，一直在抗拒。」

「哦。」我取了把椅子，放在一個距離病床不遠陽光沒有經過的空間裡，坐下來，六——十四，六——十三，拿出筆記本與鉛筆，攤開，六——十，六——十，正準備專心記錄治療室裡將要發生的一切事件，六——十一！！一個女子來到門的後面，不對！我看見門上的小窗有一張臉就走向前去，女子看見朝她漸漸接近底是一張臉，哦，……六——十，五——十九，五——十八，就迅速離開，嗯哼，把一小片透明的玻璃留給我，病房外面陰暗的長廊在眼睛無盡止延伸，隱約中，聽到隔壁保護室裡一位四肢遭受約束的男病人，嘶喊著喉嚨，淒涼地呻吟，好久了。

我乃重新回去定位。

坐在中間那位身材略微矮胖的R執起他的手心，一面調整點滴管的流速，一面試探地說道：

「甯秀男，你能不能告訴我們你叫什麼名字？」

「甯秀男?!你叫誰甯秀男？我不認識他！他和我一點關係都沒有！不是已經和你們說過，我先生的名字叫三島——由紀夫，為什麼那麼愛問愛問人家的，一直問。」勉強打開眼睛，瞥了醫生一眼，看見眾人的眼睛都在注視他，又閉上，忽然改變了語氣哀求地大叫道：「牟大夫，能不能不要做這個檢查，你上面那個點滴一直流，像蛇一樣，流得我好痛，好像在做電療時候的感覺一樣。」

「嗯哼，」醫生把點滴瓶內藥液的流速調慢，「沒關係，一下子就不痛了，檢查馬上就要開始了。等一下，牟大夫要問你一些很簡單的問題，你要根據真實的情形告訴牟大夫，不能說謊話，這樣子我們才能夠瞭解你，知道怎樣幫助你，替你解決心理上的問題，……甯秀男！有沒有聽見？」

他緊閉著眼，好像睡著了。

醫生大聲說：「三島！你聽見了嗎？」

「什麼？——哦！是呀是呀。」過了半晌，他納悶地說道：「大夫，你說甯秀男的心理——有問題，……這和我先生三島有什麼一點關係？」（是呀是呀，心裡的聲音說）

這個時候，負責檢查記錄的護士昂起頭，記下amytal下降的刻度；醫生轉頭，朝身旁兩個實習大夫講解對此病人做narco分析的治療意義。大意是說這個病人最近從H市轉診過來，是因為長期服用抗精神病藥物，病情沒有好轉，反而有惡化的趨勢，半個月前，病患突然不認自己，也不認父母、朋友，說自己是日本作家三島由紀夫，他們考慮病患表現在臨床上的症狀，可能具有psycho-dynamic③的意義，所以想藉著narco分析，問出一些一直被病人否認掉的事實，希望瞭解其脫離現實的心理意義，以作為診斷參考。醫生接著說道：

「三島，你剛剛從一百倒數到零，我們都認為你數得非常好，現在你再像剛剛那樣，重新數一遍給我們大家聽好嗎？」

「又要數一遍？」

「嗯，像剛剛那樣，再數一次，我們要看你數得好不好，……現在，把你的眼睛打開，……對，看著天花板，……很好——一百，九十九，你接下去唸——」

「九十八，九十七，九十六，九十五，九——十四，……」數字開始一個接著一個從他黏滯的呼吸道吐出來。

我站起來，眼光從人牆間的眾多狹縫一一穿梭而過，緩緩走進陽光投射在地板上的銀灰線影地帶，搜尋到病床上那具平靜安躺任人擺佈的軀體，八——十八，八——十七，八——十六，點滴瓶內的水液以看不見的速度緩緩降落，怎麼不唸了呢？數得很好啊，來，八十六，接下去，沉甸甸的眼皮不斷沉沒，偶爾上升，浮，沉，八——十五，八——十六，……八——十四，看來這只軀殼似乎再也支撐不了好久，藥物大概已在體內產生作用了，……一旦藥性產生，或可摘除你偽裝之面具，或是發現已是一片再難重建的意識荒城，而我卻把你僅餘用來的防衛撤卻，……藥物浸浴在脈管裡，像蛇一樣，游泳，心臟以超載之速壓縮，推動它，它就以最迅捷的姿勢向腦子全速前進征服你，當初棄城逃跑的那個城主你呀卻又不知為何回來抵禦，為什麼回來抵禦呢？……

「醫生，不要數了好不好，我好想睡覺，天花板上的電線一直竄過來竄過去，發生火花，把心臟震得一直跳一直跳，很恐怖！」他突然大叫。

「三島，把眼睛睜開，數完我們會讓你休息。」

「不要嘛！我想睡覺。」

「不行，數完才可以休息。」醫生說，「七十七，接下去呢？」

「……」

「七十七，」醫生說：「接下去呢？」

「哦，」他說，「七——十七，接——下去，七——十七，七——十六，七——十六，」

兩個實習大夫其中之一面貌俊秀的那個終於發現了我，從人牆中悄悄退出，好奇地朝我走過來，走進銀灰線影地帶，卻發現我的筆記本一片空白，沒有記錄關於他們說話的隻字片語，停在原地，趁著我不注意的時候，忽然用一種神祕的眼波打在我的瞳上，我不自在地趕緊把臉別過另個方向，專心凝望門上的小窗。

一個女子來到門的後面，我看見一對畏首畏尾的眼眸焦急地向內探視，就悄悄走到玻璃的後面，她看見朝她移動底是一張臉，就匆忙逃走。

長廊空曠陰暗的背景，巨大旋轉地全部投射在我黑色的瞳球上。

一九八〇年秋天，我們在醫學院的大體解剖實驗室第一次碰上就一見如故，當時的背景是一具具肩挨肩面無表情的裸屍，金屬器械與彩色圖譜則隨意佈置在伸手可及的小桌子上。

一九八一年夏天他於T大外文系畢業，因為某種生理缺陷，未能進入軍中服役；三年後，一九八四年夏天我歷盡千辛萬苦好不容易完成醫科教育，當中包括兩年當兵，一直到去年秋我突然發病住院，七、八年來我們始終保持著相當密切的交往。

最近一次收到他的來信，是在今年七月初，家中新來的女僕瑪麗拿到醫院轉交給我的。在此之前，始終看不出他的病況將有惡化的預兆，因為我一直認為他是一個專業編製故事者，礙於職業角色，不得不多策畫些題材較為特殊的作品，以答報讀者。那時，他正要從H市出發前往U鎮，趁著火車尚未到來，在車站前我們以前常常聊天的咖啡屋，在一張廣告傳單的背面匆匆寫成的。裡面有如下的話：

親愛的□□呀！原諒我這次沒來得及將小說的定稿寄去給你過目，Z報副刊最近就已經要發稿了，事情倉促，實在有我的苦衷。

H市的市民處處和我為敵，就連此刻我躲藏在這兒寫信給你，他們仍然派出間諜在外面的人行道上不停走動，隔著黑色玻璃窺視，欲將我的言行加以箝制；收音機播放的輕柔音樂中，亦不時挾帶中傷的話語。

對於H市，我不再眷戀，就要動身前往盛情等待已久的U鎮，你體會得出此刻我心中的歡愉嗎？關於U鎮，印象中前幾年我刊載在某月刊的某一小說中好像略有提及，而寫作那篇小說時，根本從未到現場勘察地形，現在就要離開親朋好友，獨自前往那個自己思緒曾經到過的小鎮去了，可是我不認為實際的走訪甚至長久居留，會比想像留下的經驗來得還要生動，……然而，目前的身分卻是一個犯了誹謗市民罪，遭市政府驅逐的非法使用語言者；或者我會和U鎮居民相處融洽，因此長久定居下來，也許不久就要返回東京。至於U鎮之地理環境，日後再寫信告知。友三島於維特咖啡屋。

而我們最後一次的相會，則被安排在今年五月八日母親節，相約以摘除花瓣的康乃馨花托做為見面信號。

星期五傍晚查房的時候，我的主治大夫林依依女士說我的心理狀況最近頗有起色，允許我三天假外宿，可是恰好母親前天就到南部去接受二弟與大姐的佳節祝賀，沒辦法回台北接我出院，好不容易才說服林大夫讓家裡留守的菲律賓佣人瑪麗接我回家。

當天晚上立刻撥電話到H市，他的家人先是對我的病情問暖一番，與他的症狀互相比較，繼而告知其子近來精神頗不穩定，曾有以小刀摩擦腹部的行為，為了其他人的安全起見，已經將他移至山上的別墅。

我隨即撥電話至山上的別墅。他拿起電話筒一聽是我的聲音，立刻滔滔不絕傾訴寫作小說情節進行難以駕馭，超乎能力範圍的困境。

一個性情憂鬱的年輕男作家來到一個不知名的小鎮蒐集寫作資料，發現小鎮竟然是他曾經在某作家的暢銷小說中讀過的，某作家先他來到彼鎮，且回去大都會，對具有購買力的讀者講了一個故事，可是小說出版後，某作家的生死卻下落不明。某作家運用文字在年輕作家腦子裡塑造的小鎮基模，卻和他眼睛正在不斷繼續觀察攝取的資料，相持不下，某作家建築的小鎮以無形概念侵犯他從真實經驗中建築的小鎮。

「你說我該不該再次讓故事中的年輕作家自殺一次？」

我說：「慢著點，秀男，不要衝動！從你簡短的談話中，我體會得出此際你心中的矛盾，……明兒一早，我要到H市見你一面，可能的話，給他一點懸崖勒馬的意見。……」

話筒彼端突然沒有聲音，我叫道：「秀男！秀男！你在聽我說話嗎？」

過了好久，低低的聲音才說：「□□呀，趕快來，你一定要快來，有些話，……我要當面……對你說，——才明白……」

第二天清晨七時零分，我在佣人瑪麗的陪同下，在台北車站搭乘第一班自強號列車前往H市。瑪麗說希望家母不要提前回台北，否則發現沒人看家，一定會以為她偷偷跑出去約會，可是更怕我一個人隨便亂跑，萬一走失了，責任她可擔當不起。

我把大草帽的邊緣緊緊壓著眉毛，避免讓車上旅客瞧見我因為服用過多心理藥物，顯得呆滯無神的面部表情。一面瀏覽窗外迅速移動的風景，一面撕扯康乃馨精緻的花瓣，並且以舌尖舔舐柔軟的齒緣。

九點四十分，火車在H市靠站，秀男在兩名魁梧的護佐保衛下在月台迎接我，一人抓一邊，將他結實的手臂牢牢地壓制，使他無法展開強壯的臂膀擁抱我；靜靜地佇立，用燃燒的眼瞳凝視我。

過了好一會兒，勉強拖著遲重的步伐，走到體側，咬住我的耳朵，焦急地說道：「怎麼辦？當年輕作家發現先他而來如今下落不明的某作家，在腦子留下的知識，將思緒攪得一片錯亂，使他無法創作，於是他把某作家失蹤前寫過的作品蒐羅齊全，想要藉著徹底瞭解一個人，來劃分他們彼此的界限。可是，……知道愈多，他發現他們寫作給讀者關於小鎮的知識愈相像，甚至發現自己愈來愈像他——」說著就伏在我的肩上啜泣，我也情不自禁流下眼淚。

「蒐羅某作家的作品這個部分，是接在昨天你在電話中交代的情節之後？」

「嗯。」他點頭。

我們一行人隨即被護送入一輛安置深黑色防彈玻璃的豪華轎車。

車子離開停車場，很快地穿過市中心，一會兒就駛在市郊寬敞的公路上，四輪沿著黃白平行的車道線輕快的追逐起來。我與秀男併肩坐於司機旁側，特製的安全帶，緊緊地拴在喉頭上，瑪麗與兩名護佐坐在後面，時時監視我們的舉動。為了阻止太多的淚水，他緊閉雙眸，由於服用鋰鹽④微微顫動的指尖，不斷朝我探索。我含著他的耳殼悄悄問道：「故事裡作家前往蒐集資料的地點，你是不是就以H市為參考點？」

「如果當初就設定在H市，說不定他就可以事先提高警覺——」眼皮偷偷瞇開一條縫，趁著光線打在角膜的瞬間，抓住我的左手掌，右食指尖沿著生命線的紋路斜斜畫下，直直畫到手肘彎曲處，說道：「H市南下，穿越三座隧道，最後是一座大鐵橋，……當時，我剛翻越醫院的圍牆，內心充滿喜悅，……可是，我不知道，所到之地竟然與他吻合——」忍不住肩膀一聳一聳又要哭泣了。

「你是說與某作家吻合嗎？」我問道。

「嗯。」他點頭。

「小說裡的某作家？」

想了一會兒，搖搖頭：「我也不知道。」

「那次回來你寫信說有去查證？」

「那一次？——哦！我想起來了，就是這一次！」

「查證的結果呢？」

「可能是個日本人，……我也不太確定。……可是，聽說市府當局已經預備下公文開除我的戶籍，到時候，我，……我真底無處可去了！」

「家人呢？」

「他們都在日本。你是知道的，我母親倭文重那種女人——」⑤

「倭文重？」

「噓！」他趕緊立起食指豎在嘴唇中央，狡獪地向我使了一個無法理解的眼神。

車子沿著蜿蜒的公路盤旋而上，愈爬愈高。

一個鐘頭後，車子到達一座植滿相思樹林的山坡前面。山坡下的廣場零零落落停了好些名貴的進口汽車，眼目所及之別墅群落，均屬一私人山莊之經營範圍；由此前往他山上的屋子，穿過別墅區後，尚須經過一段頗為遙遠的石階與樹林。階梯兩旁遍植波斯菊與馬纓丹，兩位護佐在前引導，替我們驅逐迎空翻飛的蜜蜂與蝴蝶，瑪麗殿後擔任後衛，避免我們墜落或是有逃跑的傾向。秀男則與我的步伐一致，叨叨不停訴說目前正在寫作的小說情節。

他說道：「年輕作家之所以選擇彼鎮的原因，不是為了彼鎮適合蒐集資料，而是當火車經過大鐵橋的時候，我坐在車上，驀然想起再行過一座大鐵橋，就是U鎮了；那時，H市市民征討我的聲音正在城裡各個角落流行，且已放出驅逐不當使用語言者出境的風聲，心裡也早有預感U鎮是唯一可能收容我的地方，恐怕U鎮居民措手不及準備歡迎的儀式，所以，我提早下車。

下車的時候，因為翻越醫院圍牆成功帶給心頭的喜悅尚未消失，所以，我描寫他微笑著向每個月台上的旅客握手問候，他們卻紛紛走避，——」

「你是不是寫自己的親身經歷，再給它附加小說的氣氛？」

「不要管我到底是不是在寫自己，聽我把故事全部說完好嗎？」

我把頭垂下，不知為什麼地覺得自尊心像是受到侵犯。

他沒有察覺我臉上的不悅，兀自說道：「可是對於人群的疏離迴避，他習以為常，並不認為是項有意義資料，繼續向前走。

走到剪票口，把票交在收票員的手心，收票員看見他的眼睛，嚇得忙將車票扔掉。

走到車站前面賣早點的小攤子，老闆娘不知道是不是事先沒有獲得情報，仍然扯著大嗓門朝他喚道：『先生燒餅油條冰——豆漿！』老闆娘身旁那位正在洗滌碗筷的少女卻甩動辮子，朝他迅速瞥了一眼，又很快地伏下去。

如果他的觀察力夠敏銳的話，至少應該本著作家的原則將眼光稍微下移，探視女孩臉龐伏下以後的表情變化（可是他沒有），他將會知道女孩之所以眼睛瞥起又伏下，是因為不願意讓陌生旅人隨便看見她眼底的憂傷，這些年來，她的心中一直在想：『我祇是一個被人用來寫作小說的女主角，寫完了，就把我拋棄在這裡，……』是以她的成長過程較一般青春期少女來得坎坷。

如果他是一個經驗豐富、擅長推論的作家（可是他不是），還可以進一步計算出這個動作的效果，是由於見到他後眼底生出新的憂鬱，還是憂鬱存在那兒已久，鎮上居民亦都知其苦衷，而她卻不願讓陌生人隨便就明白那種傷害？

如果這位男主角再細心一點的話，他將會發現彼鎮每個居民的眼角多多少少染有類似賣早點的老闆娘的女兒眼角透示出的那抹憂傷。當初某作家蒞臨小鎮時，她首當其衝，不幸被遴選為女主角，受傷最重；至於其他底，有些充作配角，有些客串過場的臨時演員，有些在再版時遭到刪除，倖免於難，經過這些年歲月輾轉，大部分受害者雖然都重新從故事嚴謹的結構中一一掙脫出來，找到原本的自己，可是留在他們心裡的憤怒和恐懼，始終無法拭去。

如果，如果他不是那麼以自我為中心，平常就已經有從別人的觀點思考事物的習慣（可惜他沒有），繼續往前走，他會很快發現，鎮上一切的少女看見他，都表現出合乎第一位少女所做出的基本動作，眼底也都映著憂傷。

如果他敏感，如果他具有反省能力，應該立即記錄筆記，可是他以為還沒有找到符合心中標準的有意義資料，義無反顧地繼續向前走——」

「少爺，」兩個護佐其中之一說：「是不是該歇歇腿了？」

「嗯。」他答道。

我們一行人隨即進入一個軟枝黃蟬遮頂的涼棚，坐下來休息。他繼續說：

「這個作家花了一個多小時，把小鎮居民的臉孔大致瀏覽一遍，而且把鎮上每一條街路巷弄都走過一次，在腦海裡畫出一個粗略的地圖。至此，他還沒半點警覺，這條路線可能將與過去或者現在貯存於某個作家腦子裡的命題完全一致，隨隨便便就把故事發生的地理環境草擬完畢，打算天黑之前，再仔仔細細走一遭小鎮，替每個在心中佔有重要位置的鎮民一一命名，分派扮演的角色。」

他說：「可是，這位作家的寫作計畫未能如願實現，失敗的原因在於少經世故，創作的靈感向來取材自想像空間太多，現實世界太少。他把小鎮居民的心態揣測得過於淳樸、單純，殊不知當年某作家的造訪，在全體鎮民心靈留下的傷痕，歷歷在目；他們已經記取教訓，發誓不再進去故事，不再讓陌生人以其他代號稱呼他們，早已在所有鎮民的思想上，建立了一道防守嚴密的警戒線。

無知的作家依照原定計畫行動。

回到月台，揣摩來時踰牆成功的愉快心情，正要微笑向每個旅客打招呼時，發現月台一個人也沒有，南上北下列車剛剛交會而過，剪票員轉瞬之間也消逝無蹤。

他單手支撐越過柵欄，候車室也空空盪盪，沒有半個人影，售票員不知跑到哪兒去了，遠遠的街角傳來警車咿嗚咿嗚的信號聲，彷彿將有重大事件發生。居民事先得到情報，早就疏散完畢，而他因為過度專注小說情節的發展，竟把事件發生的跡象忽略了。

繼續向前走，來到賣早點的小攤子，三張小桌子恰恰好坐滿十二個客人，有些是上午經過時就一逕坐在那兒的，有些則是新加入的。他發現目標了，就走近攤子的推車，從袋子掏出筆記本，打開正要開始記錄的時候，十二個客人不約而同抬起頭，露出泛黃的牙齒，聲帶齊說：『嗨！你好嗎？』

他忙於從源源不絕的靈感中擷取概念，無暇抽身，隨口應道：『我很好，謝謝你們，你們好嗎？』

少女站在推車後面，發現自己已然成為焦點，兩個眼睛瞪得大大眨呀眨，心中洋溢無限喜悅，想道：『你以為我祇是一個用來寫作小說的女主角，用完了，就可以拋棄嗎？』

上回某作家來襲時，這位少女的青春期剛剛發生，就被捲入一宗莫須有的強暴事件，驚悸猶存；方才發佈全體鎮民疏散的消息時，分局長顧及少女過去受到的傷害，勸她迴避，另外找來一個成熟的女警扮演她的角色，可是少女雪恥的決心已堅，執意不肯。果然，這次她又憑著特殊的氣質和美麗的容姿，把他腦袋裡的文字引逗出來了。

她沉著地朝他走來，距離三步遠的地方，打開嘴唇，說道：『你好嗎先生燒餅油條冰豆漿還有我們為你精心設計造型優美吻合整齊牛肉漢——堡!!』

可是，這時已經是中午了，剛吃過午飯，……不可救藥的他專心寫字，竟然沒有顧慮不明物體朝他靠近，祇是應道：『我很好，謝謝你，你好嗎？』

話才說完，正記錄到少女髮上緞帶的樣式——身後三張桌子坐著的十二個客人倏然起立，衝上前去，把他圍成一個圓圈，預先埋伏的分局長從推車底下緩緩爬出來，信步走到圓圈中央，笑了笑，沒收他的構想，掏出鐐銬鎖住他的雙手。接著在十二名喬裝客人的刑警護送下進入警車。女孩站在車窗外，當引擎啟動的剎那，不知為什麼地忽然給了他一個不太明確的笑容。

關於作家被押送到警局後，在拘留所裡他們提供他世界最痛苦的刑求，我不想多做描述，因為那次肉體上受到的虐待，可能將成為畢生最難能可貴的一次生理高潮——」

「且慢！至此，發展的路線還是在延續最初那個脈絡嗎？」

「是呀！你對什麼地方感到好奇？」

「我是說你從醫院踰牆，搭乘火車至彼鎮的那次經驗。」

「是呀！」他說，「就是這樣，刑求以後，沒有經過法律程序，就私自將他驅逐出鎮，囚禁在偏遠山區一棟精心設計的小木屋。」

「男主角被驅逐出鎮這件事，和你被H市府當局開除戶籍又究竟有沒有相同的意義？」

「喔！是這樣的，我生在H市，長在H市，他們提供我教育，栽培我成為作家，但是他們懷疑我小說裡創造的角色，是從他們身上偷去的——」

「關於你身世的這部分，我略有所知，再多談談故事中那位男主角吧？」

「哦！是這樣的，鎮民把他囚禁在山上的小木屋，給他鑰匙，自行安排每日的約束；給他匕首與小刀，善意地在森林中放牧了一些城市運來性情溫和、捕殺較易的野獸，在空地上播撒一些生命力頑強的蔬菜與花卉種籽，供他在漫長的監禁歲月中狩獵與農耕，或者盆栽。如果要以森林為素材從事寫作，他們並不反對，而且替他出版。可是作家終日徜徉在大自然的懷抱中，性情卻愈加憂鬱，……

分析憂鬱惡化的原因，可能是睡眠不足。原來小木屋中唯一的一張床上，已經先他而來了一位人士——但是，那祇是某方人士的遺骸，並不包括肌肉；骨架子太小，想必生前身材一定不夠健美。

作家看見骷髏，無所畏懼，憑著過去良好的解剖學訓練，立即在骨堆中細心分撥，汲汲地尋找顎間骨⑥，……可是，遍尋不獲。某方人士生前可能具有某方面的生理缺陷。

他折了一些松枝，嫌惡地將骨骼隨便清掃一下，挪出狹窄的睡眠空間，在床底下發現一套毀損的解剖用具；床腳也搖搖欲墜，顯示有過度鍛鍊肌肉的跡象。

至於某方人士的身分，一直到次年U鎮地區的布農族青年上山採集靈芝，發現他在溪谷汲引灌溉，私自將他帶回平原，隔年春天，經過他在各大圖書館月餘來的辛勤查訪，終於得到驗證。」

「驗證的結果呢？」

他抿緊唇，繃出神祕一笑，不再說話。

兩個護佐其中之一，走到我們面前，說道：「少爺，時候不早了，該上路了。」

他重新閉上眼睛，讓他們攙手臂，我和瑪麗隨即起立，一行人繼續向前。

爬完石階，穿越一片楓林，木屋終於在眼前展現。

木屋孤單地屹立山巔，周圍由韓國草皮懷抱，外有堅固的鐵柵環繞，形成自我的防衛系統，視野極佳，向東可俯瞰大海，北方為來時楓林的延續，早熟的紅楓和青楓紅紅綠綠交織在一起，與崖下的碧海青天互相映照。

我們祇在屋前佇立片刻，來不及欣賞風景，就被押入二樓向海的一間屋子。在那裡，我細讀他未完的小說手稿，他坐在窗檯上，對著樹木、海洋用D調口琴吹奏一些感傷的蘇格蘭民謠。

午餐後，我們得到一盒簡單的解剖器具，包括大剪、小剪、刀片，和鑷子，甯伯父差遣市場的屠夫送來兩隻肥碩潔白的母兔；在徐徐的山風、海風吹拂下，再度重溫大學時代共處的美好時光。

H市造訪吾友歸來之後，秀男又來信，此封信直接寄到台北的家裡，由瑪麗拿到醫院轉交給護士的，封口已經被人撕開，大概曾遭家母或者大夫看過。裡面有如下的話：

□□：很抱歉，上星期日來山上未能招待你在森林裡享受獵殺生命的樂趣——你是不是渴望已久了？兩隻溫馴的母兔，實在不足以拿來與過去擁有的快樂相比！

記否？第一次相遇時，一具何其健美的屍體赤裸裸地躺在我們面前，皮膚雖經福馬林浸泡多時顯得浮腫，但是肌肉堅韌的紋理仍在，生前那股足以予肉體殘忍虐待的摧毀之力宛然可見——啊！多麼美好的印象呀！

你問我：「外文系讀得好好的，為什麼想不開到醫學院選修大體解剖學呢？」

□□，還記得我是怎麼回答你嗎？還記得嗎？你是知道的，當時歌德的背影正巨大沉重地於我多愁善感的少年情懷中踽踽獨行，我竟然回答你：「因為我從歌德散步的腳步聲得到啟示！」⑦

至於那個既陌生又熟悉的U鎮，據說鎮上的百姓頗為欣賞拙作，曾替我舉行過作品研討會，聽到我先生在故鄉遭市民冷眼相待，已經三番兩次來函催促，而且預備好了一間守衛森嚴十分清幽的工作室。屆時，再邀你同來相聚！

還有一個打從我們認識以來，就一直藏在心中的祕密，不知道該不該和你說，……如果你的臨床敏感度夠的話，想必早已明白。幾個月前無意中得到一本日本作家三島由紀夫的《假面的告白》，……想讓你知道的是我又花了一些時間偷偷讀完他全部的作品，卻沒讓你知道，……坦白講好了，與其當你正在摸索我的過程中，發現三島由紀夫和你的摯友相似，倒不如趁著世人尚未察覺甯秀男的身分，趕快把我當作是全然陌生的，我也會儘早把握時機去自殺，……去徹底瞭解三島先生吧！雖然我和他的困難度差不了多少，可是三島比我好出鋒頭，才華比我橫溢，他先生敢大膽向命運之神挑釁，是個不可多得的勇士，……唉！若你依然不死心地想要與我為友，最後你將在甯秀男的肉體發現與三島先生相似性質的悲劇，花雙倍時間，祇是為了理解兩個生命本質幾乎完全相同的男人？□□呀！不要枉費人間的光陰！……

之後，我陸續寫了一些短箋，他都沒有回信。

上個星期，林依依女士替我做了一次ECT電療，由於時間控制不當，記憶力喪失了一些，其中包括大部分有關我們之間微妙關係的記憶網路。後來，我慢慢發現自己的感情愈來愈遲鈍，已經無法同往昔那般與他在信中交流情誼。漸漸地，也就沒有再連絡了。

「醫生，不要數了好不好，我想要睡覺。」他一連打了三個大呵欠。

「密斯楊，」醫生說，「amytal到哪裡了？」

「八百五十。」負責記錄的那個護士說。

大夫旋即轉身對兩位實習醫生講解narco分析應注意事項。

大意是說一次會談所用amytal的總量以不超過五百克為限，可是這位病人的情況比較特殊，用到七百的時候，意識還很混亂，仍在抗拒，堅持說自己是日本人，為了怕病人會睡著，藥物的劑量不能再增加。接著就開始問他：

「甯秀男，你和我們說你叫什麼名字？」

「三島由紀夫，……日本，東京市，四谷區，永住町，二——番地，……大正十四年，十一月，二十五日生。……」（人群中發出竊竊的笑聲）

「嗯哼，三島由紀夫好像是你的筆名，本名叫什麼？」

「本名叫，……本名叫平岡，平岡……我忘記了。」

「是不是叫平岡公威？」

「是、是。」（是是，心裡的聲音說）

「那麼，甯秀男和三島由紀夫有沒有什麼關係？」

「沒有關係！……我先生三島和甯秀男才沒有關係！……」

「嗯，可是我們聽說甯秀男認識三島由紀夫，而最近假冒三島之名不認讀者？」

「不認識！不認識！誰亂講我先生，……我才沒有假冒……人家我先生三島勇氣可嘉，向命運之神挑戰，……甯秀男他最不要臉了，非法使用文字，還要學我先生一樣也心理變態……——」

「你剛說向誰挑戰？」

「命——運——之——神——挑戰!!」（眉頭緊縮）

「哦——是向命運之神挑戰。嗯，從你的口氣聽來好像很討厭甯秀男是不是？」

「是呀，甯秀男是壞人！……醫生，你有所不知，他用文字揭發別人的隱私。」（音量漸小）

「對甯秀男這種行為，你好像很憤怒？」

「是呀，他觸犯法律，他被市民驅逐，哈哈哈……」

「我們怎麼不知道甯秀男被市民驅逐這件事？」

「是呀。」

「你怎麼知道這件事？」

「文——采——德」（很小聲）

「文采德是誰？」

「我的好朋友呀！……文采德和甯秀男很要好，常常在一起，他告訴我——醫生，我和你說，你不要同別人說哦！——別人都說他們是同性戀，甯秀男明知這是謠言，卻故意在故事中把它寫成是真的！告訴大家快來買書，……我勸文采德懸崖勒馬，可是他不聽。……」

「嗯哼，你是怎樣認識文采德？」

「不認識！我不認識文采德！……我剛剛和你說有認識嗎？……說錯了！」（說錯了說錯了，心裡的聲音說）

「可是，我們聽說文采德認識你？」

「那就有認識。」（有認識）

「文采德還有沒有告訴你其他關於甯秀男的事？」

「沒有了，……哦！有，甯秀男會殺人！」

「殺人？」

「是呀！他們一齊去殺人！……文采德說甯秀男拿到刀子就一直割一直割的，內臟和血液都流很多，……」（是呀）

「他有沒有告訴你為什麼殺人？」

「這個，……這個我先生不敢多說。」

「如果醫生一定要你多說呢？」

「好、好，我說，這是他們用來滿足性慾的一種方式。」（我說我說）

「還有沒有告訴你其他有關甯秀男的事？」

「沒有了，……哦！有，不上解剖課的時候，他們就拿啞鈴一直舉一直舉的，據說把肌肉練得又癢又硬，也能滿足性慾。」

「你說他們一齊上解剖課？」

「是呀，甯秀男站在小桌子上面對文采德大聲說：『把你殺了好嗎？』」（把你殺了好不好）

「嗯，可是我們聽說甯秀男就住在這醫院，而且就和三島先生你住在一起——」

「在哪裡？……牟大夫，你不要嚇我好不好！」

「我們沒有嚇你，大家都知道甯秀男認識你！」

「醫生，拜託你不要這樣說，……你不知道甯秀男那個人很壞，還有精神分裂病，……」

「你說甯秀男很壞，可是我們認為甯秀男的心理雖然有問題，大家都應該幫助他，你也要幫忙他，不可以排斥他！」

「醫生，不要這樣說好不好！」（不要這樣說好不好）

「甯秀男，我們現在每一個人都知道你不是三島由紀夫，你的名字應該叫做甯秀男，甯秀男就是你！」

「…………」

「甯秀男！」

「有，……」（沒有沒有，心裡的聲音說）

「你能不能和我們說你叫什麼名字？」

「名字？什麼名字？……哦！三島由紀夫，日本，東京市，四——」

「不對，你叫甯秀男！」

「醫生，為什麼要我說自己是那個甯秀男，我好痛苦，……」（你們好殘忍，心裡的聲音說）

「你身分證上的名字就叫做甯秀男！」

「哦。」

「從現在開始，你已經不是三島由紀夫了，你是甯秀男，甯秀男就是你，……現在你告訴大家你是甯秀男！」

「…………」

「說你是甯秀男。」

「我是甯秀男。」

「嗯，很好，牟大夫問你，你叫什麼名字？」

「我叫三島——」（由紀夫）

「不對！你叫甯秀男！」

「哦。」

「說你是甯秀男。」

「你是甯秀男。」

「不對！要說你自己是甯秀男！」

「哦，我是甯秀男。」

「嗯，說你是甯秀男。」

「我是甯秀男。」

「嗯，說你是甯秀男。」

「我是甯秀男！」他說。

「我是甯秀男！」他說。

「我是甯秀男！」他說。

…………

這個時候，醫生回過頭，在人牆外，門上的小窗下，發現我以蹲姿沉思，便笑一笑招手示意我到那邊去。我抱著筆記本，向前走，很有禮貌地朝每個回首注意我的intern先生和護士小姐問候，走到床邊。醫院命令他把眼睛打開，他無奈地嗅了一聲：「好想睡，……」眼皮睜出一條細縫，瞥了一下，不小心又闔上，又努力撥開，瞧了一眼，突然瞠出兩粒黑油油的瞳珠子，欣喜地大叫一聲：

「威廉！」⑧

註①：催眠鑑別診斷。精神科醫生用來協助害羞或拒絕談話的病人，使他們更自由表達內心的想法。
註②：阿密妥。巴比妥類催眠藥物。
註③：精神力學。
註④：抗鬱劑。
註⑤：三島由紀夫的母親，對三島有強烈的佔有慾。
註⑥：一七八四年，歌德傾力於解剖學，發現顎間骨。
註⑦：指一七七〇年，歌德前往史特拉斯堡大學研讀法律，選修羅普舒坦的解剖學。見《歌德自傳》（志文版）第九章。
註⑧：《少年維特的煩惱》中書信體的日記，係維特寫信給其友威廉，事後由威廉編輯而成。

作者簡介

黃啟泰，一九六七年生，台灣花蓮人。台灣大學心理系、心理研究所畢業，倫敦大學學院心理學博士，現為慈濟大學人類發展學系副教授。

沒卵頭家

文／王湘琦

現在，日子是越發艱苦了。套著米袋，四處遊走的男人愈來愈多。天后宮前的老榕下，成了他們弈棋閒扯的聚集地。

一、沒卵頭家

醫院裡的醫師們、護士們、掃地的歐巴桑、閒步的住院病人，不禁暫停了手頭的工作，他們細細地交談著，有幾個還差點忍不住笑出聲來。

「那，那就是澎湖首富——沒卵頭家！」他們說著，指指點點地，好似見了啥歌星明星的樣子。

吳金水拄著杖，慢慢踅過長廊。右腿打上的石膏，仍未拆去。雖已是六十好幾的老先生，他的外表卻總令不明就裡的人驚異著——略顯豐滿的身軀、紅潤光澤的臉龐，似乎與一頭白髮不太相稱。

他慢慢走著，一雙冷靜、澄澈的眼珠子凝視著前方——好像有意避開近處他人異樣的眼光似的。

「他們真的對你這樣說嗎？」他以一種不很尋常的高亢音調，尖尖地，但仍中氣十足地，向身旁的年輕人說。

「是的……等一下我還得跑一趟訓導處，怕也是為這件事喲……」「爸——人家說的也不是沒理，去爭一個泡在藥罐裡的標本，是不是有意義呢？」年輕人靦腆地問。

「你不要操心這事！你儘管唸你的書，好好把書唸好！將來作醫生……只有你也當了醫生，阿爸才免再受人作弄！」吳金水頗為堅決地說。

這是吳金水先生第二次光臨××醫學院了。好似掀起一陣旋風，整個學校都像在談論這事。「沒卵頭家……卵葩爭奪戰……」許多人笑得腸都打結啦！

二、腫大的陰囊

約半年前的一次寄生蟲實驗，陳老師正口沫橫飛地介紹血絲蟲病。

「這個filaria要是阻塞了淋巴管……那個……那個就會大起來了！」他停了一下，舔舔嘴唇。後座同學有人在偷笑。

「引起水腫——Elephantiasis就是這樣形成的。咳……」陳老師接著略微輕薄地笑了。「Elephantiasis是大象的意思，人的陰囊若腫大如象，該是怎樣的『風景』呢？今天，前面demonstration有一件好東西，保證你們沒見過這款巨大的卵葩……」陳老師語未畢，後排的男生已交頭接耳地竊笑起來。

「喂！後排的先生們別笑！待會兒不服氣的可拿出來比！」陳老師還是不改老毛病。眾人哄堂，都笑折了腰。

實驗室的前方，擺著一張放滿瓶瓶罐罐標本的長桌，吳丁旺擠在圍觀的同學中，他們爭先恐後搶看著，嘴裡唸唸有辭地背著。「哇噻——」同學們不約而同地發出讚嘆聲。眼前福馬林藥水中泡著的象皮腫陰囊，恐怕比兩個泰國芭蕉還大！

吳丁旺瞇著雙眼，細細地審視著眼前的標本，他的心中正有更多的思緒糾纏起伏著。標本瓶下方有一張泛黃的標籤引起了他的注意──「一九五三年／澎湖／血絲蟲病（Wuchereria bancrofti）陰囊／吳─金─水／男／二十七歲」他一個字一個字地默唸著，反覆唸了兩遍。頓時，吳丁旺的雙頰由紅轉青，然後──變得和水門汀一般黯淡蒼白。

「我一定要寫信告訴阿爸……我一定要……」他想。

「喂！先生，來啦！」走廊上掃地的歐巴桑探頭進來叫了一聲，打斷了吳丁旺的思緒。

「叫他們進來！」陳老師雙手插在白袍袋裡，吩咐了一聲。這是上週應該作的E．V（蟯蟲）檢查示範，他說。

一個三十多歲，侷促不安的婦人，抱著一個約三、四歲的小男孩應聲進來。她如履薄冰地走到講台前，朝陳老師深深地一鞠躬。一隻手無助地整飭著從沾著泥漿的紅色太空衣後襬露出的綠色開絲米龍毛衣。

小男孩以疑懼的眼神覷著陳老師，陳老師作了一個手勢，「屁股抬高，對觀眾！」他說。然後──迅速地、優雅地，陳老師右手拿載玻片加膠帶，左手一把扯下男孩的褲子。「看好喔！這是最標準的蟯蟲檢查法！」他哼了一句。

突然間──有點出乎人的料想，小孩憤怒地踢起雙腳，「不要──不要……我不要脫褲子給人家看！我不要……」他大哭大鬧起來。

陳老師有點詫異，也有點尷尬。他使了點力道，姿態也失了原有的優雅。像按著一頭小山豬，他控制著男孩，右手把膠帶在孩子肛門周圍摩挲起來。

「免錢——學術免費！有蟲會通知你！」陳老師揮揮手，對著鞠躬離去的母子大聲說。

「免錢？學術免費？」吳丁旺思索著。「這長桌上瓶瓶罐罐裡的腸子、肝、腦……還有那嘆為觀止的大卵葩，大概也是學術免費割來的吧？」「或許阿爸當年也正是這般光景……學術免費?!……」想著想著，吳丁旺的眼眶濕了。

三、求神起醮

一九五二年，澎湖離島之一的黑狗港爆發了神祕的怪病。不久，就震動了整個群島，也波及馬公的討海人。

「你是相信阿爸說的，還是村人講的！」吳金水——人稱「沒卵頭家」是如此大聲地對著他的獨子——吳丁旺訴說著開場白。

那時候，村裡的男人一個個得了怪病。稍早的時候，只是蚊子叮了癢得要死，「真是夭壽癢呵！」男人們忍不住搔抓著身子。

後來，身體某些部位漸漸大起來了。沒多久，女人家也不得倖免。不同的是——女人家是大了奶子，男人們則是大了卵葩！因此，有些女人竟仍五十步笑百步地竊笑著。

馬公重金禮聘來的巫師、乩童們，要村人把畫了符的黃紙貼在身上。

「哪裡大就貼哪裡！」他們吩咐著。而且——還儼然一副說教面孔，耳提面命地訓誡村裡的男人：「你們光貼貼符還不夠，要徹底禁絕房事才行！房事！知否？夜暝莫再和你們的牽手加夜工了！知道嗎？」

「你們一定太縱慾了……卵葩大是神的懲罰和警示！」黃天師嘆了一口氣，語重心長地說。

「本來一個月規定兩次，你們說不定搞得上下午各一次……連神都看不順眼了！」一個酒渣鼻的乩童接著說。

村人到此有些不服氣了。黑面憨仔說：「我根本陽萎壞不起來，都是用口的，為何上面不大，下面會大呢？」

黃天師高傲的神態顯得有點不悅了，他瞪了一眼，用一種演布袋戲那般尖刻的陰陽怪調，嚴峻地斥道：「不怕死底，神前還敢頂嘴，不怕穿腸破肚，翻船溺水嗎？」

眾村人低頭認錯，不敢再發一言。黃天師臨別前交代了最重要的事：速緊籌錢起醮！他說。還有——附帶地，要男人們一定要轉告女人家：乳子不得再給男人玩了！

四、伊是貴人

神是祈了。那場醮也打得鬧鬧熱熱；黃天師一口氣爬了四十九級的刀梯，他的徒子徒孫們跳火的跳火、穿嘴的穿嘴，也算使盡了渾身解數。

可是——村人腫大的身子並未消下去。又過了三、五個月，黑面憨仔已穿不起褲子了。他索性用舊米袋套著。由於下面大得離譜，走路都困難起來。因此，黑面伊的魚也打不成了。

吳金水雖然早已對這怪病有了警覺，看到大卵葩的村人總避得遠遠的。可是——他終究是逃不了。剛開始的時候，好像感冒似的。有一點不高不低的燒，約在三十八點五到三十九度之間徘徊。寒顫和盜汗常伴著燒一起發生。接著他感到頭痛、噁心（甚至嘔吐）、畏光，以及肌肉痠痛。當他發現大腿內側、靠近卵葩的地方，有一片具有壓痛感的腫塊，並且逐漸向中央地帶蔓延開來，吳金水近乎絕望地意識到怪病已降臨他身上，「這……這該怎麼辦？」他無助地說。

像黑面這樣套著米袋的人有增無減，相對底，出海的船就愈來愈少。「這般境況拖下去，實在不堪設想……」吳金水低頭看看昨日開始換穿的米袋，憂心忡忡地囁嚅著。

不久，馬公方面聞訊來了一位著白袍的年輕先生。他在四處忙碌地調查著，小筆記本上記得密密麻麻底。

他要村長阿福集合村人，語重心長地說：「要小心蚊子，蚊口沫中有蟲！」

眾人對這些耳提面命的人物，已不若從前有信心。「騙肖！」村人說，「古早即有蚊仔，已好幾萬年，難道古來男人都是大卵葩嗎？」眾村人笑了。

黑面憨仔說：「伊說的和黃天師不一樣，一定有一個在騙阮……你們說對不對？對不對？」他說著說著忍不住自得起來，好像這是甚麼了不起的大發現似的。

眾人點頭稱是。「我看這少年說得沒理！說蟾蜍會吹卵葩，我還信；說蚊仔會吹，阮莫信！蚊仔口那款細小，要多少萬隻才吹得大阮底大大大卵葩呢？」村長阿福一副長輩的口吻說著。眾人又笑了！

可是——村人是愈來愈笑不出來啦！白先生才走沒多久，又有多人染上了怪病。

就在村人日復一日，耐心地把黃紙符往身上貼；就在村人日日馨香禱祝，期待神明降臨的時刻——有人從馬公帶回了大消息。大消息——黃天師的卵葩也大——起——來了！

「黃天師也大卵葩了！黃天師也大……」村人爭相走告著。以一種幸災樂禍和略帶嘲謔的心情，他們笑著、談著，樂此不疲地傳播著這個大消息。

可是——「我們的病呢？」幾天後，有人提出了這個現實而又棘手的問題，好像突然從笑鬧中醒過來似的。

村人派了代表去馬公問黃天師，說：「我們都聽你的，也花錢打醮求了神，現在你自己打算怎樣呢？」

「我已經病了！也通不了神鬼了……我嘛……要去台灣找先生去，你們也莫再找我，我病了！」黃天師懶散地說。那代表回到村上，也只得一五一十地說了。

村人正在絕望邊緣，馬公的白先生又來了——領著先生娘和兩個衛生所的幫手。

「我已和台灣聯絡過了，××醫學院有興趣幫忙！」白先生一上岸就鄭重地宣布。這回——村人是不得不信他了。

白先生並不先治村人的身子，反而要村長阿福發動大家清掃環境。他說：「看這黑狗港，房舍擁擠，通衢又臭又溼，雞、鴨隨處屎尿，水溝不通！蚊蟲多得夭壽！怎麼不生瘟呢？」所以，清掃環境是最重要的，他叮嚀著。

眾人初時合作無間，久了就失了耐性。

「你娘的，騙肖！掃地卵葩就會消？阮莫信！」村長阿福說。他是村長，也是最夠資格先抱怨的。因為——雖未經評審過，眾人也不得不承認伊的卵葩最是可觀。「最少也有十斤囉！」眾村人那一回不約而同地讚嘆道。那天白先生終於在天后宮前問診起來。村人那有病的排了好長的一列等候先生審視。所以……也算非正式的友誼賽了一次。

黑面憨仔的牽手在一旁張望。她竊笑著對阿福嫂說：「乾脆改叫大卵葩村吧！台灣的有錢有閒的，說不定不怕路遠也要來看！到時候……大人五塊、小孩三塊——生活就可以過了。」阿福嫂聽了笑得抽了腹筋。

白先生仔細地觸摸腫大的部分，「多摸一會兒吧！」那後看的唯恐先生摸得不若先看的久，紛紛計較起來。

那阿福的米袋才退下，白先生的一雙眼珠子就瞪得如牛眼般的，像要衝掉眼鏡片似的。「哇——這怕是文獻上也少見的大卵葩吧?!真是typical，typical Elephantiasis！」他不禁嘆為觀止地叫起來。

兩個助手忙著丈量那個可能打破紀錄的傢伙，「咦——」一個助手一面抽組織液一面說話了。「怪……怪，伊卵葩上長痣呢！」語未畢，眾村人一擁而上，「哇——帥啊！卵葩長痣帝王之相，貴人呀！」「怪不得伊是村長，比大還比不過他呢！」村人趁機打趣地笑鬧起來。

黑面憨仔望著下身的米袋，嘆了口氣，莫可奈何地說：「伊……伊是貴人哪！」

五、反者金水

白先生在黑狗港待了一個多禮拜，又返回馬公。對村人的怪病，似乎也束手無策。臨去前，他說：「我會再來的！台灣××醫學院已答應要來，我回去安排一下。」

白先生走了。村人又只得在耐心等待中數著日子。

「黃天師說神要來，結果卵葩大了走去台灣。這個白先生說××醫學院要來，會不會又一走了之呢？」村人中幾個疑心大過耐心與信心的，紛紛議論起來。

現在，日子是越發艱苦了。套著米袋，四處遊走的男人愈來愈多。天后宮前的老榕下，成了他們弈棋閒扯的聚集地。女人家到石塘裡撿拾的小魚，旱田裡拔起剛篩去土的土豆也常拿到這裡來銷售。「伊娘的，出海的船愈來愈少，閒聊的愈來愈多！有土豆配水，小魚好狗肚的日子，就要偷笑啦……」村長阿福屈著右腿踞在長板凳上怨嘆著。

只有一個人，仍舊亮著眼珠子；野心勃勃地注視著黑狗港內的船陣，他——正是吳金水，拾魚嫂的遺腹子。

吳金水的阿爸在他未出娘胎，就葬身碧海之中。拾魚嫂茹苦含辛地把幼弱的金水撫養長大。

金水小時候，拾魚嫂常背著他到碼頭撿魚。有時候，也厚著臉皮和小孩一起搶幾尾剛卸上岸的魚貨。

「夭壽——土匪——」村人意思意思地罵著趕著。其實——還真擔心母子搶不到幾尾呢！

「喂！阿嫂……這裡，那裡……」他們喊著。

吳金水懂事以後，成為一個孝順上進的好孩子。尤其與別的孩子不同的是：他幾幾乎成了一個嗜書如命的人。碼頭、旱田……隨處都能出神地讀著，甚至到了近乎廢寢忘食的地步。十二歲那年，他替長生伯往返馬公的交通船搬貨，換來入學馬公國校的機會。

「討海人常翻船溺水，主要不是拜神誠不誠、起醮鬧不鬧熱的問題；氣象預報、海上聯絡不發達是主要原因！」學校裡那個從台灣來的年輕老師這樣說著。

吳金水喜歡老師的論調，又好讀外面世界的書，久而久之就成了知識的信徒。他甚至勸拾魚嫂莫再拜神，莫再參加起醮的鬧熱。村人對這種轉幾近變視若毒蛇猛獸，「反者金水」的渾號就不脛而走。

起先拾魚嫂對村人的調侃並不在意，可是——不久村人扯上了金水的爸，說：「你們金水是中了啥邪門？怕又要走伊阿爹的路囉！」他們心焦地、多事地你一言我一句地訴說著拾魚嫂。

「莫再說啦！伊是我的命根哪……」拾魚嫂給攪得淚如雨下，不久時，竟病倒了。吳金水只得休學在家。

金水放棄學業時，差一年就卒業了，他在黑狗港替人當夥計，日日加減著進出的魚貨。久了，就對生意經有了心得。

怪病蔓延開以後，金水時常站在碼頭上數著港內的船，若有所思地喃喃自語著：「冊上不是說……危機就是轉機嗎？這該也是個機會吧？」他的眼珠子閃亮著。

六、台灣來的大醫生

村人拉長了脖子企盼著，又過了一個多月了。就在絕望的怨嘆聲四處飄聞的時候，終於——白先生回來了！領著一船台灣××醫學院的大醫師，在村人歡呼歌頌、頂禮膜拜聲中，像神一般降臨了黑狗港。

這些台灣來的大醫師個個西裝革履，薄薄的頭髮油晃晃地服貼著，右手提著一只上好牛皮的かばん（公事包），胸前風衣鈕釦故意鬆開幾個的地方掛著神氣的カメラ（相機）。當他們從駁船上跨下碼頭時，並沒有正眼去瞧歡呼的村人，只是略略不自然地用日語交談著。好像眼前這等歡迎歌頌的場面並不怎麼樣……或是見多了，或是理應如此的樣子。

台灣來的先生們對一切似乎都很新奇，拿著カメラ四處照攝。連那破石厝，也成了寶貝似的。不過——最令他們吃驚、驚癡的，莫過於村人的大大大卵葩了；當然，女人家鬆垂的大乳子，也令他們嘆為觀止。

他們如獲至寶一般地撫弄著村人的身子。用皮尺量著，用豬肉秤磅著，甚至要村人排成一列，退下米袋，用カメラ從各個角度照個痛快。

村人見他們如此肆無忌憚，並不服氣。「用カメラ攝一攝就會消嗎？會消嗎？」眾人輕聲地、耳語地抱怨著。

白先生把村人的不滿轉告××醫學院的大醫師。伊們聽了笑笑，說：「是你們拜託我們來的！總得……配合一點才行呀！況且，科學研究當然沒畫畫符那般簡單容易！叫他們卡忍耐一點吧！」

村人聽了白先生的回話，紛紛低頭認錯，不敢再發一言。「要是氣走了伊們，該如何是好……」他們擔心地想。

日日，村人們乖乖地任憑他們量著、摸著，攝影留念著。台灣來的先生們忙著在卡片上作密密麻麻的記錄。

「消腫？不急……不急……」他們說罷又低頭振筆疾書。

村人眼巴巴地望著，一個禮拜過去了。當他們驚異地看著開始打包行囊的大醫生們，他們謙順卑下的心終於終於又鼓起了一絲的勇氣，怯怯地，他們問：「到底甚麼時候消啊？我們的身子……」

「這個嘛……這個……我們正要集合村人說明呢！不要急……不要急！我們已完全了解了！」領隊的大醫生說。

阿福「哐——哐——鏘……哐——哐——鏘……」地擊著鑼。「開始治療囉！集合喲……有救了……」他大聲播報著。

村人滿懷希望地，扶老攜幼著，激動地，甚至感動得淚下數行地。他們爭相走告著，「要治療囉！我們的身子……」他們興致匆匆地來到天后宮前的場子，你爭我奪地，搶著前面的好位子。

醫生的解說開始了！好像在論文發表。領隊的大醫師站在臨時搭蓋的野台上，口沫飛揚地滔滔不絕。

他好像愈說愈得意，「完全——完完全全——徹底地了解了！」他露出了勝利的微笑。「這是血絲蟲Wuchereria bancrofti引起的象皮腫。它的病理……我是說Pathological basis是血絲蟲阻塞了淋巴管……關於血絲蟲的Life Cycle和病媒，也已研究出來。蚊蟲——蚊仔是引起傳染的媒介。所以……撲滅蚊仔是治本的良策……」說到這裡，大醫師忍不住歇止了一下等待掌聲。

「伊講的和白先生差不多嘛！」黑面憨仔不耐煩地說。

「又是蚊仔吹的！騙肖，阮莫信！」阿福接著說。他的大大大卵葩已令他舉步維艱了。

「你們安靜！安靜！否則聽不清，阮莫講第二遍……關於這個公衛——公共衛生的意義……」

大醫師意猶未盡地說。

「你等等……等一下，我們可不要聽公衛還是母衛的事，我們要你說，說說：阮的大卵葩到底要怎樣才會消？到底啥時辰阮才能再出海抓魚呢？你……你大醫生，拜託卡緊訴說吧！」黑面憨仔忍不住站起身質詢起來。

「對——啊——伊講的有理！」眾村人附和著。

「這個嘛……這個……奇怪——誰告訴你們一定會消的？」大醫生左顧右盼，一副冤枉無辜的神情。

「不過——還是有一個大好消息要告訴大家，」大醫師閃動了一下眼珠子，舔舔唇說。「只要你們依照××……的要領，你們的子孫將世世代代免得這款怪病了！」他說完又恢復了絕對的自信，而且忍不住又露出勝利的微笑。

可是——場子上，眾村人面面相覷，彷彿沒了方才的興奮。「騙——肖——」半晌，村人才發出了近乎怒吼的抗議聲。「我們都活不下去了！哪裡還有子孫呢？」黑面憨仔說。

「大醫師呀！你們好歹也有一招半式，莫再客氣了，速緊告訴我們消腫的辦法吧？」阿福上前央求著。

「這個……」大醫師扶正了眼鏡，慢吞吞地說，「剛開始病的、腫得不大的，可以吃藥把蟲殺死。至於……腫得快十斤的那種……要嘛……只有開刀了。割割去，割割去……」他攤攤手說。

「甚——麼？割卵葩呀！要刮——卵呀！」眾村人不約而同近乎怒吼著。「騙肖——要刮卵，也需大醫師嗎？閹雞、閹豬嫂仔還熟練一點呢！」村人間起了一陣騷動。

「不要？我也沒辦法了！」大醫師說罷準備下台去。

就在這緊要關頭，一個瘦削的年輕人從人群中站起來，「請等一下。」他說。他——正是反者金水。

「開刀可以恢復完全輕便的行動嗎？割了就可以去打魚嗎？割了就可以工作無礙嗎？」他嚴肅認真地問。

「那當然可以！不過——我也不勉強你們開刀，這款病拖著也死不了！割去只是求輕便、方便罷了！」大醫師說。

場子上的村人都回過頭來瞪著一雙驚愕的眼珠子望著金水，好似他長了三個腦袋瓜了。

「我願意開刀……」金水堅定地說。

有整整一分鐘的時間，村人只是靜靜地坐在那裡，瞪著大眼珠子，面面相覷。

然後——「夭壽呵——這金水……想作太監不成？」眾人爆出了譏笑聲。大家只管盡情地訕笑著，也就暫時忘了消腫的事啦！

七、學術免費

金水決心到馬公去動手術了。臨上船前，見了村人如送喪般死板的眼神，心中不禁起了一陣淒涼悲壯的感覺。「這是幹甚麼喲……又不是去出征！」他擠出了一絲笑容，自我解嘲地說。

船就要行了，送行的村人中竄出阿福。他蹣跚地走上前，「幹伊娘，反正留著也沒能打砲，刮去倒爽快！」他說。於是，金水就多了一個伴了。

金水、阿福一行人順利抵達馬公，在醫院裡住了三天，就解決了大事。兩人如釋重負般地雀躍著。

「等不及想出海！」白先生的牽手瞧著他們笑了。她燉了鍋鱸魚湯，替兩人補身子。

又過了一個禮拜，金水、阿福已可出院回家了。

臨出院時，金水打躬作揖，說盡了多謝的話。對台灣來的大醫師，他幾乎要跪地答謝。可是——他還是，鼓足了勇氣，怯怯地、輕語地問：「我們的……切下的……身子可否給我們帶回去作紀念？」

阿福在他身後探頭探腦，「莫見笑阮啦！卵葩總不可流落他鄉呵……將來進棺材也要再裝上的。否則作個沒卵鬼，見笑至閻王殿去！」他和著說。

「這個嘛……」大醫師似乎有苦衷地皺起眉頭。「當然——這當然是可以的。不過……那樣的話……醫療費就不能免了！大概八、九千吧？待會到櫃檯找小姐算算。」大醫師說。

「八——九——千——哇——」一向穩重的金水也不禁睜得如牛目般的眼珠叫出來。「真貴死喲！」兩人齊聲說。

「刮卵……也要錢嗎？阮的卵給人割去，還要付人錢！還要嗎？」阿福喪著臉說。

「沒錢？也沒關係……『學術免費』是唯一的辦法了！」大醫師說罷從抽屜抽出兩份印著細細小小蟹走般地英文表格，「簽吧！也沒別的方法了。簽吧！一角也免交了……」

金水和阿福終於又平安地回到黑狗港。他們肩著布包（裡面塞著白先生的牽手給他們的大人小孩穿的舊衣裳）極為輕鬆巧妙地從駁船上躍下。村人笑著迎著。

「好了吧？」他們關心地問著，露著黃牙齒笑著。黑面憨仔拄著杖走上前，「會消嗎？真的會消嗎？」他近乎央求地問著。

金水和阿福只是沉默著……半晌——他們才擠出一絲不自然的笑容，說：「好了……都好了！」然後——點著頭、哈著腰，各自匆匆地回自家厝去，彷彿做了啥見笑的事。不用說，他們是空著手回來的！

八、來旺船隊

吳金水坐在來旺漁業公司老闆的寶座上，身前的大辦公桌上有一封攤開來的信。顯然是剛看完了信，此刻的吳老闆正挺直了腰桿子，用一雙如鷹隼般犀利的眼睛透過左側的落地窗，向遠處山坡下的一片碧波望去。

那是兒子丁旺捎來的信。一想到丁旺，吳金水就不禁露出一絲滿足與自得的笑意。這孩子不僅是聰明、聽話，而且就像當年的反者金水一般——是個嗜書如命的用功青年。尤其令吳老闆驕傲，又教村人睜大了欽慕的眼珠子的是——吳丁旺是數百年來，第一個考入台灣的醫學院醫科的黑狗港青年。「這丁旺……要作醫生囉！」村人興奮地說。

可是——眼前這封信，卻令吳金水陷入深深的沉思中。尤其是提到那個實驗室裡的標本……更勾起了吳金水隱隱作痛的記憶。過去的影像一幕一幕地湧現，陰晴、悲喜的神情交替地浮現在吳老闆已顯蒼老的臉上。

「啊——」他長嘆了一聲，「無論如何，這些年來我吳金水也創出了一點事業……」他乾乾地笑了起來。

那時他和阿福剛去了勢。村人又老實不客氣地訕笑了好一陣子。兩人也只得刻意避著他人的視線。

不久，轉機來了！吳金水發覺海上的魚幾乎多得捕不完！每回出海總是沉甸甸地滿載而歸。然後，就在男人們拖著疲憊的腳步四處告貸的時候，金水以極低的代價購進了他們的船。成立了來旺船隊。也正是在卵葩大得寸步難移的男人們閒扯訕笑之際，吳金水開始大賺其錢。而且——極為高明的，他把大部分的船隊移駐馬公，在那裡添置設備、聘僱船員，直接對台灣作起生意來。

來旺船隊的船極少出意外，因為他們的氣象接收、通訊聯絡的設備都比別人的船強很多。而且，好學的金水又嚴格要求船員的素質——沒把他編的教材背熟的，隨時有被解僱的危險。然而他也沒忽略了員工的福利——只要因公受到的損失，無不盡最大力量去協助。

現在——吳金水口袋裡的鈔票是愈來愈多了。在地方上，也是有名望、地位的大人物。然而——他還是……還是「沒卵頭家」！他每一念及此，便不禁汗溼背脊，一種深深的刃銳的羞辱油然而生。

「伊娘的，你爸一定要取回自己的身子！」他瞪大了眼睛，握緊著拳頭的右手重重地打在辦公桌上，他近乎憤怒地立起身子。

九、頭家氣魄

吳金水坐在閃亮氣派的朋馳轎車內，平穩無聲地出了××醫學院的大門。他的臉上露出交易成功後自得的微笑，略微前傾了一下，他平靜地吩咐了一句：「圓山飯店！」

吳丁旺穿著灰色的風衣夾克、牛仔褲，右手還持著一本原文書，站在飯店門口等候爸爸。當爸爸的車駛近時，他跨步向前替阿爸開了車門。

「功課唸得如何？」吳金水一面鑽出車子，一面打量著數月不見的兒子。「為啥不讓爸到學校接你？」他又問。

吳丁旺沒有回答，關愛地注視著眼前的老人。這兩年來，由於透悉了他身世中的某種祕密，丁旺幾幾乎變了一個人似的。他開始過儉樸的生活，而且不欲人前人後提著自己唸醫科的事。

故鄉樸實愚昧的村人、陽光燦燦的碧藍海水開始激起他內心裡前所未有的關懷和濃郁的鄉情。吳丁旺自覺地醒悟到過去的自傲實在是一種近乎自愚的事。「唸醫苦是苦了一點……但也未若鄉人瞪著欽慕的眼珠子想像的那般神聖艱難。就像他們頂著海上烈日的鹽蒸，一任陽光烤著黑褐的背脊一般，這些都只是生活中性質相近的事罷了！」他想。

「好久不見了?孩子——」吳金水摟了一下兒子的肩頭說，此刻他的臉龐與方才坐在朋馳車內的模樣是截然不同的——沒一絲老闆氣息，洋溢著慈祥與滿足的笑容。

「缺錢用吧?」他問。「看你——褲子都補丁了!別太省，好兒子!」吳金水低頭嘟囔著。

「想吃甚麼？」他問。

「爸，你上次給我的還有呢！謝謝爸爸……」丁旺回答。

吳金水有點詫異地看了丁旺一眼，「怎麼？這孩子這兩年來真是變了！竟跟我客氣起來……」他想。

「吃甚麼？」他又問。

「就吃自助餐吧！」丁旺說。

父子倆找了一處靠窗的安靜位子坐下。一面用餐，一面慢慢地聊著。「爸，事情辦得怎樣？」丁旺問。

「那還有問題?!」吳金水充滿自信地回答。「花了一百塊——新台幣一百萬而已，不算甚麼……」他抿抿嘴說。

「甚麼？一百萬……」丁旺睜大了眼問。

吳金水抬頭看著兒子笑笑，他說：「事情是這樣的，我的律師跑了兩天，沒有結果。那個寄生蟲科主任和總務長甚麼的，好像想找麻煩……說甚麼『學術免費』絕沒有收回的可能，否則已移植的器官、角膜若又要取回，該怎麼辦？」「我的律師恐嚇說要循法律途徑解決，那個××主任還說：試試看吧！」「我看打官司不是沒希望，只是費事了一點……」吳金水侃侃而談。

「那阿爸怎麼辦？」丁旺極感興趣地問。

吳金水吸了一口菸斗，又得意地笑了。「我親自去見總務長，告訴他大家有話好好說，這私立學校凡事也總是多點彈性的。況且——我吳金水又不是三十年前黑狗港那個給八千塊嚇倒的窮小子。我把一百萬的本票簽好擺在他面前，『不要說交換、贖回甚麼的，就算我作貴校家長的表示一點心意吧！』我說。」吳金水把面前的茶杯端到口邊吹了一下，淺淺地啜了一口。

「結果呢？」吳丁旺問。

「你們總務長沉吟了半晌，拍著胸脯說：那有甚麼問題呢？」

「他還說要訂做個玻璃匣子裝著那東西，派專人給我送去呢！」吳金水說著說著又得意地笑了。

十、村人的爭執

像朝聖者引回菩薩似的，一路上吳金水滿心歡喜地捧著那個包著紅布的玻璃匣子。

「賽伊娘……今後誰敢再呼你爸甚麼『沒卵頭家』，你爸一定抓他來朝拜這個東西。沒燒三根香，叩三個響頭，你爸絕不放他休！」吳金水略顯豪邁地自語著。

帶著失而復得的寶貝，吳老闆神采飛揚地回到了故鄉。

村人聞訊，紛紛帶著慣常的好奇心走訪著。老一輩的拄著杖，以一種懷舊的心情過來道賀。他們笑著問著，回味著那段艱苦的歲月。然後——語重心長地，略帶些許驕傲地，向圍觀著探頭探腦的孩子們說：「那時的生活多苦喲！」他們嘆著氣，卻掩不住一絲得意地撫著鬍子。

碼頭上，巨大的吊車正發出咻——咻、咚——咚的吵雜聲。黑狗港的二期擴建工程正如火如荼地進行著。

幾個年近二十的少年站在防波堤上看著工程進行，他們充滿自信地大聲交談著。

「金水伯花了一百萬，老遠跑去台灣，就換回那個泡在藥水裡不堪用的大卵葩嗎？」一個穿著AB褲的少年懷疑地問。

「是啊！簡直有錢沒地方花嘛……憨到極點了！」另一個穿著T恤露出一雙粗壯胳膊的少年應著。

「金水伯是精明的人！我阿爸最佩服他了……」一個戴眼鏡穿著卡其制服高中生模樣的少年說。「可是——他這次錢花得太不值得了！給村子蓋座水泥籃球場也不必那麼多……」他不以為然地說著。

這時，防波堤上有個賣芋冰的老頭騎著後座有個冰箱的老舊機車過來。他聽了幾個少年大聲的議論，不禁減緩了速度，把機車停下來。

「吃冰？少年。」他問。少年們調過頭來見是村上的長輩，也就走過來打招呼。

他們吃著芋冰，隨意聊著。「少年——剛才我聽到你們在談金水伯的事，有些也滿有理的，」「可是——我覺得金水伯的作法並沒有錯！身體髮膚受之父母，不可毀損……冊上不都是那麼說的嗎？」老頭轉身向著戴眼鏡的問著。

「你們好命，沒見過苦日子！有了病也莫法度……還要受盡外人的凌遲！」老人好似用一種歌仔戲中的哭調在訴說著。「賽伊娘——金水這次也算替咱出了一口氣！」他說。

「可是——人家台灣現在都在草擬器官移植法了！你們還在身體髮膚……」戴眼鏡的少年反駁道。

「還有，新聞報導說：那個全台灣最有錢的王××也願意捐出器官哪！金水伯有魄力該跟他學才對！」穿T恤的少年跟著說。

賣芋冰的老頭見這班少年比他還大聲，長嘆了一口氣，「你們好命……沒見過苦日子……」他搖搖頭推著車走開了。

類似以上的，不大不小的爭執，成了黑狗港茶餘飯後的新話題。所幸老的少的縱使意見不同，總還不至於大罵出口。況且——在那麼一個遙遠偏僻的地方，尊敬長上仍舊被視為牢不可破、理所當然的事。

十一、得而復失

一如往常的忙碌，吳金水從早上八點十分不到就開始處理業務，一直忙到十一點半多才有機會稍稍歇一會兒。

他端起茶杯，掀開蓋子啜了一口。才發覺陳小姐剛才沏的茶早涼了。他搖搖頭笑了笑，突然他想起什麼似的，按下了右手邊的對講機，「陳小姐，今天上午你通知玻璃林了沒有？」他問。

玻璃林是黑狗港的玻璃師傅，今年也近六十了。三十年前，他也得了怪病。所幸用一種叫「海挫辛（Hetrazan）」的藥及早殺滅了血中的血絲蟲，才使剛開始腫大的身子穩定下來。可是——為了買藥，伊的漁船就保不住了。

沒了吃飯傢伙的玻璃林，像漂泊的野鬼般困窮潦倒著。好在吳金水借他錢去馬公學玻璃，才使他又有了生機。現在——既然吳金水嫌××醫學院送的玻璃匣子不夠好，要自己訂製一個，第一個想到的人——自然是玻璃林了。

「陳嫂應該照應得很好吧！」吳金水哈著菸斗想著。此刻他又從左側的落地窗往山坡下碼頭的方向望去。那裡的擴建工程好像進行得很順利的樣子，「等丁旺從醫科畢業，那工程該完工了吧？到時候……就是實現我畢生最大心願的時刻了……」吳金水似乎陷入美好的憧憬中。

突然間——「鈴——鈴——」桌上的外線電話宿命地驚響起來，吳金水從幻象中驚覺，他拾起話筒，「喂——」他說。

「喂！頭家嗎？我是玻璃林啊！」電話那一頭玻璃林的聲音響起，口氣顯得侷促不安。

「頭家，伊娘的——他們搞錯啦！我早上在量匣子的時候，無意間看到那個東西上有一顆痣，頭家啊！那應該是阿福的吧！記得嗎？那夭壽阿福的貴人痣，記得否？」電話那一頭傳來老林的大發現。

大發現——吳金水茫然地放下話筒，「好像……注定取不回似的……」他無力地癱瘓下來。

「不……不，那只是他們搞錯了吧！糊塗呵……」他罵起來。

吳金水陡然立起身子，「幹——」像個準備投入另一回合拳賽的選手。「砰——」門在他身後重重地關上，吳金水一言不發地走出公司。

開著車子往家裡走，碼頭工程的巨大吊車仍在「咻——咻——咚——咚咚」地響，吳金水略微加了一下油門。

「阿福？」他突然想起：「可憐的阿福……」，「和他一般果敢地去了卵葩的阿福，竟——禁不住村人的一兩句……」他想著。這時車子駛過新開的臨海路，右方是港內略略波動的海水，他想到人們在那裡打撈起阿福的光景，「昨晚喝醉了酒，就失蹤了！」阿福嫂說。「那時距他們返回黑狗港才一個多禮拜呀！可憐呀……阿福。」金水想著。

突然間——「鏗——鏘——迸——」地轟然一聲巨響，吳金水的車子在拐彎處撞上了運砂石的大卡車。

陳嫂、老林，還有村中的鄉親們趕到的時候，保健站的護理人員已準備送昏迷的金水上船，「到馬公去！」他們說。

火速地轉送到馬公的醫院，經過一番急救，吳金水竟奇蹟似的活過來了，「我要去××醫學院，我要去××醫學院……」他像個受傷倒地卻仍呻吟喊打的拳手。

十二、魚與熊掌

這是吳金水第二次到××醫學院了。好似掀起一陣旋風，無聊的醫師、乏味的護士，還有學校裡大大小小、上上下下好像都在談論著這件事。「沒卵頭家?!卵葩爭奪戰?!媽的——甚麼怪事都有！」一個穿著白色短上裝狀似實習醫師的男士說，在他身旁的醫師們、護士們、掃地的歐巴桑、閒得發慌的住院病人霎時捧腹大笑起來。雖然極度抑制著音量，甚至根本是無聲進行的，但那種動作和神態讓人劇烈地感到那是件天大可笑的事了。

吳丁旺從訓導處出來的時候，已是正午用膳的時間了。他想起剛才在訓導處所領受的數十雙目光的注目禮，一種屈辱、荒謬的感覺充塞心中。「到底爭的是甚麼？」他近乎惑亂地喃喃自語著。

「我希望……你開導你爸爸——全屍的觀念早落伍了！」李教官拍著丁旺的肩膀說。

「連王××都願捐出身後的器官，你爸——也是不簡單的人喔……應該跟他學才有意義呀！」紅鼻朱教官和了一句。

「你知道嗎？今早你爸又去院長那裡拍桌子，而且聽說連例行記者會都有記者質詢起這事……呃，你爸真是有辦法啊！」總教官也遊走過來湊了一句。

「我到底能做甚麼呢？」丁旺抬頭問。

「這……我們只是希望你轉告令尊：學校絕不是故意刁難他，況且——他那樣做，對誰都沒有好處的！到底……他也是要面子的人啊！」總教官結論似的說。

「你們說的道理，沒有人不知道！阿爸應該也很清楚。我想請問：要是換了您，您會毫不猶豫地放棄嗎？」吳丁旺說完，立起身子，默默地退出訓導處。

吳丁旺走在訓導處通往附設醫院的長廊下，整個事件的始末曲折一一流過他腦中。「沒卵頭家！」「卵葩爭奪戰！」他喃喃自語著，突然——他忍不住大笑起來！一直那麼笑著，直到淚水模糊了他的視線。

吳丁旺在父親的病房門上叩了兩下，一個護士伸出頭來說：「用餐時間，不准會客！」

「我是他兒子，有急事！」吳丁旺說。

「是丁旺嗎？叫他進來嘛！」吳金水的聲音響起。

吳丁旺面色如土地走進病房，他調過頭看看那護士。吳金水作了個手勢請小姐出去一下。

「吃過了吧？」吳金水問。吳丁旺搖搖頭。

「怎麼了？孩子，病了嗎？」吳金水詫異地問。

「阿爸現在怎麼樣？」吳丁旺問。

「這個嘛……沒甚麼了！」吳金水笑笑，指著打著石膏的右腿說。「關於我的身子……那個寄生蟲主任說：十年前搬家，破損了一些；八年前颱風，也亂了一陣。但——為甚麼阿福的東西會貼著我的標籤，他們實在搞不清楚……我對他們說：『你們搞不清楚！你們糊塗，你們糊塗透了！無論如何……我要追討下去！』」吳金水說著重重地放下箸子。

「阿爸——」吳丁旺打斷了吳金水的話，「我來是想告訴你：我打算休學了！這樣……才能幫忙您追討卵葩……」說著說著丁旺又笑了，淚水禁不住奪眶而下。

「甚──麼？」吳金水瞪著牛目般驚訝的眼珠，「你──說──甚──麼？」他又問了一句。

「休學？為了幫我討回卵葩？你啊你……讀了那麼多年的書，竟說──竟說這種傻話來！真是憨到極點了……」吳金水氣急敗壞地說。

「我不忍心繼續在這裡聽人家在背後譏笑著阿爸，訕笑著、詈罵著……我不忍心繼續聽下去……」吳丁旺搖了搖低垂的頭，慢慢走到吳金水跟前。

「爸爸──」他有一點激動地叫了一聲。「雖然──阿爸一直說：『你是相信我，還是相信村人！』可是，阿爸忍辱割去身子，是三十年前的事，而我……而我只有二十幾。所以，打從聽說那場怪病開始，我就知道您只是我的養父，可是我佩服阿爸、感謝阿爸……阿爸的勇氣和智慧非比常人……而且，如今我已長大成人，阿爸對我的恩，比誰都大……」吳丁旺說著說著不覺雙膝跪落地面。

「阿爸現在有如此重大的事──連家鄉的事業都擱置一旁，兒子不能、也不忍心袖手旁觀。所以，特別來請爸爸同意我休學，以便和阿爸共同努力，盡一點孝道！」

吳金水那如鷹隼一般犀利的目光，瞬都沒瞬一下。半晌，只是以一種奇異的眼光盯著地上的兒子。

「起來吧……我懂你的意思，我懂……」不知沉默了多久，吳金水終於長嘆了一聲說，他無力地坐下來，神情顯得疲憊而蒼老，像個退出拳賽的老邁拳手。

「我也的確是……有點糊塗了……」吳金水撫著額說。「唉……關於那……我早該對你明說了！到底你已經長大了……」「二十多年前，你本是一個溺死討海人的遺腹子。和我一樣……」吳金水說到這裡停頓了一下，聲音有點哽咽了。「我知道你母親無力養活你，自己又不能有後，就收養了你。至於——你生母，聽說已遷去台灣了，這個我可以替你打聽。啊——這都是早該告訴你的。」吳金水平靜地說。

「還要告訴你一件更重要的事！」吳金水突然引亢了聲調，他雙眼閃爍著希望地立起身子。「我吳金水到現在還拚命賺錢的原因，是一個畢生最大的心願未了！我自己受的凌遲不想黑狗港後代子孫再受，我打算在黑狗港建一座設備不亞於台灣的好醫院，而且——我們不要再靠外面請來的大醫師了，我要黑狗港自己的子弟來當醫師，我要黑狗港有自己的醫院，有自己的醫師！」他的聲音又哽咽了。

「如果你還念及阿爸的養育之恩，我只希望你幫我完成這個心願。」吳金水輕拍著丁旺結實的肩膀說。

丁旺許久都低頭不語。當他看到父親拖著打上厚厚石膏的右腿轉身向床邊移動時，他慢慢抬起頭來。這時——他看到了老人家異常巍峨的背影。

「回去吧！回去好好想一下，我相信你不至於傻到那種地步……」老人的聲音輕鬆而篤定地響起。

沒卵頭家——吳金水終於又平安地回來了！黑狗港的村人笑著迎著，「好了吧？」他們關心地問著，露著黃牙齒笑著。「都好了！都好了！」吳金水應著，笑著。明亮的陽光下，海風吹著。當他沿著碼頭走回來旺公司的時候，他的背脊挺得直直的。雖然——這回他也是空著手回來的。

（第一屆聯合文學新人獎短篇小說首獎）

（原文收錄於《沒卵頭家》，聯合文學）

作者簡介

王湘琦，一九五七年生，國立臺灣師範大學生物系畢業，於一九八五年考入高雄醫學院學士後醫學系。曾任教於國中，現為三峽靜養醫院院長。一九八〇年獲時報文學獎散文優等獎。一九八七年以〈沒卵頭家〉榮獲第一屆聯合文學新人獎短篇小說首獎。

LP流浪記

文／張錦忠

去國越久，越覺得不可能回去了，不想回去了，雖然我愛台灣更勝從前。那只是一種感情。一種感情，妳懂嗎？

雨夜花，雨夜花
受風雨吹落地
無人看顧，瞑日怨嘆
花謝落土不再回
雨夜花，雨夜花
……

LP向窗邊走去，望著窗外的街道。

——我在亞熱帶一座天空鬱藍的島嶼出生。

——我記得島嶼氣候格外炎熱，經常有整塊整塊的灰雲停駐在藍天。沒有風，雨下不來。灰雲就像卡在喉頭的痰，咳不出來。在洛杉磯，在不下雨的南加里福尼亞州，我覺得自己是個異鄉人，雖然我已入籍美國多年。島嶼的空間像母親的子宮，孕育我，把我生下來，又像母親呵護兒女一樣，養育我長大成人。沒有島嶼就沒有我這個島嶼之子。可是我卻離開島嶼到異鄉去浪遊，去當另一個國家的公民，去跨越南方北方邊界——跨越邊界往返加拿大美國，或奔馳在加州高速公路，跨過墨西哥邊界，不過最後還是回到美國，繼續流浪，繼續在異鄉當異鄉客。

LP在洛杉磯接受訪問時如是說。

一九七〇年

認識LP與Roy是一九七〇年暮春的事。多年前的季夏，我從南部老家到台北唸師範大學英語系。中興號經過嘉南平原，望著車窗外綠油油的稻田，心裡感到說不出的愉悅，到了台北還是滿腦子綠意。台北一直是個樂於接納異鄉人的城市，多少年來都是如此。越南來的美國大兵、巴黎來的軍火商、美國來的美語（補習班）老師、日本來的買春團、冷戰來的間諜、馬來西亞來的小說家、新加坡來的華語（他們的國語是馬來語）歌手、香港來的燒臘師傅、北京來的反共義士，台北總是伸出雙手歡迎光臨。當然啦，現在不是一九七〇年，台北早就沒有越南來的美國大兵了，可是天曉得以後會不會有，比如說，伊拉克來的美國大兵。要被台北悅納，首先必須身為異鄉人。這是當年LP在機場臨別時說的：「台灣人，異議分子的台灣人，愛台灣的台灣人卻必須亡命天涯，無法在這裡安身立命，到他鄉去當異鄉人，成為他城（例如洛杉磯）居民。哪有這款代誌？那是民國哪一年的事了？」（LP是老台獨，早已不用民國年號，即使是在解嚴以前的七〇年代。這句話裡的「民國」是指年代久遠的意思。）

我是在台北市重慶南路一家地下室的英文書店認識LP與Roy的。那家書店是當年台北少數賣英文書的地方，我課餘常去逛，偶爾也買幾本折價書回來當作英文課外讀物，準備加強英文閱讀能力，以便畢業後出國留學。成為熟客後有時也跟老闆閒聊幾句。有些書店老闆習慣冷眼蒼蠅般盯著顧客，這家書店的老闆愛跟人聊天。那天老闆在跟另一個人講話。店裡有個洋人在看書，旁邊有個台灣人一邊翻書一邊跟他講話，講台灣的少年棒球隊如何打敗日本隊。台北洋人多，可是很少聽到台灣人說英文，所以我轉過頭去瞄了一下。講英文的台灣人身材修長，六呎左右，頭髮略長，身穿咖啡色與黃色格子長袖上衣，牛仔褲。洋人褐髮，留鬍子，略胖，只比旁邊的台灣人稍高，穿西裝外套。跟老闆講話的年輕人理了個平頭，矮胖，但是結實。老闆看見我，點頭招呼後把我介紹給LP、Roy與那位洋人。他說洋人叫做湯姆生。LP不會說英文，所以我們都用中文自我介紹。我記得LP說，「這是Roy，我的partner」。湯姆生中文相當流利，顯然在台灣已待了一段時日。三年。他說。他從美國來台灣學中文，同時在某大學外文系兼課教英語會話。LP與Roy說他們在搞獨立出版，編了一份叫《浪花》的刊物，已付印。那天我們三個老中（那時用老中稱呼台灣人並無政治正不正確的問題）一個老外聊得十分投緣，談興到離開書店後還不減，於是一塊吃牛肉麵去。LP與Roy住在師大附近，我住在師大宿舍，回去時跟他們坐同一班公車。湯姆生住北投，不同路。LP在車上低聲問我，「你看那傢伙像不像CIA的人？」後來LP與Roy要了我的宿舍寢室號碼，說刊物出來後要送我一本。不過，刊物還沒出來他們就常來找我一塊吃晚餐或宵夜。

那年LP剛退伍，回到高雄家中，一時找不到事做，就上台北找當兵時認識的朋友Roy。他們在軍中認識，聊得相當投機，發現彼此興趣與想法相當接近：喜歡讀思想性的書，不喜歡國民黨，堅拒入黨的威迫利誘。Roy也沒找到事，他們就商量籌錢合辦一份社會與文化評論刊物，以呼應歐美六〇年代風起雲湧的社會與學生運動，盡盡讀書人的社會責任。LP是台灣大學歷史系畢業生，大學時剛好趕上存在主義的末潮，隨波逐流讀了些《存在主義導論》之類的翻譯書，一度想要改唸哲學系，後來興趣轉向德國政治思潮，也偷偷讀了一點馬克思。Roy則是外文系畢業，喜歡俄國文學以及布列希特，先讀馬克思，後來迷上尼采，進而讀遍所有能找到的尼采思想與文學書籍，希望有朝一日到德國留學。有一天，Roy說，刊物不如就叫《左營》吧。《左營》好，LP說，可以發到武昌街周夢蝶的書攤，跟正宗左營出刊的《創世紀》擺在一起。可是不久，朋輩間傳說左傾的朋友某某某被抓了，兩人覺得向左走大概行不通，一度想將籌辦的刊物改名《離營》，反正英文還是叫*Left Camp*。後來刊物辦出來了，取了個很文藝的名字，好像是Roy取的，叫做《浪花》，提倡大學生組讀書會讀思想性的書。LP負責寫，Roy負責譯。第一期編了個當代德國文學專輯，介紹昆特・革拉士（Günter Grass）及其小說《局部麻醉》，因為Roy剛好有他這本小說英譯，而且在裡頭看出尼采的幽靈。Roy不懂德文，有關革拉士的資料，大都譯自一九七〇年四月十三日剛剛出版的《時代雜誌》（*Time*）。LP記得他還替革拉士畫了張頭像，Roy看後說有點像魯迅，尤其是兩撇鬍髭。那時島內當然看不到魯迅及其畫像。Roy唸大學時住學校宿舍，有個要好的香港僑生學長室友，有一年學長寒假返港過年，回台時暗中攜帶了幾本香港出版的魯迅小說集與雜文集。Roy一讀之下為之著迷，印象非常深刻，從此成為魯迅迷，以收藏魯迅畫像與照片為興趣（其中他最喜歡的是俞雲階作的魯迅站著抽菸畫像；是從學長帶進來的某期《明報月刊》封底剪下的）。後來不知何故那位僑生學長竟被學校教官約談，說他夾帶匪書進來，有「為匪宣傳」之嫌，要他寫兩百字悔過書，又說姑念他快畢業了，不忍他斷送大好前程所以沒有往警備總部呈報。那位學長畢業後即返回香港，跟朋友開了間二樓書店。企鵝版的《局部痲醉》英文本即他從香港寄給Roy的書。Roy讀後對革拉士的敘事魅力歎為觀止。等到編《浪花》創刊號時，自然想起革拉士，於是節譯了《局部痲醉》部分章節，加上《時代雜誌》的報導，湊成了專輯裡的「革拉士之頁」。刊物出版後，就發到台大師大政大附近的幾個書攤。沒多久書攤上就找不到刊物了。

發書沒幾天後的一個傍晚，LP與Roy約好在師大路某巷口的小書報攤前碰面，打算一塊共進晚餐，同時想看下期刊物要弄甚麼專輯。LP與Roy那時在師大附近租房。LP住在浦城街，Roy住在龍泉街。《浪花》的社址就在Roy住處。

「老李，《浪花》賣光了嗎？」LP到的時候，Roy還沒來，LP沒看到他們的雜誌，看到書報攤的老闆老李，沒有開場白，就問起刊物銷路。

「甚麼買光，昨日情急單位的人來，講這份雜誌有問題，全部都沒收了。你們可要小心點！可能連你們都捉進去。」老李左右張望了一下，口操廣東腔國語小聲說道。

「有甚麼問題？我們又不搞政治。」

「他們講甚麼『革拉士』，有鼓吹革命的嫌疑。對岸不係在大搞文化大革命嗎？你們還革甚麼士，他們還講，簡直係隔海唱和啊，想做革命烈士不成？」

「是革拉士，不是革拉士……」

《浪花》第二期後來當然沒有出刊。籌來借來的小資本沒了，LP與Roy日日夜夜在擔心警備總部甚麼時候來抓人或約談，也不太敢去找朋友（不過還是有來找我），出門吃飯時總是懷疑身後的人是在跟蹤他們，連打電話也怕有人監聽。後來我說：「兩位大哥，你們還是出國避秦去吧。不是老說要出國讀歷史讀哲學嗎？讀歷史讀哲學恐怕沒甚麼出路，不讀個博士學位就更加找不到頭路，可是總比在台灣提心弔膽過白色恐怖的日子好。」他們想想也對，等待果陀，果陀始終不來，不如遠走他鄉，雖然這樣不怎麼和存在主義或馬克思主義的精神契合，雖然他們超愛台灣。於是一九七〇年夏天，我在松山機場送LP與Roy出境，之後他們就沒有再回來，一直到後解嚴年代。

一九七〇年代，台灣

一九六九年，金龍少年棒球隊獲得世界冠軍。一九七一年，保釣運動；中華民國在聯合國的中國代表權被中華人民共和國取代。一九七二年，日本田中政府承認中國，終止台日關係；蔣經國就任行政院長。一九七三年，行政院提出十大建設五年計畫。一九七五年，蔣介石總統逝世；現代民歌運動；《台灣政論》月刊出版。一九七七年，鄉土文學論戰；中壢事件。一九七八年，蔣經國就任總統；美國與中國建交。一九七九年，美國與中華民國斷絕外交關係；台灣關係法生效；《八十年代》與《美麗島》雜誌出版；高雄發生美麗島事件。一九八三年，台灣新電影運動。一九八四年，黨外人士倡立公政會。一九八五年，《人間》雜誌創刊。一九八六年，民主進步黨成立。一九八七年，政治解嚴；開放大陸探親。一九八八年，蔣經國總統逝世，李登輝繼任總統。

驚魂記

我那位超愛台灣的朋友Roy成功回到台灣的故事，早已傳遍加州台灣同鄉圈子，國民黨的海外特工當然也聽說過了。在台北，八〇年代最後一年某個午夜，一個認識Roy（也認識我）的朋友到後現代墳場（你知道在哪裡嗎？台北市的和平東路某個巷子有一家咖啡店就叫後現代墳場，可是不知道是否就是故事裡的這一家？）跟某位女性朋友（他忘了她穿甚麼裙子，後來呢，他忘了她的顏容，只記得她穿裙子。奇怪，為甚麼女生就一定是穿裙子？）喝咖啡。那地方愈夜愈熱鬧滾滾，紅塵男女眾聲喧譁，微黃的燈光黯淡，空氣中瀰漫著咖啡、香水、花茶、香菸、啤酒、身體的氣味，最適合玄想做夢，對著芸芸眾生構思小說的題材。我們的那個朋友是個黨外人士（那是八〇年代中葉的用語啦），本省籍（那是〇〇年代用語？），三十來歲，在台灣電力公司上班，喜歡讀羅倫斯．卜洛克，夢想寫偵探小說，還是喜歡讀DH羅倫斯，夢想寫情色小說，我不太記得了，反正都是羅倫斯。就是那天晚上，他在後現代墳場看到那位超愛台灣的朋友，可是居然完全認不得他，如果不是那位老朋友自己過來打招呼。也難怪他，換成是我，做夢也不會想到眼前那人，就是LP的partner——那位—超愛—台灣—的—朋友，R-o-y。Roy站在那位朋友面前，用相當嬌媚尖細的聲音說道：「我係Roy，毋過我今嘛的名係Ray。我係東方不敗，Roy賦我宰死去。」

那位Roy和我的朋友後來告訴我，他在震駭之餘，覺得Roy/Ray的聲音似乎流露出「一絲淒涼的勝利與滿足」（和這篇小說的結尾一樣，那是張愛玲小說的句子）。

先知

是回去的時候了。「回歸台灣」是離散海外（尤其是美國）的台灣人八〇年代末的重要行動。的確，是回去的時候了。LP想起慘綠少年時期讀過的一本書（你知道書名嗎？）的第一句話：「天眷人愛的阿穆斯泰法是他時代的曙光，在阿爾腓里城裡候船，返他出生的故島，已十二年了。」而LP早就去國超過十二年，快要二十年了。LP與Roy當年赴美後乾脆一邊唸書一邊鼓吹台灣獨立。很快的他們就名列國民黨政府黑名單，畢業後當然無法回來，就像LP臨走前在機場告訴我的：愛台灣的台灣人卻必須亡命天涯。不過，到了解嚴前後，滯留海外的台灣同鄉開始倦鳥知返，紛紛回台。在LP返台之前，黑名單上的柯性仁、陳芬郎、蔡火旺，還有我那位超愛台灣的朋友Roy，差不多在同一個時候，都一一回來台灣了，在八〇年代中葉以後。柯性仁從紐約搭飛機到菲律賓，再搭漁船到公海，不知怎樣在台東摸黑上岸，可是第二天一早就因偷渡入境而被捕，可見國民黨的情報工作實在做得不賴。有些人從基隆港、台中港、高雄港入境，或搭台澎輪登岸，後來都一一被捕了。倒是同列黑名單的陳芬郎與蔡火旺分別從溫哥華與東京飛回台北，居然安全入境。事後大家猜想可能海關人員看到陳芬郎護照上的名字，一時想起他那個時代的偶像歌星陳芬蘭小姐，就忘了把台獨分子攔下。蔡火旺呢，可能是他在日本住久了，外貌與氣質都像極日本人，日本人入境當然沒事。他們入境後即刻召開記者會，公然聲援其他被捕同志，竟然沒被抓。可見時代的確變了，誠如已故蔣經國總統當年的名言所說。那位超愛台灣的朋友Roy（姑隱其漢名，等這故事講完你就猜到他是誰了，不管你的智商高低或愛不愛台灣）在美國台灣同鄉圈子頗負盛名，是他那時代的台獨曙光（LP不是），用閩南語寫過一本完全教戰手冊《五十項偷渡轉去台灣的方法》。當年這本小書海外台獨分子人手一冊。我那一本是Roy從美國寄回來的（居然能通過新聞局的官檢，我也很訝異），扉頁還有作者簽名與英文題字："From over there to here, Roy"，現在已成為收藏家豔羨的珍品。書裡頭其實沒有多少文字，盡是圖畫。Roy（你不覺得老是重複「我那位超愛台灣的朋友」也挺囉唆的嗎？反正拉丁字母也是台語字）的哲學是，文字無法激發行動，漫畫人人能懂。Roy，還是Ray，後來用國語跟我說：「我比毛聰明。毛只會拿毛筆，我還會畫漫畫。」

許多年後我才知道，「回歸台灣」其實是海外台獨人士一項有計畫的集體行動，代號為OP。所有名列黑名單的人在同一個時間執行OP，從台灣本島四面八方合法非法地入境上岸，打算讓國民黨政府的特務窮以應對，或以為是共匪搶灘。OP其實是"Operation Prophet"，「先知行動」的簡稱。想到他們這個行動，沒趕上大航海時代或唐山過台灣或諾曼第登陸或八二三砲戰的我頓時感到亢奮不已，恨不得生逢其時。（最近我才知道，的確有「先知行動」這樣的電動遊戲產品，研發人為中國大陸留美學生，遊戲名稱，真巧，就叫《先知行動》，玩解放軍在共和一〇一年攻打台灣的遊戲，我當然毫不猶疑地付款了，憑我高超的電玩本事守護台灣。）不過，八〇年代海外台獨分子的「先知行動」除了陳芬郎、蔡火旺與Ray三人，可謂全軍覆沒。無論如何，他們也算是成功踏上台灣的土地了。

LP當然聽過柯性仁（他的朋友都叫他「柯薩克」〔KOSex〕）、陳芬郎、蔡火旺等海外台灣人的返鄉故事，對Roy／Ray的聰明才智與犧牲壯舉更是既感欽佩又覺慚愧：世間居然有人師法堂吉訶德，練起武俠小說裡頭描述的葵花寶典的絕技；居然有人比我還愛台灣，愛到可以犧牲小我的地步。這真是駭人聽聞、難以想像的事。台灣人愛國心如此堅定，國民黨碰上東方不敗焉能不敗（前面講過，Roy／Ray回台灣的故事，早已傳遍加州台灣同鄉圈子，不是甚麼祕密了。身為Roy／Ray的同志，LP當然也聽聞了，雖然Roy／Ray事前沒告訴他，其實他們赴美後不久就不知何故沒在一起了。LP人在加州，Roy卻到西雅圖去。冬夜孤寂，只好讀金庸，沒想到卻讀出潛返台灣的心得）。如今柯陳蔡他們以及沒和LP在一起的Roy／Ray都回去準備大幹一番青史留名的事業了，他和Roy比柯陳蔡他們早出來，一九七〇年就出來了，卻還是LP一個人在美國流浪，像一隻綠色的（海外）孤鳥，無法奮起，成為地球上那一群不在台灣的台灣人的象徵。一隻綠色的海外孤鳥——LP的朋友如是形容他。去國多年，鼓吹台獨多年，到了應該回歸的時候，可以回去的時候，卻又遲遲沒有行動，他在猶疑甚麼呢？

——去國愈久，愈覺得不可能回去了，不想回去了，雖然我愛台灣更勝從前。那只是一種感情。一種感情，妳懂嗎？（她點點頭。）妳問我可不可能回去，我不知道，我不知道明天我要做甚麼，明天過後台灣會有甚麼變化。解嚴以後的台灣一日三變呢。不過，現在大家都回去了，尤其是笑傲江湖的Roy……。

是的，笑傲江湖的Roy vs.綠色孤鳥的LP。我們老早就不是同志了。

他笑著告訴那位年輕的《世界日報》記者。她點點頭。她太年輕，大概覺得他不知所云。

看到LP

一九九〇年二月裡的一天，LP終於出現了。在桃園中正機場入境大廳看到LP，才確定LP回到了台灣。

看不到LP

LP抵達台北時，中正機場的天空一片灰暗。他說：「看不到陽光，好像我的明天。」台北的冬季天黑得早，飄著蕭蕭細雨的黃昏格外愁鬱，常常看不到落日夕陽。LP告訴自己，「可是我會看到Ray。」他等那群爭先恐後的台灣旅客往前走後才起身，跟在他們後面下機、驗證、提領行李、通關、入境。機場人還真多。當年從松山機場逃亡般離境，機場也沒幾個人。「那是民國哪一年的事了？」

終於他看到來接機的Ray了。他在入境大廳看到Ray，看到一頭披肩長髮、身穿艷綠色長裙、手舉寫著「歡迎LP回來」牌子的R-a-y，心中一陣酸楚，不禁流下眼淚告訴自己說：「Ray，我們回不去了。」

他不知道這是不是真話，但是自己聽了也感到震動。他的頭已經在她肩膀上。她抱著他，好像許多年後風靡全台的「志玲姊姊抱抱」。

作者簡介

張錦忠，國立台灣大學外國文學博士，現任國立中山大學外文系副教授。著有論文集《南洋論述：馬華文學與文化屬性》，並與黃錦樹合編《別再提起：馬華當代小說選（一九九七－二〇〇三）》及論文集《重寫台灣文學史》。

流浪者之歌

文／林靖傑

於是，兩塊冰冷的肉塊像兩塊失去磁性的磁鐵，啪、啪、啪，尷尬而聊盡義務地聚離著。遊民L追憶不起性愛的歡愉與快感，死亡的感覺這時透過下體那塊萎頓不振的肉，經由靜脈冷澈全身。

遊民L的身影在紅男綠女間淡出、沒入。他的面目因沒有人特別注意，而顯得模糊；他的年齡，跟所有人一般寫在臉上，但不同於家居的人，他臉上的年輪需要長久而深情的注視才能分辨出上面的模糊數字，但是，長久而深情的注視已經離他的生命基調很遠了。

他的手，或許有一、兩隻斷指吧？因他無意識地長期將手插在口袋中，而不能確定。他是否也有因工傷不能工作，而被老闆解僱，從此時有時無地打著零工，流浪都市的身世？這些，都像他的年齡、面目一般，是不能確定的。唯一能確定的是，每至天黑以後，他那削瘦疲倦的身影便會在大街小巷中穿出、沒入——為了尋找一個可以躺下來的地方。

漂流的床

一個陰濕的寒夜裡，一個初次在深夜誤闖龍山商場的外地人，在錯綜複雜的巷弄中迷失了方位。偶爾遇到晚歸的皮鞋或高跟鞋匆匆從某一條幽黯的甬道踏過，外地人便循著那「空、空、空」的鞋音跟進，才赫然發現在狹窄的巷弄間，他正從許多床旁邊走過。

外地人怔怔地站立原地。

那些床，緊鄰著甬道兩側一個一個鋪陳過去，鋪滿一條巷子、兩條巷子，轉個彎，在肉砧上、菜攤上、一格一格、一床一床、床由厚紙板鋪在地上，上面躺著一個身軀；身軀用藍色的睡袋或暗色棉被包裹著，像一個個進入冬眠狀態的繭，黏附在錯綜複雜的穴道中。

遊民L從穴道深處走出來，和恍惚的外地人錯身而過。商場沒有遊民L的床位時，他便往鄰近的火車站地下道走去。鋪下他的厚紙板床，在刺眼的日光燈照射下，同其他遊民一樣，將睡袋蒙過頭頂，進入不安穩的夢中。

「空、空、空」的聲音又響起，漸漸像雨點般密集敲著地下道的磨石子地面時，是另一天的來臨。遊民L有時本能地從雜沓的鞋聲中睜開他惺忪的雙眼，掀開睡袋一角往外張望。透過睡袋縫隙的視線，看到不斷在眼前劃過的鞋子和半截小腿，以及鞋子映入磨石子地面的殘影，各種顏色、樣式、男女、老少、學生，以及上班族……。永遠是鞋與小腿，而無上半身與臉，因為若要看到高於小腿上的臉，必須特別扭轉脖子抬頭往上看，而睡在地上的遊民L，早已遺忘了這個吃力且失去意義的動作。翻了個身，他便看到行人變形的身影，在眼前光滑的瓷磚牆面上颼颼地飄掠著。

那暗巷如阡陌縱橫的龍山商場在一九九三年年底某個深夜拆除的時候，遊民L正從兩隻怪手守衛著的一大片瓦礫殘骸旁走過。他怔怔地望著眼前的廢墟，竟記不起商場原來的外貌，以及那個他常鋪下厚紙板床的甬道的方位。都市在變遷中遺忘了身上原來的印記，而遊民L再次遺忘了他短暫的居所與床位。

居住的概念從生命中淡出。而手中捏著的厚紙板在喧囂的塵市中，則具體地意味著一張漂流的床。

遺忘

遺忘像生命中的進行曲一般。遊民L的遺忘進行曲：對居住的遺忘、對固定工作的遺忘、對胃容量的遺忘、對社會關係的遺忘、對語言的遺忘、對時間的遺忘、對記憶的遺忘……。

在一個飲水度日，白天夜裡不斷昏睡的日子，時間因甬道深處永不改變的昏暗燈光而失去作用，遊民L沒暝沒日地浸泡在別人的記憶裡。那是一個遊民J或遊民M或遊民P……他鄰著遊民L而睡，在失去作用的時間中，間歇性的傳來夢魘中的呢喃：瓦斯爆炸……都去美國……妻子與小孩……我……瓦斯爆炸……。遊民L一逕在沉靜中昏睡，最後他竟分不清那彷彿在虛冥中呢喃的夢魘是別人的記憶，還是自己的記憶？他記憶的材料遺忘在某些遙遠的地方，別人的記憶則散落到他半睡半醒的記憶中樞來，附著為他生命圖像的一部分。

遊民L的遺忘進行曲中有一小節是對火車聲音的遺忘。

那是一個清寂的早晨，遊民L無意識地睜開雙眼，正好一列火車劃過地下道頂上的鐵軌。那火車的鐵輪隆隆地輾過鐵軌，在地下道這天然的共鳴箱裡嗡出巨大的環繞音響。遊民L一時忘了自己睡在地下道裡，他以為自己聽到曠野中由遠而近的雷聲一陣一陣在地平面響起，一個生命中不曾再想起的遙遠記憶被這綿綿不斷的雷聲喚起來，一些殘破的影像閃電般在他腦中跳躍：孩提時代的自己（不知道幾歲）、夏日午後，雷聲自滾動的灰雲處遠遠近近響起，沒有止息、一個坐在椅子上的母親、晾在院子裡的衣服……。

遊民L睜著眼睛，一遍一遍地聽著輾過地下道上鐵軌的雷聲，遺忘了火車聲音的同時，他正追索著生命中與雷聲有關的斷簡殘編。在他的腦海中，不期然地靈光一現，交織著遺忘與追憶的交響曲。

消失在人群中

在清晨顯得陰暗的龍山商場，是夢與現實的交界。在一條架高出一格一格肉砧、菜攤的長巷裡，有些早起的遊民已捲走睡袋、厚紙板不知去向。原來的床位——肉砧上——換成半隻側躺待解的豬，淋漓的鮮血染活了肉砧，完全不同於夜裡的灰黯死寂。而因為有晚起的肉販、菜販，因此也有晚起的遊民，繼續在睡眠狀態中與正被分解的豬隻緊鄰而眠。

遊民L收拾好他的睡袋和厚紙板，然後沿著這條長巷往外走去。他經過的攤位依照這般的順序陳設著：藍灰色的繭（裹在睡袋裡的遊民）、豬肉、菜、剝光了毛的雞鴨、繭、豬肉、繭、跳動的以及不動的魚、繭……走到巷的盡頭，然後，是刺眼的晨曦。

早晨的龍山寺是遊民L和其他遊民經常流連的地方。誦經早課在近百個披袈信徒的齊聲吟唱下，出奇波瀾壯闊地嬝繞於寺內迴廊之間。而寺外偌大的廣場則波瀾不驚。坐在廣場一側，沒有零工可打的遊民或高或低的靜物一般，曬著陽光。靜物畫裡，是遊民L、遊民F、遊民M、遊民W、遊民Q……。不知經過了多久，沒有人知道遊民L或遊民M什麼時候從靜物畫中消失，淹沒在寺外的車流、行人、學生、上班男女中。在人群——流成一體的模糊肉身中——有些光鮮的人像紅湯圓在鍋中一般，躍然醒目，俏麗的或顯達的身形被人們偶爾瞥視的目光舀出來，存在記憶裡。而遊民L以及其他的遊民則永遠像煮糊了的芋頭，掉進整街濃湯般的人體肉糜中，糊得失去形狀，像不曾存在一般。

遺忘的樂章再度在這嘈雜的市街中響起。

溢滿街市的攤位、純黃的金、翠綠的玉、暗紅的瑪瑙、澄黃的琥珀、堆積成丘的吃攤、不斷做著掏錢動作的食客、豔服上閃爍的亮片、濃妝的臉……遊民L日日行走其間，終於遺忘了這些飾物、食物的價值；商家與顧客日日瞥視遊民模糊的身影遊魂一般掠過，終於遺忘了遊民身為一個普通人的價值。

遊民與行人並置，卻像存在於不同次元一般。

死亡

死亡總是若有若無地唧著遊民的影子，飄盪在他們身軀周圍。

〈死亡之一〉

一九九一年冬，前所未有的冷冽寒流襲過台灣，把兩具僵硬的軀體停置在台中公園鐵椅上。清晨的時候，人們把他們搬走，火葬。鐵製的椅子上沒有留下任何他們存在過的痕跡。

〈死亡之二〉

同一年的同一天夜裡，四個立志要整頓台北市容的警察，將萬華火車站裡髒灰灰的睡袋全數沒收，丟棄到垃圾車裡，並將因寒流來襲而提前入睡的遊民從睡夢中挖起、驅離。遊民L最後一個從被警察掃蕩乾淨的地下道中撤退，他將空盪的雙手深深地插入褲袋中，鎮夜頂著凜冽的寒風沒有目標地在夜深人靜的街巷中遊走。不知走了多久，他終於筋疲力竭地在一條街道旁躺下。他瑟縮在騎樓裡，被陣陣寒氣輪番蹂躪著，感覺著死亡的逼臨。

〈死亡之三〉

對狗來說，罹患腸炎意味著走向死亡。在一個酷暑的日子裡，遊民L得了腸炎，連續數日的拉瀉虛耗了他所有的精力。最後，他躺在公園裡忽冷忽熱地顫抖著，覺得自己是條垂死的狗，陌生的人影在眼前來來去去，他的四肢漸漸僵麻。

〈死亡之四〉

遊民L第一次發現遊民比一般人更貼近死亡，是在一次臨時工作中。那是一個遊民比較會接觸到的洗屍工作。他第一次與一個死亡的身體那麼貼近，白中泛青的冰冷肌膚傳遞著悚然的觸感，毛巾在死者的手、腳、臉頰、五官上搓抹，死亡透過死者失去彈性的身體，穿越毛巾的毛孔，吻遍遊民L的手掌。

完整的人

人使身體與許多外物隔離，因而成為「殘缺的人」。與勞動的工具隔離，與別人的身體隔離，與粗礪的土地隔離……然後遺忘它們的感覺。都市的父母，選擇與粗礪的土地隔離來提昇小孩的教養，令他們赤裸的腳掌不能接觸「骯髒」的土地；小孩長大後遺忘了肌膚接觸泥土的觸覺，成為罹患潔癖的「殘缺的人」。

人們透過教養而遺忘，透過遺忘成為殘缺的人。遊民L不在這個「演化」的脈絡裡，因而有時候反而有幸較接近完整的人。

他與其他的遊民們藉由迎神、抬棺等零工，出入於人、鬼、神之際，遊走於都市與荒野的邊緣，用他們粗糙的手和腳，用他們因工傷而斷了手指的掌，無罣地與粗礪而汙穢的外界貼近，體會它們的存在。

在一次抬棺工作中遊民L專注地將棺木往已挖好的墓穴挪移。在棺木落到穴底之前，他看到了棺蓋角落的一層汙漬，那時，不知是出於對死者的哀憐，抑是對天命的崇敬，他伸手撫去了那一層汙漬，並調整了棺木入墓的角度。誦經的道士發現了他細心的動作，而他的紅包裡也因此比別人多了兩百元。摸著比別人鼓的紅包袋，遊民L覺得自己的生命彷彿搭上一些啟示，因而顯得完整起來。由荒野回到都市，行走在人群中，在「完整的人」的氛圍裡，他突然追憶起一種遺忘很久的感覺，體內滾起熱流，一種縹邈遙遠的記憶像失散多年後，突然沒有預警地撞到眼前：那是一個赤身裸體的女人與赤身裸體的自己激烈交纏的交媾畫面。攜著驀然驚醒的記憶，他往華西街深處的紅燈巷走去。

〈死亡之五〉

遊民L第一次透過金錢去進行男女交合。他把整個紅包袋交出去，被領到一個只有一坪大的木板隔間裡。腦海中赤裸身體激烈交纏的圖像深刻成為做愛儀式中無可取代的圖騰，以至於他在這個密閉的木板格子裡，面對上半身仍著毛衣，內褲掛在大腿一側，且偏過頭去抽菸而顯現出過於冷淡的女體不知所措起來。他只好將視線集中在被毛衣、尼龍絲襪，以及內褲切割出來的毛茸茸的局部中，去搜索記憶中熱切的回憶，但他的下體卻在搜尋的不安中冰冷起來，四肢與上半身因沒有擁抱而落在荒涼的真空中。他急了，扭動下半身往那毛茸茸的肉塊靠撞上去。於是，兩塊冰冷的肉塊像兩塊失去磁性的磁鐵，啪、啪、啪，尷尬而聊盡義務地聚離著。遊民L追憶不起性愛的歡愉與快感，死亡的感覺這時透過下體那塊萎頓不振的肉，經由靜脈冷澈全身。——

這個時候，遊民L又重新成為一個不完整的人。

時間凍結在那兩塊不完整的冷肉啪嗒、啪嗒地碰離聲中。妓女W不耐地閉上眼睛，她在這個時候和遊民L一樣依稀感到自己的殘缺——其實她不也是一個遊民嗎？雖然她比任何人都更具體地貼著床長居室內，但房間與床正是使她漂泊的地方——每天數十次肉體交易，她用整個身體去貼著一張固定的床，同時心靈卻漂流在不知名的地方——她是一個精神上的遊民，一個室內的遊民。

兩個不完整的肉塊啪嗒啪嗒地碰撞著，掉入冰冷的荒原。

遊民L從人群裡淡出、沒入，溶進整條街的人體肉糜中，遺忘了遺忘性愛歡愉的過程。但他的記憶裡多了一雙充滿表情的眼睛。

在日後許多荒蕪的日子裡，他腦海中偶爾閃出那一夜的畫面，那時妓女W不耐地問他不能人道的原因，他緊張地吐著滯澀而破碎的理由：想抱全部的身體……妳沒有表情的眼神……我不敢在……毛衣切割出的局部……就在那裡做愛嗎？（就在那裡做愛嗎？）……這樣嗎？……我忘記了……。

妓女W冰封的臉在這串破碎的語言中轉活過來，先是笑，而後轉為哀傷，然後她用溫和的語氣責問他說：「你要的是溫柔……你怎麼不早說呢？」停了半晌，低頭看錶說：「要重來也來不及了。」

那一刻，妓女W的眼睛閃著複雜的表情：抱歉、生氣、甚至有些相知的深情與嘆息。透過這眼神，遊民L眼前毛茸茸的冰冷肉塊迅速解凍成完整的一個活人。不過只五秒鐘，妓女W的眼神又恢復原來的冷漠。

遊民L卻被那五秒眼神打動內心深處的某個角落。在未來的日子裡，他繼續經歷各種遺忘與死亡，卻不知不覺讓這對眼神植入他浮浮沉沉的記憶裡，化為若有若無的鄉愁。

（第十七屆時報文學獎散文類首獎）

作者簡介

林靖傑，現為影像文字工作者，優遊於電影、紀錄片、劇場、文學等領域，曾以「江邊」為筆名得過時報文學獎小說評審獎、散文首獎，以及聯合文學小說新人獎首獎。導過電影《最遙遠的距離》、《惡女列傳之猜手槍》，紀錄片《台北幾米》、《台灣小劇場》等。

西夏大鳥王

文／駱以軍

元昊與沒藏氏，他們互相用力抓著對方的身體，想把它塞進自己性器的最內裡，兩人皆淚流滿面喉頭發出動物的哀嗥，卻互沒有感性，各自孤獨，完全不理解對方腔體裡比死亡還巨大，所以停不住顫抖的冰冷。

關於女人，圖尼克說，關於愛情，或者是嚴格定義下所有與這個詞悖反的負面品格：見異思遷、喜新厭舊、遺棄、嫉妒、面對被遺棄者之歇斯底里而心虛佯怒，乃至於暴力相向、因嫉妒而起的謀殺、造謠、借刀殺人、對情敵一家的滅門血案、淫人妻女、殺了最忠實的哥們然後上他的嬌滴滴的老婆（你該稱呼她嫂子的那個）、殺掉情敵及她的兒子、上自己兒子的女人（你該稱呼她媳婦兒的那個），或是送自己妹妹上哥們的床教她如何張開雙腿以媚術弄得哥們神魂顛倒最好讓那精液一蓬一蓬地打進她的子宮懷上他的野種好整個謀奪他全部的家產……林林總總、眼花撩亂、應有盡有，簡直可以開一間「敗德愛情故事博物館」，圖尼克說，所有這一切，居然全發生在一個男人身上，我的西夏故事的源頭，那個矮個子卻英氣逼人，喜穿白色長袖衣、頭戴黑冠、身佩弓矢、乘駿馬、從騎雜沓、耀武揚威的大鼻子男人，那個陰鷙殘忍、血管裡流著大型貓科動物獵殺、多疑、爆發力量的神物。種馬中的種馬。像我們這種僅靠著腹脅下方袋囊裡兩顆蠶豆大小的東西分泌一丁點兒萃取物確定自己男性意識的可憐兮兮傢伙，一旦見了這種腔體裡奔流的、皮膚寒毛揮發的全是純質雄性荷爾蒙的烈性漢子，恐怕也會情不自禁從喉頭發出一聲女性的哀鳴。這樣的男人，如果放在現代，肯定比切．格瓦拉還要浪漫，比史達林還懂得誅殺異己，比賓拉登還飄忽神祕還充滿宗教詩篇的魅力讓追隨者在恍惚迷醉中為他送死……。那位西夏兩百年王朝的開國者李元昊。也只有他，可以使這幅織縫著眾多女人仇恨、殘忍、狂情蕩慾各種痛苦表情，或是玉體橫陳白皙肚子下方陰毛叢聚處掛著彩繪猙獰食人獸怒張獠齒綾兜，各種噴散著男女生殖器芬芳卻在暗影中絞殺、下毒、凌遲、剁去手腕足脛的暴力默劇、這幅罪惡之花爭相簇放的地獄變、肉體森林，只有他使之如此瑰麗，如此蕩氣迴腸，如今令人恐怖、畏悚、忘了人類倫理貼伏地面的建築秩序而產生出近乎神殿悲劇的崇高之慨（像我們多次目睹太空梭升空在頭頂上方爆炸成一團火球）。

這個故事從李元昊的七個妻子開始，然後以他被削去鼻子，正中央一個空洞鮮血不斷湧出的一張滑稽鬼臉作為結束。

圖尼克說，補充一下，這群人在這個故事裡的服裝是這樣的：李元昊在受宋朝封為西平王後，他穿得像他殺祖父仇讎吐蕃贊普：「衣白窄衫，氈冠紅裡，冠頂後垂紅結綬。」（這是否亦顯示他人格中某些自虐憤厲成分？把自己打扮成自己想去砍掉其人頭的仇人？）他手下的朝臣們：「文職官員戴襆頭，著靴，穿紫色或紅色衣服，執笏；武職官員戴幾種不同的帽子：金帖起雲鏤冠，銀帖間金鏤冠、黑漆冠，以及間起雲的金帖、銀帖紙冠；衣著紫色旋襴衫，下垂金塗銀束帶，垂蹀躞，著靴，佩帶解結椎、短刀、弓矢韣，坐下馬乘鯢皮鞍、垂紅纓，打跨鈸拂。」至於女人，那些后妃們的衣飾，則沒有詳細記載，不過當時西夏地處絲綢之路起點，且宋朝年年有「歲賜」，李元昊的幾個老婆，在興慶府的巍峨宮殿，花園苑囿裡，自然是繡花翻領、錦綺綾羅。圖尼克說，補充這個，只是為了讓那些在故事裡拿刀互砍、捧著乳房色誘主公、或在暗室裡嘈嘈私語巧設毒計的男男女女，不要太平板空洞缺乏想像力（圖尼克說：不要把他們想像成漢人的宮廷喋血！更不要出現妮可基嫚珊卓布拉克梅爾吉佛遜這些好萊塢臉孔！），不要像一張一張只見關節擺動，枝瘦髑髏般的皮影戲偶。

圖尼克說，元昊的第一個老婆叫衛慕氏。這是一個沒有性格的角色，她出場的時候就是一個不能說話，在舞台上飄來飄去的鬼魂，她是過去式，像灰姑娘死去的生母或哈姆雷特的老爸。她代表這一整個宮殿之人和魔鬼交易而不能自拔集體夢遊走進血腥屠殺之前的柔弱良知。史書上說她「賢淑通禮」，雖然沒有任何性愛細節描述，但她還是懷了元昊的兒子。她的家族本是銀夏黨項部落裡的大族，衛慕氏同時是元昊生母的部族（所以她和元昊是表兄妹了？），不幸的是，這個部落一位首領衛慕山喜謀叛，元昊震怒之餘——也許不是真的動氣，而是一種帳幕部落以酋豪貴族動員各氏族部隊，半射獵半由首領歃血為盟集結武力的戰鬥動員型態，元昊所代表的拓拔氏（後被他改為嵬名氏）和衛慕氏兩大氏族間慘烈而精密的鬥爭——不僅誅滅衛慕族人（血洗全族），甚至鴆殺他自己的親生母親（想像這樣的畫面：他的阿姨們渾身是血地躲進他母親的帳幕，掩面哭泣著，妳那頭小狼，那個從小我們替他洗澡玩弄他小雞雞的男孩，帶著人提著鐵刀把外頭殺得一片血海。多像愛斯奇勒斯的《奧瑞斯提亞》：父的意志與母之罪。封閉血緣之間的謀殺、復仇和悔恨。將死的母親和殺她的兒子對峙而立，幾乎可以聽見歌隊在他們背後，憂懼且懷疑地唱道：他將要殺死他的親生母親、九個月的痛苦懷胎、齒痕累累的乳頭。這件事真的會發生嗎？這件事真的會發生嗎？）。

對了，衛慕氏就扮演著那個殺母慘劇的歌隊，史書上說她「以大義責元昊」，但元昊恰正是那個砸碎三個乳頭大母神石像，抖索身子帶領黨項族人從母系社會走向男性暴力歷史的第一人。他轉身讓背景熄燈消音，殺了衛慕氏，也殺了那個混了他們二人之血的嬰孩。

第二個妻子耶律氏，是遼國的興平公主，遼興宗耶律宗真的姊姊，是夏遼聯盟抗宋，三國合縱權謀的政治聯姻。史書說：「生與元昊不睦，至是薨。」圖尼克說，設想：這個滿腦子高燒著爾虞我詐、建國霸圖的獨裁者，白日裡在營帳和他的驍將謀臣們在疆界兵圖上，像和兩個看不見的殘忍對手下棋：進貢、稱臣、虛與委蛇、遷徙我族流民滲透邊界、派出小股部隊襲殺對方巡防士兵、爭奪城砦、遣使入獻駝、馬同時偵探兵力虛實、鼓動遼國境內的黨項部族叛附……，這一切耗竭心力，高速運轉著雄性獵殺驅動引擎的靈魂暴衝，入夜後卻要鑽進「公主」的香帳，像個入贅的駙馬爺，一邊操她的「鳳屄」，一邊回想著那些寫給她老弟的「奏章」（即使全是假意屈卑）上那些文縐縐的馬屁話，怎麼可能不湧漲著交歡時刻乾脆把她勒殺了的幽黯憤怒？據說這位不幸的公主是難產而亡，元昊從未看望探慰。這個公主死得有點燭搖屏影、啟人疑竇，史書上寫「契丹遣北院承旨耶律庶成持詔來詰其故」。也許我們可以想像一幅畫面：元昊滿頭大汗，赤膊著對那一具女屍猛力搖晃，一旁扔著窒息的嬰屍。「這下慘了，真的搞死她了。」他一生殺人無數，第一次出現對一具屍體（或應該說：對一個生命的消失）之恐懼。伐弔之師。遼興宗的鐵騎兵旌旗飄展，浩浩蕩蕩向邊境開拔。當然這只是他心中的恐懼投影，但在這個故事裡，這個女人的屍體是真正的「傾城之戀」：她是不能被弄死的，元昊卻逆反物種求生存的本能，只因為性的屈辱（那些用複雜精密引線繁錯交織綁在他老二上的炸藥），他便一個衝動還是弄死了她。

這就是我們西夏男人！圖尼克嘆氣說。

第三個妻子野利氏，啊那是真正可以和元昊匹配的真女人，據說她長得體態修長，美貌妖豔，連元昊對她亦畏憚三分。野利氏愛戴金絲編絞的「起云冠」，全西夏貴族女子便無人敢戴此冠。她的兩個叔父野利王野利旺榮、天都王野利遇乞分統元昊山界戰士左、右兩廂重兵，是元昊手下心腹大將。野利氏……圖尼克說好吧，她真的讓人想到玉腿長立到男人胸口，高大的妮可基嫚，我們想像著陰鷙剽悍的矮個子梟雄元昊（啊忍不住想到藍寶石眼珠的阿湯哥）在她的香閨紗帳裡，不止一次氣急敗壞地怒叱她：不准在那個時候把我舉到空中（尤其在他倆皆赤身裸體時，妮可基嫚，不，野利氏的金毛閃閃的玉腿把裸元昊頂在半空，像踩水車那樣翻滾他的肚子，讓他有一種小嬰孩被母親玩弄，慌張想哭的陌生柔情），且為了印證他的帝王威權，元昊總氣喘吁吁地舉著那即使作出柔順嬌弱，卻長手長腳比他大上兩倍的野利氏，在帳幕裡旋繞著圈子。

這樣的描述好像離元昊和野利氏的真實面容愈來愈遠，而愈像狗仔雜誌偷拍的阿湯哥與妮可基嫚私密舊照片。圖尼克說，這裡先插入元昊第四、第五個妻子短短的生平記載，以提醒我們：元昊是個沒有感性能力，時間感像爬蟲類一般無法連續，所以永遠只活在現在的漂浮片斷裡的，殺妻癮重症患者。而用自己的美色、身體與他周旋，交換權力，像母鱷魚狡詐、機警卻又帶著力不從心的哀傷保護著自己的幼鱷不要被這個以殺自己血親自虐取樂的變態父親看見，這樣的野利氏，其陰狠殘忍、手段犀利、頭腦清楚，絕非那些枉擔毒辣虛名，其實只是無知軟弱婦人之仁的王熙鳳、葉赫那拉氏所堪匹敵。

第四及第五個妻子的記載皆極短，分別是西夏廣運三年（公元一〇三六年）：「妃索氏自殺。始，元昊攻貓牛城，傳者以為戰沒。索氏喜，日調音樂。及元昊還，懼而自殺。」

以及西夏天授禮法延祚八年（公元一〇四五年）：「咩米氏，元昊第四娶，生子阿理，無寵，屏居夏州王庭鎮。阿理年漸長，謀聚眾為亂。其黨臥香乞以先，元昊執阿理，沉於河，遣人賜咩米氏死。」

殺殺殺！殺光那些曾經歡愛銷魂的女體，那些握在掌心的白色乳房，用勁時她們會發出難辨是恐懼、歡爽或單純是疼痛的哀鳴。他總不知拿那些像牛奶河流不斷變化河道的美麗身體怎麼辦。她們總和那些珠搖珮珞的聲響、綾羅綺緞的觸感，或麝香檀木的氣味混淆了，弄亂了他的官能秩序。她們總在他下腹腫脹如火炙的難受時刻以纖纖玉指、以蜜唇、以溫潤的女陰乖覺地掏空他，讓他爽。但他腦袋裡面那些鳴金擊鼓的小人弄得他頭疼欲裂，她們卻只能疑懼陌生地盯著他看。這就是物種的限制。她們，他們，都只是他意志的幻影。他創立西夏文字，用他的符號重新描述世界，建連雲塔，以五十匹戰馬向宋請賜《大藏經》。有天竺僧人赴宋進奉梵文經、佛骨及銅牙菩薩像，抵興慶府時，他向他們求賜梵文貝葉經，他們拒絕，他就把他們拘禁在塔寺裡。那些宋朝裡的白臉君臣們不是笑他是「羌人」嗎？似乎他的族人是從高原攀降到沙漠的羊群，在風沙礫石中慢慢褪去羊毛兩腿直立變化成人形。那他元昊便是這些半人半羊的骯髒族落裡第一個覺知到無常世界只是幻覺投影，只是夢中夢的人類。只有他，只有他一人完成了進化，可以讓趙家的大宋和耶律家的大遼斂衽以對，不敢輕慢。整個西夏王朝像海市蜃樓從幻影中矗立而起，那全是他嵬名元昊一人的意志。他的橫山羌兵每攻掠一城寨，隨便就燒殺數百帳，斬首千級。遇伏、被殲，平原的騎兵會戰，亦是動輒傷亡以萬計。但那些盔甲下面的人臉很快就會替換新的羌人。像烈日蒸散了水珠不久又會遇見滂沱驟雨。他殺自己的女人，有時殺那些藉著女人身體繁殖變貌的他自己，那些歪斜不全、孱弱畸形的小人兒。

圖尼克說，回到野利氏——這個女人，在讒殺了之前說的衛慕氏後，被封為憲成皇后——我們只要印證她的兒子們，在元昊這頭會撲殺幼獅並吞食之的雄獅的巢穴裡的遭遇，便能隱約捕捉到她以玉腿酥胸，以女性荷爾蒙和君王交涉，捍護他們在父之罪的殺戮遊戲中倖存之慘烈。

事情一開始挺順利的，她的大兒子寧明被封為太子，寧明像從元昊的暗黑沼澤意外倒影出來的光的形貌：他生性仁慈、天資聰穎，在定仙山向一個神祕道士學「辟穀之法」（元昊會不會常狐疑地看著這個完全是自己的相反的年輕人，心裡想：這真的是我的種嗎？）。有一次，元昊問他，什麼是「養生之要」，寧明回答「不嗜殺人」；元昊問「何謂治國之術」，寧明說「莫善於寡欲」。元昊震怒之餘（「此子語言不類！」），下令父子不准再相見。寧明又驚又氣，氣忤而死。

寧明之死，元昊深受打擊，以太子禮隆重安葬。（他這時又像個哀痛的老父了？或是他恐懼地知道，上天原給他一次種的進化之機會，在萬千機率中竟從這個黑暗邪惡的自己身上分芽出一顆文明的露珠，竟也讓他踩破了。）野利氏立刻向元昊請立次子寧令哥為太子。這孩子就比較像元昊了，飛揚跋扈，殘忍多疑。

圖尼克說，請原諒我，故事至此變得有些古怪晦澀。幾個不同界面的人物扭絞在一起，成為這個恐怖結局的共犯。男人、女人、父親、兒子、媳婦、嬸嬸、姪女……像一個家族之人關在密室裡吃了迷幻藥，所有人都瘋了，他們發生了集體起乩家族轟趴互相施虐互相姦淫的不倫恐怖劇。元昊變得不像元昊了，某部分他變成像一個多疑、軟弱、好色的老人，像一個傀儡任人擺佈（雖然他死時才四十六歲），他已無法控制自己體內狂暴衝動的野性作為帝國擴張領土之資本，變成了自己的癌細胞，在一個鏡廊迷宮裡發狂吞噬著自己的投影乃至自己的本體。

這個加速的悲劇尾巴該從他的第六任妻子沒㖡氏說起，怎麼說呢，這個可能混有維吾爾族血統的絕世小美人原先是元昊賜婚給寧令哥的太子妃，該死的是她實在太美了，可能就是在大婚前皇帝召見並賜贈皇家寶物的儀式上，元昊見識了原來可以讓他一生兵馬倥傯、震動宋、遼大國、且在金碧輝煌中起宮殿、納百官、建城市的帝國霸業全變成得了炭疽病的整片曠野牧草，一片死灰且虛無的毀滅之美。他看到她的第一眼就決定要殺自己的親生兒子了。事情有點複雜，還得殺那個善妒的野利皇后（和眼前這發光的神物相較，她簡直就是一匹穿著繡袍的母騾子），噢，等等，還有她那兩個手握重兵，「為朕肱股」的驍將叔叔……。沒㖡氏的胯下似乎噴散出一種濛曖暈白的香氣，像鼻涕蟲鑽進他的鼻腔，蠕爬進他的腦額葉，那個濃郁的香味愈來愈濃，在滿殿朝臣大庭廣眾下祕密地、持續地從她的裙胯下繁花簇湧地朝元昊包圍而來。

上諭：「太子納妃之事暫停再議。」

咔。奇幻的生殖器自毀按鈕按下。元昊宣布納沒㖡氏為妃，稱為「新皇后」，並於天都山建行宮，日夜從遊宴樂（這個貪玩的小姑娘。老元昊寵溺地想。）大臣們陷入一種不祥的疑懼中。

「天授禮法延祚十一年。春正月朔，日赤無光。元旦行朝賀儀，群臣相顧失色。」

原該是媳婦的成了情敵，原該是枕邊人的成了皇姨娘，姑且不細述野利氏和寧令哥這對母子強隱殺氣的悲憤臉孔，圖尼克說，容我插入一段正史，看元昊怎麼拔去野利氏那兩個擁兵自雄的叔叔。

「殺野利旺榮及遇乞。元昊性忌刻，多詭計，左右用事之臣，有疑必誅。自王嵩間入，忌旺榮有二心，因事誅之，滅其家。其弟遇乞，常守天都山，號『天都大王』，與元昊乳母白姥有隙。遇乞嘗引兵，深涉漢境數宿，白姥乘間，譖其欲叛，元昊疑而未發。鍾世衡誘得西酋蘇吃曩，厚遇之。吃曩之父，得幸遇乞。世衡許吃曩金帶、錦袍、緣邊職任，使盜遇乞寶刀，刀乃元昊所賜者。世衡倡言：『遇乞內投，以刀為信。今為白姥譖死，乃越境設祭。為文書于版，多述野利兄弟有意本朝，並敘涉境相見之，歎哀其垂成而失。』入夜，令人持其文，雜紙幣焚之，照耀川谷。西人走視，悉取所委祭具、金銀千餘兩，並得所賜刀，及紙火中版，其文尚未滅。以獻元昊，元昊見刀信之，遂奪遇乞兵，賜死。」

好萊塢電影裡所有科學怪人的故事：喝了實驗室裡玻璃試管冒著白煙的化學試劑；改變基因組序；在後腦植入晶體電路系統連接上整座城市的電腦控制中樞；肌肉在失控憤怒的腎上腺素分泌時會變成可把坦克、攻擊式直升機扭成稀爛廢鐵的超人；或是被自己精心設計的智慧機器人狙殺……所有的進化故事，最後都是從人形的內裡，失控長出一個智能、力量、意志遠超出人類的怪物，它掙破撕裂那個創造它的人體，把變成碎片的人皮像捏紙團那樣一把吞進口中。人類只是它的一枚蛹。圖尼克說，這個故事裡的西夏王李元昊，就像一個吞食著自己的人形之蛹而變態進化的未來人。一個抽象的精神意志，一團白煙，它困惑地撫摸自己肌肉糾結的頸子和手臂，不可思議看著自己的力量竟可以輕易摧毀一整支包圍它的機械化部隊，讓一座城市瞬間夷為廢墟。在不斷吞食憤怒和力量使自己愈膨脹巨大的過程，作為人類的那個存有意識愈來愈遲鈍且微弱。它的線路開始故障走火。於是（電影裡都是這樣演的）原先被它像螞蟻隨意踩死的人類，找到了一個殲滅它的方式：他們把它誘引進一個錯誤情境、一個自毀程式、一個邏輯悖論而使它不斷攻擊自己的迴路陷阱……

於是元昊，忌刻多詭，殺了知兵能戰，三川口之役及好水川之役以伏兵襲殺宋軍近十萬的悍將野利旺榮、野利遇乞——殺了馬上知道中計了。野利皇后，我們那位妮可基嫚，自然是驚懼悲慟，以這兩個冤死的叔父為那慘烈生殖鬥爭最後翻盤的鬼牌。她一身縞素、梨花帶雨、悲抑抽噎。以元昊一怒即誅殺全族的習性，野利家男女老幼從此滅族的慘酷場面必定正在上演。領地裡帳幕燒成灰燼、屍骸遍野，野利家男人的頭顱一顆顆插在其他氏族的槍矛上。圖尼克說，野利氏一定發著抖，對太子寧令哥低囑：血債血還，我們野利家全族的血，一定要你那個沒過門的媳婦，要他們沒哆氏全族的人頭來揩乾。只要你即了位，我要那個臭屄被自己將要經歷的折磨活活嚇死。我要你派人去中國打聽他們最能讓人痛不欲生卻可以拖延最久不會立即斷氣的精緻刑殺有哪幾種，我要你一套一套在那賤人身上玩過……

其實元昊那時也後悔了，他下令尋訪大屠殺後野利氏出亡的倖存者，有關於沒哆氏的記載至此亦完全消失。也許那個裙胯下噴散出致命香氣的小美人植進他腦袋裡的蠱蟲生命週期過短；也許誘姦少女的亢奮激爽在他殺了下意識恐懼會懲罰他的兩個野利家男人後瞬即煙消雲散；也許是與青春女體纏鬥耗盡的精力突然讓這氣弱老人孤寂回憶起和那些部落首領飲酒盟誓，逐騎射獵，黨項武士之間佩刀耳環嘩啷響，挨湊坐在一起時皮靴皮盔混著「羌腋騷」的男子體味；也許是兩個女人之間在各自帳篷暗處的巫術、詛咒、反詛咒、殺鬼招魂……。總之，沒哆氏不見了，那個造成父奪子妻醜劇的美麗尤物，像天女下凡在眾人猶目眩神搖一片花雨光霧中，就徹底從這個故事裡消失了，她簡直像是荷馬史詩特洛伊戰爭裡的海倫，從天而降，釋放出讓所有男人眼光變直腦波混亂的強烈荷爾蒙，由於所有的英雄豪傑們皆瘋狂地拔刀互砍。有一天她突然像被外星人的飛行器用一道光束照射，輪廓愈來愈透明，香氣慢慢自空氣裡消失，也許就那樣騰空而去。所有曾砍殺自己親人摯友的人們這時大夢初醒，全帶著迷惑、羞慚，有一種殘餘的幸福情感卻又不記得發生過什麼事的傻笑……

沒哆氏的消失，發生在對野利家的血洗屠殺之後，那多少令人有點感傷。但在這個悼亡、傷逝的時刻，元昊的第七個妻子，不太適恰地從一片黑暗迷霧中古怪陰惻地浮出臉廓。圖尼克說，我知道接下來的情節，會讓許多忍耐著聽到此處的人們拂袖而去，他們會說，沒什麼好分析的，這元昊就是匹禽獸罷了！但我還是要請你們稍安勿躁，故事已近尾聲，血腥的人倫悲劇就要發生。如果你習慣於好萊塢那近乎ＳＭ的冤仇必報正義必張的道德觀，那這個故事的結尾可算差強人意。且正如希臘一位哲學家所說，我們如果不勉強自己盯著天體上那些乖異、不尋常、讓我們驚異陌生的天文現象：那些流星雨、日全蝕、彗星、天蠍座逆走、白矮星……我們如何能真正體悟一個更大範疇的，宇宙運行的神祕秩序呢？

這第七個妻子沒藏氏，她原是野利遇乞的妻子，也就是長腿美人野利氏的嬸母。建國初期元昊與天都王遇乞兄弟在砍殺了上千個宋兵的首級，他們各騎一馬，談笑彎弓一人一箭輪流將跪在土丘上的宋將任福、桑懌射成血刺蝟，或是殺吐蕃王屠城高昌斬回骰兵砍掉那些手無寸鐵綠眼珠的景教徒之後，在那樣肉體猶亢奮顫抖、靈魂深處像鬼火飄浮著一種和敵對宗教背後憤怒神靈對決的恐懼的夜晚，他和野利遇乞眼睛對著眼睛擊杯狂飲（將來誰背叛誰，就殺了誰），一旁屏去侍婢，親自持刀削切烤羔羊肉，低頭服侍的，「嫂子」。在元昊下令血洗野利家族寨時，這個女人倉皇逃往三香家尼姑庵出家為尼。元昊在野利皇后悲憤泣訴兩個叔父枉死的愧悔情感下，將這位故人遺孀迎回宮中。

我們不太能重現當時的場景，這一對男女在見面時複雜激動的情感：一個是殺夫仇人，活在猜忌、隨時被自己至親之人謀叛的地獄之境裡的瘋子，方圓千里內唯一可以隨意判人生死的殘忍神祇。她從子宮深處發出一種揉混了恐懼、仇恨，以及雌性動物繁衍後代面對生殖優勢雄性時本能排卵的訊息，她羞辱地發現裹在黑色僧袍下身體的波瀾起伏，她的乳蒂腫漲、陰部濡溼、腸子咕嚕咕嚕響、全身的敏感帶全發漫泛起一種薔薇色潮紅。另一個是眼下唯一能讓他在虛無之境抓住自己猶活在人世的浮木，他殺了她丈夫，某部分來說是殺了他自己最珍愛的那部分。（據說野利遇乞受戮前嗥叫著說：「我是大王絕不能殺的那個人哪！」）眼前這個女人或是收攝著那冤死摯友某一部分亡魂的載具，另一部分在他這裡。他半是作戲半認真地告訴身邊人：「從此，直到我赴冥界和那些故人鬼魂重遇，此生我再也不可能快樂起來了。」這個穿著黑色僧袍的光頭女尼是禁忌中的禁忌。她是個活物，但起伏的胸脯吐出的鼻息全是他曾發狂展演的死亡圖卷裡的血液的辛嗆味和那些他無法下令他們活回來的屍臭味。後來他下令她卸去僧袍，握著她的乳房，撫撫她受驚的腰肢和絲緞般的大腿，感覺到這具奇異的女體就是埋藏著死神祕密的幻化神物。他像和一隻豹子交尾。那發光腔體裡的劇烈抽搐令他恐怖，像是由他體內射出的力量在她體內卻變貌成比他強數十倍的力量。史書上僅三個字：「與之私。」但那其中的狂歡極樂、悲傷絕望、恐怖敬畏豈能以人間話語形容？元昊與沒藏氏，他們互相用力抓著對方的身體，想把它塞進自己性器的最內裡，兩人皆淚流滿面喉頭發出動物的哀嗥，卻互沒有感性，各自孤獨，完全不理解對方腔體裡比死亡還巨大，所以停不住顫抖的冰冷。

接下來的發展似乎不那麼出人意表了：像是在無垠太空漂流了上千年的孤寂太空艙，終於，終於進入了某一顆星球的引力圈，終於朝向一個進入時間定義、或必須付出代價的高速、艙體外殼的烈焰燃燒、或重力壓迫造成身體各處關節脫臼裂開的實體墜落。野利皇后發現了她死去叔父的寡婦，取代她成為這場殺戮牲祭最後被叫上君王床上的SM女王（什麼？被殺光的不是她野利家族人嗎？關她沒藏家什麼事？），她震怒之極，難道這是一個拼字遊戲？她必須捧著乳房追在那矮個子屠夫身後，並且把所有親屬網絡上的女眷全部殺光？她把沒藏氏軟禁在興慶府的戒壇寺，並用盡謀算，讓這個沒有廉恥的嬸嬸不准脫去僧衣，保持出家人的身分。

元昊則完全進了那個穿花撥霧，和現實世界悄悄剝離的偷情時光。他心不在焉地敷衍著臣下們焦慮驚恐以隱晦辭藻勸阻的進奏。他意興闌珊地說謊，微服夜巡戒壇寺，安排出獵假意帶著沒藏尼燒羊脾骨看兆紋卜吉凶，或是徹夜辯證佛法經文，其實皆是在那荒地行營裡，像和死神幽會，像中了毒箭的孤狼用一種錯誤的方式自我療傷，驚訝地，痛苦地，揑塑著那個乳房發燙子宮卻冰冷不已的女體。「原來這就是文明。」說謊，不能從心所欲。在一種被監視的緊張關係裡體會為惡的刺激。

連那女尼在黑暗中用焦炭般的手握住他的陽具都讓他興奮不已。

第二年，沒藏氏便在出獵途中駐紮河邊的營帳裡生下一子，那條河名為「兩岔洞」，於是這嬰孩便取諧音名「諒祚」。其實元昊已將國事全交給沒藏氏的哥哥沒藏訛龐手中。野生子諒祚亦寄養在沒藏訛龐家。圖尼克說，我聽過不少栩栩如生的傀偶在月圓之夜睜眼變成活人，滴著淚用匕首將那個以出神入化手法操控它身上繩索的偶戲師傅刺死；或是畫中美女點睛之後得了魂魄，提著裙裾走出絹紙，將那個賦予它生命的畫師絞殺的故事。這時，元昊其實已成為他陽具射出的蒼白稠液，撒豆成兵變成人形的男孩們獵殺的神獸。他不能言語。失去時間流動的意識。困在他曾濫殺的那些幽魂們藏匿其中的溼潤女陰裡。有兩組人馬：悲憤的野利氏和被自己老爸戴綠帽的寧令哥太子；以及沒藏氏、野地裡誕生的小男嬰諒祚，和手握兵權的沒藏訛龐。他們都想殺了對方，或是說，他們都必須在元昊變成一隻貓（或一隻狼、一隻麒麟、一隻野駱駝，或他們羌人的原形：一隻山羊）的魔術時刻將他襲殺，用華麗的刺繡綾緞覆蓋他的屍身，「偽詔」，在全部黨項人發現他們的領袖已變貌成非人之物之前，奪佔那個「進化大機器」的駕駛座。這兩個本來只因元昊色情時刻而具存在意義的男孩，這時必須為母系的部族姓氏而屠滅對方，只為了篡奪父之名。披上父親的人皮龍袍。變成父親。

西夏天授禮法延祚十一年（終於到故事的尾聲了），太子寧令哥持劍直入宮中，有一些史料說元昊那時早喝得爛醉如泥，總之他的臉因無法專心而變得柔和。圖尼克說：我很難不想到許多好萊塢經典科幻電影或西部片裡父子對峙、決鬥、殺掉對方前的靜止場面。那時寧令哥或只簡短說了一句：「我將要做一件令人困惑的事了。」元昊這時或艱難地想不起來，這個持劍向他衝來的兒子是從哪一節故事裡冒出來的？他把手舉起來像要阻止，像一位導演在演員脫序演出的一個荒誕動作裡，卻百感交集地想起許多和這幕戲無關的靈感，他想喊：「ＮＧ！」卻怕打斷那個動作同時會打斷突然湧現的心緒如潮。他說：「我很遺憾……」我很遺憾無法傳遞。那些神祕的時刻：那些背德的時刻、孤獨、恐懼、殺人後的作嘔感覺、愛的感覺和睡醒後想不起那種感覺的虛無感、懺悔的感覺、如飲甘泉的快樂……。我很遺憾這樣一來，我們將成為各自孤立的個體。所有我向死神酬換來的經驗，都來不及傳遞給你了……

寧令哥也許說：「你把進化變成你一個人的故事了。」但其實那一切在靜默中發生。下一瞬間，元昊覺得自己的臉的正中央像暗室突然打開一扇門，強光湧進，一群頭頂圓光、臉敷金粉、戴著寶冠、臂釧、耳璫、項圈、手鐲、瓔珞的小人兒，吵吵嚷嚷地從他裡面掙擠出去。他的鼻子被寧令哥的劍削掉了。安靜了許久，然後聽見極遠極遠的地方有女人的尖叫。他想阻止他們：「不要殺我的兒子。」但他眼前被一片汩汩冒出的紅色雨幕遮蔽，嘴巴也被那此生最熟悉之鹹腥味道的泥漿塞住。他立刻知道他的兒子寧令哥已在轉身逃亡的一百公尺宮門外，被沒藏訛龐埋伏的衛士剁成肉醬。

作者簡介

駱以軍，安徽無為人。一九六七年生。文化大學中文系文藝創作組、國立藝術學院戲劇研究所畢業。曾獲聯合文學小說新人獎推薦獎、時報文學獎短篇小說首獎、中國時報開卷十大好書獎、聯合報讀書人最佳書獎、台北文學獎等。現專事寫作。

跋

駱以軍

幾年前，我們的外交部長以一句「沒有ＬＰ」咒罵另一個國家而引起軒然大波，黃君與我即興奮又惡戲地討論：「不如來編一本『ＬＰ小說選』吧？」這近乎高中生狎淫玩笑的念頭，卻在一本正經的約稿、回顧舊作（印象所及哪些作家曾寫出經典之「ＬＰ小說」？），以及後來可在書單中隱約看出的，黃君腦海中的「ＬＰ百科檢索」：國族寓言的、詩意而受創的身體、爆笑的或是像嗑藥般的入乩搖晃、流浪的ＬＰ、割開眼瞳視覺如繁花聖母的後現代ＬＰ、異化的福馬林罐頭ＬＰ……

這是我第一次掛名其上的「小說選」，不想即是「ＬＰ」：難免有點感傷，主要是對於ＬＰ作為笑話在小說中披披遮遮地出現，似乎我的美學品味已被鎖定，其實相較於可能的《人獸鬼戀小說選》、《ＳＭ小說選》或《機械人性愛小說選》在挑選過程中的超時空、異次元、耽美邪怪……ＬＰ在小說中垂掛懸晃的無所不在與前現代，實在因其幅員過度寬廣（整片的塞萬提斯說故事自由美好之曠野上，全是飛禽走獸一般亂竄亂跳的ＬＰ？）而讓人打起瞌睡，人人都愛ＬＰ。遍地鳥雄。春根公子。就這個部分來說，我們的外交部長，把民間俗俚性器暱稱（以及對這個詞的暗藏了超驗神力、生殖力膜拜、一種移民社會物種的傳衍之憂畏不確定之焦慮）跳躍至國際政治之制式話語，或者是在不自覺地撬開了小說的潘朵拉之盒：奇想、話語的突梯造成痙攣之笑。

ＬＰ的大小（不合宜的小，或超現實的巨大，皆讓人發噱）；ＬＰ的脫離美好品德、自制理性或形上哲思的動物性，像泥鰍一樣的醜惡形貌，像孫悟空金箍棒一樣可長可短；ＬＰ的高潮或噴灑之意象（父系歷史之時間感、父系社會之暴力掠奪圖像、昆德拉式的神祕時間鐘面）；ＬＰ脫離身體的卡夫卡式恐慌……這些全讓人想笑。似乎它是藏身在情節和話語之深潭叢澤底部的「存而不論」之物，敘事牌戲中的那張鬼牌或小丑牌，一翻出ＬＰ，人們便臉紅咒罵卻又忍不住發笑。

拉伯雷在《巨人傳》裡寫渴人國國王「龐大固埃」的遊歷冒險，有一章是「法國的里為什麼這麼短？」：

「……古時，土地的長度既不用里計算，也不用『米里埃爾』（羅馬長度名）、『斯塔底亞』（希臘長度名）、『巴拉桑日』（波斯長度名）計算。一直到發拉蒙王才算把計算的方法規定下來。他曾在巴黎揀選一百名年輕力壯、英勇健美的小伙子，又在畢加底選了一百名俊俏的女孩子，一連八天的工夫，小伙子們受到非常好的款待和照顧，然後……吩咐他們分頭到四面八方去，凡是在路上和女孩子睡覺的地方，都要安放一塊石碑，那就算一里。

小伙子們歡天喜地地走了，因為他們年輕力壯，又有時間，於是每走過一塊地，就要幹一下，所以法國的里這樣短。後來等他們走了相當遠之後，一個個都累得跟什麼似的，燈裡的油也沒有了，他們的風流事才不那樣勤了，每天僅匆匆忙忙來上短短的一次就算了。因此，布列塔尼、朗德、普魯士，還有其他地方，里才有這麼長……」

我想像著：在這一本「LP小說選」裡，像印染花布一樣一層一層刷印著這個島國關於這個親暱俚俗之物，莫名所以痙攣發笑的集體記憶與世故。那像一個可隨著搖晃中蠱的動物性人形，像芝諾的「阿奇里斯追龜論」，憑著垂屌為指南針，向笑話的曠野天際四散狂弃，以各自的政治、社會、身分、族群身世沿途碎落，畫出一幅伸縮尺的地圖。譬如〈目虱備嫁〉最後那一罐福馬林浸泡「寶貝」摔碎在總統府廣場前的無言以對；譬如〈瑪麗亞〉那如莫拉維亞《情色故事》著迷特寫的肉褶割裂裡窺望的幻化萬生個外傭瑪麗亞的主僕色情景觀；譬如〈去年在阿魯吧〉如芥川龍之介的森冷精卵學大辯論；譬如我這一世代記憶的ＬＰ笑謔經典〈沒卵頭家〉的異形膨脹卵囊之土地傷痕濫觴；譬如〈玫瑰是復活的過去式〉中那一幕淒美魔幻如蜻蜓蛻變的「去ＬＰ」之詩；或〈也沒有所謂ＬＰ〉，抽空掉ＬＰ，不再緊攏ＬＰ以集束家族史、移民史、政治寓言、無產階級身體種種失憶症恐懼的一雙無重力、懺情女體……

我以為這樣的一幅「天河撩亂」之ＬＰ地圖，在時間拉長至一定幅距，對照著台灣瞬息萬變的古怪暴亂之「真實」，或比編年史式的小說選，讓人有更大之追憶反芻或惘然感慨的力量呢……

AQUARIUS

寶瓶文化叢書目錄

寶瓶文化事業有限公司
地址：台北市110信義區基隆路一段180號8樓
電話：(02) 27463955
傳真：(02)27495072 劃撥帳號：19446403

※如需掛號請另加郵資40元

系列	書號	書名	作者	定價
Enjoy 搶先給你最嗆、最in的生活資訊	E001	夏禕的上海菜	夏禕	NT$229
	E002	黑皮書——逆境中的快樂處方	時台明	NT$200
	E003	告別經痛	吳珮琪	NT$119
	E004	平胸拜拜	吳珮琪	NT$119
	E005	擺脫豬腦袋——42個讓頭腦飛躍的妙點子	于東輝	NT$200
	E006	預約富有的愛情	劉憶如	NT$190
	E007	一拍搞定——金拍銀拍完全戰勝手冊	聯合報資深財經作者群	NT$200
	E008	打造資優小富翁	蔣雅淇	NT$230
	E009	你的北京學姊	崔慈芬	NT$200
	E010	星座慾望城市	唐立淇	NT$220
	E011	目擊流行	孫正華	NT$210
	E012	八減一大於八——大肥貓的生活意見	于東輝	NT$200
	E013	都是愛情惹的禍	湯靜慈	NT$199
	E014	邱維濤的英文集中贏	邱維濤	NT$250
	E015	快樂不怕命來磨	高愛倫	NT$200
	E016	孩子，我要你比我有更有錢途	劉憶如	NT$220
	E017	一反天下無難事	于東輝	NT$200
	E018	Yes，I do——律師、醫師與教授給你的結婚企劃書	現代婦女基金會	NT$200
	E019	給過去、現在、未來的科學小飛俠	鍾志鵬	NT$250
	E020	30歲以前拯救肌膚大作戰——最Hito的藥妝保養概念	邱琬婷	NT$250
	E021	擺脫豬腦袋2	于東輝	NT$200
	E022	給過去、現在、未來的科學小飛俠（修訂版）	鍾志鵬	NT$250
	E023	36計搞定金龜婿	方穎	NT$250
	E024	我不要一個人睡！	蘇珊・夏洛斯伯 莊靖譯	NT$250
	E025	睡叫也能瘦！——不思議的蜂蜜減肥法	麥克・麥克尼等 王秀婷譯	NT$250
	E026	瘋妹不要不要仆街	我媽叫我不要理她	NT$230
	E027	跟著專家買房子	張欣民	NT$270
	E028	趙老大玩露營	趙慕嵩	NT$250
catcher	C01	基測作文大攻略——25位作文種子老師給你的戰鬥寶典	25位作文種子老師合著／聯合報教育版策劃	NT$280
	C02	菜鳥老師和學生的交換日記	梁曙娟	NT$220
	C03	新聞中的科學——大學指考搶分大補帖	聯合報教育版企劃撰文	NT$330
	C04	給長耳兔的36封信——成長進行式	李崇建著 辜筱茜繪	NT$240
	C05	擺脫火星文——縱橫字謎	15位國中作文種子老師合著	NT$300
	C06	放手力量大	丘引	NT$240
	C07	讓孩子像天才一樣的思考	貝娜德・泰南 李弘善譯	NT$250
	C08	關鍵教養○至六	盧蘇偉	NT$260
	C09	作文找碴王	十九位國中國文菁英教師合著 聯合報教育版策劃	NT$260
	C10	新聞中的科學2——俄國間諜是怎麼死的？	聯合報教育版策劃撰文	NT$330
	C11	態度是關鍵——預約孩子的未來	盧蘇偉	NT$260
	C12	態度是關鍵 II——信心決定一切	盧蘇偉	NT$270
	C13	我的資優班	游森棚	NT$280

系列	書號	書名	作者	定價
High 最流行、最合乎潮流、最具話題的全都集中在這裡。	H001	阿貴讓我咬一口	阿貴	NT$180
	H002	阿貴趴趴走	阿貴	NT$180
	H003	淡煙日記	淡煙	NT$220
	H004	幸福森林	林嘉翔	NT$239
	H005	小呀米大冒險	火星爺爺、谷靜仁	NT$199
	H006	滿街都是大作家	馬瑞霞	NT$170
	H007	我發誓，這是我的第一次	盧郁佳、馮光遠等	NT$170
	H008	黑的告白	圖／夏樹一　文／沈思	NT$199
	H009	誰站在那裡	圖／夏樹一　文／沈思	NT$220
	H010	黑道白皮書	洪浩唐、馮光遠等	NT$200
	H011	3顆許願的貓餅乾	圖／阿文．文／納萊	NT$299
	H012	大腳男孩	圖．文／JUN	NT$250
壹詩歌 詩與跨媒介的新浪潮，傳統繼承與前衛造反並俱。	001	壹詩歌創刊號	壹詩歌編輯群	NT$280
	002	壹詩歌創刊2號	壹詩歌編輯群	NT$280
One	P001	天使之城——阿使的孤單	流氓．阿德	NT$220
	P002	天使之城——小天的深情	李性蓁	NT$220
	P003	天堂之淚	張永智	NT$270
	P004	不倫練習生	許榮哲等	NT$200
	P005	男灣	墾丁男孩	NT$210
	P006	10個男人，11個壞	發條女	NT$220
賀賀蘇達娜	001	賀賀蘇達娜1——殺人玉	吳心怡	NT$149
	002	賀賀蘇達娜2——二十二門	吳心怡	NT$230
	003	賀賀蘇達娜3——接龍	吳心怡	NT$230
	004	賀賀蘇達娜4——瓜葛	吳心怡	NT$220
	005	賀賀蘇達娜5——喜禍	吳心怡	NT$200
	006	賀賀蘇達娜6——戰	吳心怡	NT$220
	007	賀賀蘇達娜7——弄玄虛（最終回）	吳心怡	NT$220

Island

有詩、有小說、有散文

系列 書號	書名	作者	定價
I045	我城	蔡逸君	NT$220
I046	静止在——最初與最終	袁哲生	NT$350
I047	13樓的窗口	古嘉	NT$240
I048	傷疤引子	高翊峰	NT$220
I049	佛洛伊德先生的帽子	娜塔・米諾著　胡引玉譯	NT$180
I050	白色城市的憂鬱	何致和	NT$330
I051	苦天使	廖偉棠	NT$250
I052	我的異國靈魂指南	莫夏凱	NT$250
I053	台北客	李志薔	NT$220
I054	水鬼學校和失去媽媽的水獺	甘耀明	NT$250
I055	成為抒情的理由	石計生	NT$230
I056	紅X	李傻傻	NT$280
I057	戰爭魔術師	大衛・費雪著　何致和譯	NT$390
I058	好黑	謝曉虹	NT$220
I059	封城之日	郭漢辰	NT$230
I060	鴉片少年	陳南宗	NT$230
I061	隔壁的房間	龔萬輝	NT$210
I062	抓癢	陳希我	NT$350
I063	一個人生活	董成瑜著　王孟婷繪	NT$230
I064	跟我一起走	蔡逸君	NT$240
I065	奔馳在美麗的光裡	高翊峰	NT$250
I066	退稿信	安德烈・柏納編 陳榮彬譯寫	NT$280
I067	巴別塔之犬	卡洛琳・帕克斯特 著 何致和譯	NT$280
I068	被當作鬼的人	李傻傻	NT$250
I069	告別的年代	張清志	NT$230
I070	浴室	讓—菲利蒲・圖森著　孫良方・夏家珍譯	NT$220
I071	先生	讓—菲利蒲・圖森著　孫良方・夏家珍譯	NT$220
I072	照相機	讓—菲利蒲・圖森著　孫良方・夏家珍譯	NT$220
I073	馬戲團離鎮	Wolf(臥斧)　伊卡魯斯繪	NT$230
I074	屠夫男孩	派屈克・馬克白　余國芳譯	NT$300
I075	喊山	葛水平	NT$240
I076	少年邁爾斯的海	吉姆・林奇著　殷麗君譯	NT$290
I077	魅	陳育虹	NT$350
I078	人呢，聽說來了？	王祥夫	NT$240
I079	清晨校車	龔萬輝	NT$230
I080	伊甸園的鸚鵡	卡洛琳・帕克斯特著 張琰譯	NT$320
I081	做愛	讓—菲利蒲・圖森著 余中先譯	NT$230
I082	冒犯書	陳希我	NT$360
I083	冥王星早餐	派屈克・馬克白　余國芳譯	NT$230
I084	一公克的憂傷	高翊峰　漂流木馬雲童話繪	NT$260
I085	逃	讓—菲利蒲・圖森著 余中先譯	NT$230
I086	拐彎的夏天	魏微	NT$260
I087	時間箭	馬丁・艾米斯　何致和譯	NT$260
I088	嬝美貓的發情	黃錦樹 駱以軍主編	NT$320

系列	書號	書名	作者	定價
Island 有詩、有小說、有散文	I001	寂寞之城	文/黎煥雄　圖/幾米	NT$240
	I002	倪亞達1	文/袁哲生　圖/陳弘耀	NT$199
	I003	日吉祥夜吉祥──幸福上上籤	黃玄	NT$190
	I004	北緯23.5 度	林文義	NT$230
	I005	你那邊幾點	蔡明亮	NT$270
	I006	倪亞達臉紅了	文/袁哲生　圖/陳弘耀	NT$199
	I007	迷藏	許榮哲	NT$200
	I008	失去夜的那一夜	何致和	NT$200
	I009	河流進你深層靜脈	陳育虹	NT$270
	I010	倪亞達fun暑假	文/袁哲生　圖/陳弘耀	NT$199
	I011	水兵之歌	潘弘輝	NT$230
	I012	夏日在他方	陳瑤華	NT$200
	I013	比愛情更假	李師江	NT$220
	I014	賤人	尹麗川	NT$220
	I015	3號小行星	火星爺爺	NT$200
	I016	無血的大戮	唐捐	NT$220
	I017	神秘列車	甘耀明	NT$220
	I018	上邪!	李崇建	NT$200
	I019	浪──個叛國者的人生傳奇	關愚謙	NT$360
	I020	倪亞達黑白切	文/袁哲生　圖/陳弘耀	NT$199
	I021	她們都挺棒的	李師江	NT$240
	I022	夢@屠宰場	吳心怡	NT$200
	I023	再舒服一些	尹麗川	NT$200
	I024	北京夜未央	阿美	NT$200
	I025	最短篇	主編/陳義芝　圖/阿推	NT$220
	I026	捆綁上天堂	李修文	NT$280
	I027	猴子	文/袁哲生　圖/蘇意傑	NT$200
	I028	羅漢池	文/袁哲生　圖/陳弘耀	NT$200
	I029	塞滿鑰匙的空房間	Wolf(臥斧)	NT$200
	I030	肉	李師江	NT$220
	I031	蒼蠅情書	文/陳瑤華　圖/陳弘耀	NT$200
	I032	肉身蛾	高翊峰	NT$200
	I033	寓言	許榮哲	NT$220
	I034	虛構海洋	嚴立楷	NT$170
	I035	愛情6p	網路6p狼	NT$230
	I036	十八條小巷的戰爭遊戲	廖偉棠	NT$210
	I037	畜生級男人	李師江	NT$220
	I038	以美人之名	廖之韻	NT$200
	I039	虛杭坦介拿查影	夏沁罕	NT$270
	I040	古嘉	古嘉	NT$220
	I041	索隱	陳育虹	NT$350
	I042	海豚紀念日	黃小貓	NT$270
	I043	雨狗空間	臥斧	NT$220
	I044	長得像夏卡爾的光	李進文	NT$250

Vision

給你新的視野，也給你成功的典範

系列 書號	書名	作者	定價
V044	陪你去環島——一個父親送給兒子的畢業禮物	盧蘇士．盧蘇偉	NT$240
V045	主播遇見CEO	蕭裔芬	NT$250
V046	看見孩子的叛逆	盧蘇偉	NT$240
V047	捧著企管書的豬老闆	坎尼斯．塔克＆凡達娜．歐曼 胡引玉譯	NT$200
V048	移動的學校——體制外的學習天空	李崇建著	NT$280
V049	老店翻新大作戰	好鄰居文教基金會著	NT$240
V050	盲鬥士——柯燕姬傳奇	陳芸英	NT$250
V051	看見男人——搞定你的老公與兒子	盧蘇偉	NT$250
V052	一個癌症媽咪給兒子的遺書	夏學曼	NT$250
V053	鮮活人生——小故事，妙管理	李錫津	NT$260
V054	搶先佈局十年後——2017華人未來地圖	劉威麟	NT$250
V055	這就是我的堅持——楊基寬與104傳奇	楊基寬．顧蘊祥	NT$250
V056	愛會傷人——寫給父母的內心話	盧蘇偉	NT$260
V057	囚室之春	施明德	NT$360
V058	盲眼媽媽一顆心	薛以柔	NT$240
V059	飛行少年——一輪千里環台挑戰	盧蘇偉．莊忠勳	NT$290
V060	道德——幸福的必要條件	林火旺	NT$280
V061	Money Game——金錢遊戲	吳均龐．劉永毅	NT$280
V062	趙老大玩癌症	趙慕嵩	NT$250
V063	所以，我愛上了狗	曹燕婷	NT$210
V064	蔡國南的今生金飾	蔡國南．陳芸英	NT$280
V065	三財一生——金牌教練教你同時健康、快樂又有錢	管家賢	NT$260
V066	開一家大排長龍的店	李文龍	NT$260
V067	醫師與生死	趙可式	NT$260
V068	Sweet Spot——一夕爆紅網路效應	Mr.6	NT$250

Vision

給你新的視野，也給你成功的典範

系列 書號	書名	作者	定價
V001	向前走吧	羅文嘉	NT$250
V002	要贏趁現在——總經理這麼說	邱義城	NT$250
V003	逆風飛舞	湯秀璸	NT$260
V004	失業英雄	楊基寬．顧蘊祥	NT$250
V005	19歲的總經理	邱維濤	NT$240
V006	連鎖好創業	邱義城	NT$250
V007	打進紐約上流社會的女強人	陳文敏	NT$250
V008	御風而上——嚴長壽談視野與溝通	嚴長壽	NT$250
V009	台灣之新——三個新世代的模範生	鄭運鵬、潘恆旭、王莉茗	NT$220
V010	18個酷博士@史丹佛	劉威麟、李思萱	NT$240
V011	舞動新天地——唐雅君的健身王國	唐雅君	NT$250
V012	兩岸執法先鋒——大膽西進，小心法律	沈恆德、符霜葉律師	NT$240
V013	愛情登陸計畫——兩岸婚姻A-Z	沈恆德、符霜葉律師	NT$240
V014	最後的江湖道義	洪志鵬	NT$250
V015	老虎學——賴正鎰的強者商道	賴正鎰	NT$280
V016	黑髮退休賺錢祕方——讓你年輕退休超有錢	劉憶如	NT$210
V017	不一樣的父親，A+的孩子	譚德玉	NT$260
V018	超越或失控——一個精神科醫師的管理心法	陳國華	NT$220
V019	科技老爸，野蠻兒子	洪志鵬	NT$220
V020	開店智慧王	李文龍	NT$240
V021	看見自己的天才	盧蘇偉	NT$250
V022	沒有圍牆的學校	李崇建．甘耀明	NT$230
V023	收刀入鞘	呂代豪	NT$280
V024	創業智慧王	李文龍	NT$250
V025	賞識自己	盧蘇偉	NT$240
V026	美麗新視界	陳芸英	NT$250
V027-	向有光的地方行去	蘇盈貴	NT$250
V028-	轉身——蘇盈貴的律法柔情	蘇盈貴	NT$230
V029-	老鼠起舞，大象當心	洪志鵬	NT$250
V030-	別學北極熊——創業達人的7個特質和5個觀念	劉威麟	NT$250
V031-	明日行銷——左腦攻打右腦2	吳心怡	NT$250
V032-	十一號談話室——沒有孩子「該」聽話	盧蘇偉	NT$260
V033-	菩曼仁波切——台灣第一位轉世活佛	林建成	NT$260
V034-	小牌K大牌	黃永猛	NT$250
V035-	1次開店就成功	李文龍	NT$250
V036	不只要優秀——教養與愛的27堂課	盧蘇偉	NT$260
V037	奔向那斯達克——中國簡訊第一人楊鐳的Roadshow全記錄	康橋	NT$240
V038	七千萬的工作	楊基寬	NT$200
V039	滾回火星去——解決令你抓狂的23種同事	派崔克．布瓦＆傑羅姆．赫塞 林雅芬譯	NT$220
V040	行銷的真謊言與假真相——吳心怡觀點	吳心怡	NT$240
V041	內山阿嬤	劉賢妹	NT$240
V042	背著老闆的深夜MSN對談	洪志鵬	NT$250
V043	LEAP！多思特的不凡冒險 ——一段關於轉變、挑戰與夢想的旅程	喬那森．柯里翰 余國芳譯	NT$230

國家圖書館預行編目資料

媲美貓的發情 ： LP小說選 / 黃錦樹, 駱以軍主編. -- 初版. -- 臺北市 ： 寶瓶文化, 2007.09
面 ； 公分. -- (Island ； 88)

ISBN 978-986-6745-04-1 (平裝)

857.61 96014960

Island 088

媲美貓的發情——LP小說選

編者／黃錦樹 駱以軍

發行人／張寶琴
社長兼總編輯／朱亞君
主編／張純玲
編輯／羅時清
外文主編／簡伊玲
美術主編／林慧雯
校對／羅時清・陳佩伶・余素維
企劃主任／蘇靜玲
業務經理／盧金城
財務主任／趙玉雯 業務助理／林裕翔
出版者／寶瓶文化事業有限公司
地址／台北市110信義區基隆路一段180號8樓
電話／(02)27463955 傳真／(02)27495072
郵政劃撥／19446403 寶瓶文化事業有限公司
印刷廠／世和印製企業有限公司
總經銷／聯經出版事業公司
地址／台北縣汐止市大同路一段367號三樓 電話／(02)26422629
E-mail／aquarius@udngroup.com

著作完成日期／二〇〇六年五月
初版一刷日期／二〇〇七年九月七日
ISBN／978-986-6745-04-1
定價／三二〇元

AQUARIUS 寶瓶 文化事業

愛書人卡

感謝您熱心的為我們填寫，
對您的意見，我們會認真的加以參考，
希望寶瓶文化推出的每一本書，都能得到您的肯定與永遠的支持。

系列：I088 **書名：媲美貓的發情——LP小說選**

1. 姓名：＿＿＿＿＿＿＿＿ 性別：□男 □女
2. 生日：＿＿＿年＿＿＿月＿＿＿日
3. 教育程度：□大學以上 □大學 □專科 □高中、高職 □高中職以下
4. 職業：＿＿＿＿＿＿＿＿
5. 聯絡地址：＿＿＿＿＿＿＿＿＿＿＿＿＿＿＿＿

   聯絡電話：(日)＿＿＿＿＿＿＿＿(夜)＿＿＿＿＿＿＿＿

   (手機)＿＿＿＿＿＿＿＿
6. E-mail信箱：＿＿＿＿＿＿＿＿＿＿＿＿＿＿
7. 購買日期：＿＿＿年＿＿＿月＿＿＿日
8. 您得知本書的管道：□報紙／雜誌 □電視／電台 □親友介紹 □逛書店 □網路 □傳單／海報 □廣告 □其他
9. 您在哪裡買到本書：□書店，店名＿＿＿＿＿＿ □劃撥 □現場活動 □贈書 □網路購書，網站名稱：＿＿＿＿＿＿ □其他＿＿＿＿＿＿
10. 對本書的建議：(請填代號 1.滿意 2.尚可 3.再改進，請提供意見)

    內容：＿＿＿＿＿＿＿＿＿＿＿＿

    封面：＿＿＿＿＿＿＿＿＿＿＿＿

    編排：＿＿＿＿＿＿＿＿＿＿＿＿

    其他：＿＿＿＿＿＿＿＿＿＿＿＿

    綜合意見：＿＿＿＿＿＿＿＿＿＿＿＿＿＿＿＿＿＿＿＿
11. 希望我們未來出版哪一類的書籍：＿＿＿＿＿＿＿＿＿＿＿＿

讓文字與書寫的聲音大鳴大放

寶瓶文化事業有限公司

(請沿此虛線剪下)

廣　告　回　函
北區郵政管理局登記
證北台字 15345 號
免貼郵票

寶瓶文化事業有限公司　　收

110 台北市信義區基隆路一段 180 號 8 樓

8F,180 KEELUNG RD.,SEC.1,

TAIPEI.(110)TAIWAN R.O.C.

（請沿虛線對折後寄回，謝謝）